Das Kainsmal

Podszun Verlag GmbH
Elisabethstraße 23-25, 59929 Brilon
email: podszun.verlag@t-online.de
ISBN 3-86133-234-5

Titelabbildung: Schloß Burg, Solingen
Foto: Dr. Bernd Rosenberg

Dr. Bernd Rosenberg

Das Kainsmal

Ein historischer Roman

um das grausige Verbrechen

an Erzbischof Engelbert von Köln

im Jahre 1225

PODSZUN

Inhaltsverzeichnis

Vorwort

Noch Jahrhunderte nach dem grausigen Verbrechen an Erzbischof Engelbert von Köln im Jahre 1225 bewegte die Tat die Gemüter und erregte die Phantasie der Bevölkerung.

Mit Genugtuung und sicher auch mit einer gehörigen Portion Schadenfreude vernahm das Volk die Kunde, daß Verbrechen sich nicht lohnt und daß auch Adlige ihrer gerechten Strafe nicht entgehen. Wer hoch steht, fällt umso tiefer. Diese Erkenntnis grub sich in das Bewußtsein der untertänigen gehorsamsverpflichteten Bevölkerung des Mittelalters ein, die es gewohnt war, für gute oder böse Taten Lohn oder Strafe zu erwarten. Deshalb fanden sich immer wieder interessierte Zuhörer, und so wurde die Erinnerung an die Bluttat vom 7. November 1225 auf Jahrmärkten und auf Kirchweihfesten durch Bänkelsänger lebendig gehalten.

Noch in einer Moritat aus dem Jahre 1592 wird an die Ungeheuerlichkeit des Verbrechens erinnert. Erzählt wird die „Schreckliche und erbermliche Historia, wie der Herr Fridrich, Graff zu Altena und Isenburg seinen Vettern, Herrn Engelbrecht, Ertzbischoffen zu Cöln, gebornen Graffen zu Berge, auf Keyserlichen freien Strassen mörderlich erschlagen und darumb auff erkenntniß des heiligen Reichs zu Cöln am Rhein öffentlich geradbrecht und sein Cörper auff ein Eysen Rade geleget ist.“

Den Stellenwert, den die Bluttat in der Politik des Reiches und auch in den Augen des Volkes hatte, kann man nur erahnen.

Wie wäre die Reichspolitik verlaufen , hätte Erzbischof Engelbert den jungen König Heinrich VII. weiter beraten und leiten können? Vor welchen Fehlern und Leichtsinnigkeiten hätte er ihn abhalten können? Wäre der Konflikt zwischen dem Kaiser Friedrich II. und seinem Sohn zu vermeiden gewesen? Wäre König Heinrich seinem traurigen Schicksal entgangen ?

Wir wissen es nicht, wir können es nicht sagen.

Doch nicht die Sensation soll heutzutage unsere Aufmerksamkeit auf sich ziehen, sondern die ganz alltägliche Denk- und

Lebensweise der Bevölkerung, ihre tägliche Mühe und Not wird in der vorliegenden Erzählung dargestellt. Ihre althergebrachten Vorstellungen des Heidentums und im Gegensatz dazu werden die neuen Glaubensinhalte des Christentums in ihrem Spannungsbogen ausgebreitet. Der selbstverständliche, überlieferte Glaube an Naturgeister, Hexen und Teufel oder Wiedergänger bestimmte damals in übergroßem Maße das Leben der ungebildeten und unaufgeklärten Menschen.

Auch die Adeligen waren größtenteils Analphabeten, und auch sie lebten im Geist ihrer Zeit. Sie schenkten den mündlichen Erzählungen und Überlieferungen ebenfalls Glauben. So glaubten die Leute beispielsweise den Berichten, die behaupteten , Graf Friedrich von Isenbergs Frau Sophie sei nach der Urteilsvollstreckung an ihrem Mann an gebrochenem Herzen gestorben und nach ihren Tode hätte man in ihrem Brustkorb ein vor Gram verkümmertes Herz von der Größe einer Walnuß gefunden.

Wir urteilen heute leichter: Selbstverständlich hatten die Katharer keine Gemeinschaft mit Kröten und sie küßten den Ausgeburten der Hölle nicht den After. Die Zahl der Kirchenfeinde wird in den damaligen Berichten über die Katharer viel zu hoch angesetzt. Auch die zahlreichen Wunderberichte und Erzählungen des Caesarius von Heisterbach über die Hölle sehen wir heute distanziert und viel nüchterner.

Die Menschen damals lebten im Gegensatz zu uns jenseitsorientiert. Die Bibel war ihre unumstrittene, autorisierte Hauptquelle der Bewußtseinserweiterung und „wissenschaftliche" Grundlage. Sie mußte ihnen Antwort auf alle ihre Fragen geben. Erhellend in Bezug auf die mittelalterliche Denkensweise mag die Antwort auf die Frage sein: Was war eher da, die Henne oder das Ei ?

Der moderne Bildungsbürger wird sich auf die Evolutionstheorie von Charles Darwin berufen und argumentieren, daß über die Einzeller der Weg unbestreitbar über die Mehrzeller im Verlauf von Jahrmillionen zu organisierten Zellverbänden und damit zum Ei führte. Für den Menschen im Mittelalter hingegen bestand kein Zweifel, daß selbstverständlich die Henne zuerst da war, da sie am fünften Schöpfungstag wie alle anderen Tiere auch geschaffen worden war.

Nach ihrem Verständnis war die Antwort nachvollziehbar und logisch. Zu ihrer Lebensauffassung gehörte ebenfalls eine Schicksalsergebenheit, die als gottgewollt angesehen wurde. So ist es zu verstehen, daß Erzbischof Engelbert die Warnungen über seinen bevorstehenden Tod in den Wind schlug, statt dessen sein Schicksal in Gottes Hand legte und dem Schicksal seinen Lauf ließ.

Sieht man sich an der Schwelle des Jahres 2000 in der Welt um, beherrschen unverändert Analphabetentum, mangelnde Bildung, ideologische und religiöse Verblendung auch heute noch etwa Dreiviertel der Weltbevölkerung. Welche Gefahren und wieviel Unheil mögen sich aus dieser Konstellation noch ergeben?

Nur wer aus der Geschichte lernt, erwirbt einen klaren Blick für die Zukunft, denn wer Unwissenheit besiegt, hat den Schlüssel in der Hand, Irrtümer zu vermeiden.

Weltuntergangsstimmung

Niemand in unserem Dorf hätte etwas auf Düsel Bimbams Worte und seine Befürchtungen gegeben, wären nicht die schicksalhaften Ereignisse eingetreten, die uns alle vor Furcht erschauern ließen.

Düsel Bimbam war ein behinderter, junger Mann in unserem Dorf, der durch besondere Begriffstutzigkeit und Dummheit auffiel. Dabei war er sanft und gutmütig, und so mancher nutzte seine Hilfsbereitschaft aus. Sein hervorstechendes Merkmal war sein ständig offenstehender Mund, den eine zu groß geratene Zunge ausfüllte.

Seit Kindesbeinen war er zwar kein Ausgestoßener, wohl aber ein Außenstehender, jemand mit dem niemand zu lange und zu oft Umgang haben wollte. Er ging oft einsam, ohne Begleitung durchs Dorf. Wenn er sich unbeobachtet fühlte, kam es vor, daß er ungestüm gestikulierend Selbstgespräche führte, Vor- und Nachteile gestenreich abwägte und grimassierend seine Widersacher ausschimpfte oder sie zurechtwies. Wir waren uns nicht sicher, ob er nicht doch von einem bösen Geist besessen war. Es war jedoch sonnenklar, daß er niemals die Möglichkeit hatte, in die Dorfgemeinschaft der Burschen aufgenommen zu werden. Mit einem Wort: Düsel Bimbam war, wie der Name schon sagt, der Dussel oder Dorftrottel.

Besonderes, überraschendes Gewicht erhielten Düsel Bimbams Worte, als unser Dorfkaplan Konrad, genannt Kapaun, ebenfalls äußerte, die Wiederkunft Christi stehe kurz bevor. Kapaun kannte bisher nur ein Gesprächsthema: Er fragte sich, mit welcher Sprache sich Adam und Eva im Paradies unterhalten hätten und welche die Ursprache der Menschheit gewesen sei, bevor durch die Sprachverwirrung beim Turmbau zu Babel die jetzigen Sprachen entstanden seien. Nachdem er über die neue Unsitte des Rasierens und den neuen Stand der Barbiere genügend gewettert hatte, fand er nun endlich ein neues, ergiebiges Thema, über das er sich auslassen konnte. Er leitete seine Weisheit daher ab, daß er genauso wie der verlachte und verspottete Düsel Bimbam als erster einen Stern mit Schweif am östlichen Himmelszelt entdeckt hatte. War dies der Komet, der die Wiederkunft Christi ankündigte? Dies bedeutete das Weltgericht und den Weltuntergang! Wie lange konnte es dauern, bis der Komet der Erde so nahe wäre, daß die Welt unterginge? Diese Frage wurde zuerst zaghaft, dann, als ihre Bedeutung bei der Dorfbevölkerung auch dem letzten immer klarer wurde, drängender und nachdrücklicher gestellt.

Die Einstellung der Dorfbewohner auf die Gefahr des drohenden Weltuntergangs war sehr unterschiedlich. Einige nahmen die bloße Möglichkeit des Weltendes als gottgegebenen, gottgewollten Lauf der Dinge und trachteten danach, alles Diesseitige, Irdische hinter sich zu lassen und durch Fasten, Gebete und Kirchgang ihre Sünden zu büßen. Einige suchten die Schuld für das kommende Unheil nicht bei sich, sondern machten fahrendes Volk, Juden oder Zigeuner hierfür verantwortlich. Andere, wie mein Vater, bewahrten eine gelassene Haltung und gingen ihrem gewohnten Tagewerk nach. Der alte Otto und sein Freund Hunke kümmerten sich überhaupt nicht um die Schreckensbotschaften, sondern waren genug damit beschäftigt, Met, Bier und Wein durch ihre Kehlen rinnen zu lassen.

Je mehr der Komet an Größe zunahm und je näher er kam, umso mehr Furcht verbreitete er. Alle möglichen Vorzeichen deuteten die Dorfältesten als Hinweis auf die Richtigkeit der Ausführungen unseres Dorfkaplans.

Aus dem benachbarten Wulfringsen erfuhren wir, daß die Bäuerin und ihre Mägde für alle Angehörigen des Hofes knöchellange, weiße Leinenhemden in Erwartung des jüngsten Gerichtes genäht hatte. Um dieser frommen Geste nicht nachzustehen, hatten die Frauen in unserem Dorf den Einfall entwickelt, für jeden Dorfbewohner ein handtellergroßes Kruzifix und eine kleine Schale mit Weihwasser für die Wiederkunft Christi bereitzustellen. Die Schedaer kamen neuerdings nicht mehr zu Fuß, sondern rutschten auf ihren Knien zur Dorfkapelle. Diesem Beispiel folgte bald das gesamte Dorf und so mancher kam mit blutigen Knien in der Kapelle an.

In der Sorge um das Seelenheil vergaßen viele ihre Äcker und das Vieh. Auch mein Vater, ein besonnener Mann, ließ sich von der allgemeinen Aufregung anstecken und vernachlässigte unseren Hof. Manch ein Schwein segnete das Zeitliche schon vor dem Weltende, denn die Schlachtfeste sollten den Bauern den bevorstehenden Abschied von der Erde erleichtern.

Unser Kaplan hatte uns eingeschärft, wir sollten auf Posaunen achtgeben. Doch so angestrengt wir horchten, wir konnten nichts hören, was an Posaunenklang erinnerte. Den ganzen Heuert hindurch blieb der Weltuntergang aus. Dann nach langem Warten geschah es: Innerhalb kürzester Zeit verdunkelte sich eines nachmittags der Himmel, die Wolken zogen sich drohend schwarz über uns zusammen, und Blitz und Donner erfüllten unser Dorf. Das war der Anfang vom Ende! Anstatt in ihren Häusern und Hütten Schutz zu suchen, trieb es die Leute auf die Straße. Sie streckten ihre Kruzifixe dem Himmel entgegen. Einige fromme Frauen hatten in Lederbeuteln Asche mitgebracht und streuten diese über ihren Köpfen aus. Auf Knien bewegten sich die Dorfbewohner in langsamer Prozession singend und psalmonierend mit gemischten Gefühlen durch den schlammig aufgeweichten Weg zur Kapelle. Wir Kinder sahen dem Geschehen eher neugierig zu, als daß wir die ernste Bedeutung dieses schicksalhaften Tages ermessen konnten.

Ich wunderte mich nur, daß die hochmütige Johanna, die sonst immer soviel Wert auf Sauberkeit ihrer Kleidung gelegt hatte, mehrmals hintereinander flehentlich ihre Arme dem schwarz verfinsterten Himmel entgegenstreckte und sich danach der Länge nach mit ihrem guten Kleid in den Morast des Weges fallen ließ. Wie wunderlich konnten doch Erwachsene sein!

Hatte man uns nicht beigebracht, daß die Sonntagskleidung zur Ehre unseres Heilandes angezogen wurde und ihm dadurch unsere Achtung entgegengebracht wurde? Aber ausgerechnet in der Erwartung des Erlösers schmierten und dreckten sich die Erwachsenen von oben bis unten ein!

Für mehrere andere Dorfbewohner gab Johanna ein Beispiel und sie taten es ihr nach. Auch ich fühlte mich angesteckt und schickte mich an, Anschluß an die Prozession zu finden, doch der alte Otto hielt mich zurück: „Dietrich, laß mal sein, wir kommen noch früh genug zum Strafgericht! Wir wollen lieber hier warten, schließlich heißt es ja, die Letzten werden die Ersten sein!“ Das sah ich ein und so beobachteten wir den Fortgang der Dinge.

Der Weltuntergang blieb aus. Der Wolkenbruch kam zu seinem Ende und der Himmel klarte rasch wieder auf, so daß die strahlende Sonne die Wartenden auszulachen schien. Otto wußte eine Antwort: „Das waren bestimmt wieder die Magonier! Dieses Mal haben sie es ja fein hingekriegt, uns von den Feldern zu locken!“ Ärgerlich knurrte er: „Da können sie sich in Ruhe ihre Taschen wieder vollstopfen - und bevor wir an Ort und Stelle sind, haben die längst das Weite gesucht! Ach, was sage ich denn, die sind schon längst über alle Berge!“

Als nach wenigen Tagen auch der Komet am Horizont verschwand, kehrte endlich der ruhige, gemächliche Alltag wieder in unserem Dorf ein. Die Aufregung legte sich. Erstaunlicherweise bedauerten einige der älteren Frauen, daß die Prophezeihung nicht in Erfüllung gegangen war.

Ich bin inzwischen alt und grau geworden und zehre von meinen Erinnerungen. Nun sitze ich hier unter den Kastanien vor unserem Haus und denke an diese dunklen Tage aus meiner Kindheit. Doch diese Wochen erscheinen mir noch so lebhaft vor meinem inneren Auge, als wären sie erst gestern geschehen. Die Angst, die uns damals bedrückte, ist mir noch gegenwärtig.

Glücklicherweise haben sich die ärgsten Befürchtungen damals nicht bestätigt und wir konnten befreit aufatmen. Ich dachte, Schlimmeres könne uns nie widerfahren. Ich sollte mich täuschen, wie viele andere auch. Davon erzähle ich jetzt, aber der Reihe nach ...

Meine Jugendzeit

Wer Ohren hat zu hören, der höre. Ich erzähle nun von den bedeutungsvollen Ereignissen, die sich im Jahre des Herrn 1225 zugetragen haben, als in einer ruchlosen Tat die Hoffnung des Reiches und all seiner friedliebenden Bewohner von einem ehrlosen Mörder zerstört wurden.

Nach der Tat wurde es dunkel im Reich und in den Herzen seiner Bewohner, denn eine Zeit des Friedens, des Wohlstands und der Gerechtigkeit war gewaltsam zum Ende gekommen. In diesem Jahr herrschte von Gottes Gnaden Kaiser Friedrich II., der Enkel Kaiser Barbarossas, in seinem 29. Jahr als König und in seinem fünften Jahr als Kaiser des Heiligen Römischen Reiches Deutscher Nation. Sein Sohn Heinrich VII. war seit fünf Jahren König und Mitregent, Papst Honorius III. war als Nachfolger Petri seit neun Jahren Stellvertreter Christi auf Erden.

Mein Name ist Dietrich von Sümmern, ich bin der dritte Sohn des Gerlach von Sümmern und seiner Frau Maria. Ich erzähle die Ereignisse, wie sie mir in unverrückbarer Erinnerung geblieben sind, ich verschweige nichts und füge auch nichts hinzu.

Ich verlebte meine Kindheit und Jugend in der Herrschaft Sümmern. Diese liegt in Westfalen und gehört genauso wie unsere Nachbarstadt Menden zum Erzbistum Köln. Unsere Familie ist schon seit grauer Vorzeit hier ansässig, noch lange bevor Kaiser Karl herrschte und Herzog Wittekind sein Widersacher im Sachsenland war.

Mein Elternhaus steht direkt in der Mitte unseres bescheidenen Ortes. Es ist ein Fachwerkhaus nach sächsischer Art, dessen Dach von zwei Ständerreihen getragen wird. Auf der rechten Seite bieten zwei Drittel des Hauses dem Vieh mit seinen Stallungen Unterkunft. Durch einen breiten Mittelgang, das Flett, wo auch die Feuerstelle liegt, wurden die Kammern und die Stube abgetrennt. Zur Abwehr von Unheil hängten unsere Ahnen in den vier Stallecken Haselzweige auf. Über der Eingangstür wacht seit uralten Zeiten ein Pferdekopf, der den Schutz vor bösen Geistern und unheilbringenden Einflüssen noch verstärkt. Zur Abwehr von Wiedergängern, den rastlosen Seelen unglücklich oder vorzeitig Verstorbener, stellen wir seit Urzeiten ein Gefäß mit Wasser vor die Tür. Erst meine Eltern haben zum Zeichen der Abkehr vom heidnischen Glauben in der Stube einen Herrgottswinkel eingerichtet, wo ein kleines Kreuz hängt und eine Schale mit Weihwassser untergebracht ist. Unser Haus duckt sich unter vier mächtigen Kastanien, von denen jeweils eine sich schützend vor einer Hausecke in den Himmel reckt.

Im Frühjahr wird nahezu das ganze reetgedeckte Dach von ihren Blättern überdeckt. Zum Hof gehören weitere Wirtschaftsgebäude, sowie ein Backhaus und einige Kötterhäuser. Hinter dem Haupthof liegt in Sichtweite ein Weiher, der von uns als Flachsteich genutzt wird. Nach Norden gibt der Blick von einem sachten Hang herab eine flache, zum Teil versumpfte, urwüchsige Ebene frei. Bei gutem Wetter schweift der Blick ungehindert über das offene Flachland, bis man in der Ferne die berühmte Stadt Münster mit ihren hohen Kirchtürmen zu sehen meint. Im Garten neben dem Weiher stehen heilige Holunder- und Haselsträucher, von denen wir uns bei Krankheit besondere Heilwirkung versprechen. In entgegengesetzter Richtung erhebt sich eine hügelige Landschaft mit einigen Steilhängen. Hier enden unsere Wege und Trampelpfade im unwegsamen Gelände und undurchdringlichem, wilden Dickicht.

Mein Vater war Schultheiß von Sümmern und diente dem Kölner Domkapitel. Er bewirtschaftete unser Sümmeraner Anwesen mit drei Knechten und vier Mägden, die als Gesinde zu unserem Hof gehörten. Zweimal in der Woche wurde er bei seinen Alltagsmühen auf Hof und Feldern von den umliegenden Köttern, Hörigen, die auf ihren eigenen kleinen umliegenden Gademen lebten, unterstützt.

Mein Vater war ein sehr gewissenhafter, fleißiger Mann, der treu und fest auf der Seite des Kaisers und Erzbischofs stand; was auf dasselbe herauskam, da der Erzbischof von Köln, einer der sieben Kurfürsten, im nördlichen Teil des Reiches als Reichsverweser den Kaiser in Reichsgeschäften vertrat. Mein

Vater war damals genauso alt wie unser ehrwürdiger Erzbischof, wie dieser war er sehr schlank und hatte ebenso mittelbraunes Haar und grünbraune Augen. Im Gegensatz zu unserem Herrn und Erzbischof trug Vater aber einen Bart. Weil mein Vater eine untadelige christliche Gesinnung hatte und er und seine Vorfahren jahrzehntelang treu und zuverlässig gearbeitet und gewirtschaftet hatten, wurde ihm vom Kölner Domkapitel im Jahre 1204 der Sümmeraner Fronhof zu dauernder Verwaltung und Nutzung übertragen. In derselben Urkunde wurde mein Onkel Gottfried mit dem Haupthof in Eisborn belehnt und nannte sich von nun an Schultheiß von Eisborn.

Wir waren stolz darauf, daß der Erzbischof unseren Hof als seine Perle im Sauerland lobte.

Meine Mutter war für die Arbeit im Haus und auf dem Hof zuständig. Sie war eine gescheite Frau, die mit beiden Beinen mitten im Leben stand. Man sah ihr an, daß sie ihr Lebtag schwer gearbeitet und sich geplagt hatte. Ihr Gesicht wurde durch wachsame, lebhafte Augen geprägt, die im Gegensatz zu ihrer wettergegerbten Haut stand, die schon in jungen Jahren tiefe Furchen und Falten aufwies. Ich habe drei jüngere Brüder und zwei Schwestern. Als Drittgeborenem steht mir jedoch das Erbe zu, da meine beiden älteren Brüder bereits in ihrer frühesten Kindheit von Gott, dem Herrn, in die Ewigkeit abberufen wurden. Wir als Kinder mußten schon von klein auf bei der täglichen Alltagsarbeit auf dem Hof tatkräftig mithelfen. Mir war es lästig, aber meine Mutter fand immer irgendwelche Aufgaben, mit denen sie uns beschäftigte und uns auf Trab hielt.

Morgens mit dem ersten Hahnenschrei regte sich das Leben auf unserem Hof. Noch bevor die erste karge Mahlzeit eingenommen wurde, versorgte meine Mutter mit zwei Mägden die Kühe, Ziegen und Schafe. Die Aufgabe unserer kleinsten Schwester, Marie, war es bei dieser Gelegenheit, den Hühnerstall zu öffnen und mit der Magd Änne die Eier zu suchen. Im Haus kümmerte sich meine Großmutter in der Zwischenzeit um das Anfachen der Glut in der Feuerstelle und bereitete mit der frisch gemolkenen Milch einen Brei zu. Je nach Jahreszeit werden hierfür Hafer, Hirse, Dinkel, Bucheckern oder getrocknete

Blaubeeren verwendet, meistens reichte es aber nur für den alltäglichen Haferbrei.

Damals führte meine resolute Mutter mit strenger Hand das Haus, den Hof und die Stallungen.

Ihr unbändiger Tatendrang stand im Gegensatz zu ihrer zierlichen Statur. Sie verlangte viel von den Mägden, und ich hörte die Mädchen so manches Mal stöhnen. Aber auch ihr Leben war hart und entbehrungsreich. Den lieben langen Tag schaffte sie in Haus und Garten. Ständig hielt sie die Mägde an, ihren vielfältigen Aufgaben nachzukommen: „Martha, der Flur muß gefegt werden!“ Oder: „Änne, schlaf nicht beim Erbsenpulen ein!“ Oder: „Lene, das buttern muß aber flotter gehen!“ Neben Putzen, Kochen, Wasserschöpfen, Buttern, Käsen und Schüren des Feuers mußten sich unsere Mägde um den Kräuter- und Gemüsegarten kümmern. Wenn unser Knecht Karl die Mägde ärgern und ihnen den Tag verderben wollte, lief er ihnen beim Fegen durch den Kehricht, denn dieser hatte magische Bedeutung. Unsere Ahnen glaubten, hierin hielten sich die Seelen Verstorbener auf. Die Mägde waren dann bange, ihnen gelänge an diesem Tag nichts mehr.

Am meisten lag meiner Mutter die Versorgung unserer Tiere am Herzen. Sie hatte ein inniges Verhältnis zu diesen Geschöpfen Gottes. Ich sehe sie noch deutlich vor mir, wie sie sich um das Wohlergehen des Viehs kümmerte. Wie oft wurde sie nachts geweckt, wenn eine Kuh kalbte. Dann mußten wir alle völlige Stille im Haus halten, denn die Geburt mußte nämlich unter allen Umständen schweigend vor sich gehen. Es durfte kein Wort gesprochen werden, somit war die Gefahr zu groß, daß Kuh und Kalb den Geburtsvorgang nicht überlebten. Selbst wenn zufälligerweise Besuch kam, mußte auch dieser schweigend empfangen werden. Nach gelungener Geburt umsorgte meine Mutter nicht nur das Neugeborene nach allen Kräften, sondern sie kümmerte sich auch rührend um das entkräftete Muttertier. Mit einem nahrhaften Brei aus Schafgarbe, Sauerampfer, Rainfarn, Beifuß, Johanniskraut und anderen Kräutern, die sie mit Weizenkleie vermischte, fütterte sie die Kuh und flüsterte dem Tier die magischen Worte ins Ohr: „Gegen alle Malässen ist ein

Kraut gewachsen!“ Die kräftigen Kräuter dieses Würzbüschels halfen dem Tier dann rasch wieder auf die Beine. Um die Tiere bösen Einflüssen zu entziehen, hat es sich bewährt, sie besonders an den Tagen vor dem Hexen- und Geisterumtrieb in der gefürchteten Walpurgisnacht oder an Allerheiligen mit Petersilie zu füttern. Diese Aufgabe fiel meiner kleinen Schwester zu, die ein Sonntagskind war und somit besonders geeignet hierfür war.

Die Feldarbeit begann schon morgens früh und endete meistens erst abends spät. Bei der Aussaat richtete sich mein Vater nach dem Stand des Mondes, denn nur zunehmender Mond verspricht einen Zuwachs und gutes Gedeihen. Bei Krankheiten ist es genau umgekehrt, sie sollten bei abnehmendem Mond behandelt werden, dann besteht die beste Aussicht darauf, daß sie verschwinden.

Auf dem Feld führte Vater seinen unförmigen, sperrigen Pflug mit dem alten unhandlichen hölzernen Dorn, der viel zu Verdruß Anlaß gab, weil er sich dauernd lockerte und häufg im schweren Boden stecken blieb und brach. Mutter trieb dabei das störrische Zugtier mit dem Ochsenstachel an. Der Boden ist bei uns in Sümmern sehr schwer und die alten vorsintflutlichen Holzpflüge waren noch stumpf und für die Krume zu leicht. Deshalb mußte Vater zum Aufbrechen des Bodens viel Kraft aufwenden. Er stemmte sich mit aller Macht bei seiner Arbeit auf den Pflug, dies hatte freilich nur Sinn, wenn der Ochse zog. Bei uns war es üblich, die Äcker von der Mitte aus rechts herum im Kreis zu bearbeiten, denn links ist die Seite des Bösen.

Bei der Ernte mußten alle tüchtig zupacken. In Sümmern war es Brauch, daß die kleinsten Kinder, am besten Sonntagskinder, denen eine gütige Fee schützend zur Seite steht, bei der Ernte den ersten Halm schnitten. Diese Aufgabe fiel meiner kleinsten Schwester Marie zu, die stolz mit leuchtenden Augen und mit kecken Bewegungen ihrer kleinen Ärmchen den Anschnitt vornahm. Von allen Seiten wurde das Kind mit Lob bedacht und es dauerte eine geraume Weile, bis mit der Arbeit begonnen wurde, weil alle Tanten und Mägde das Kind erst gebührend drückten und herzten.

Nach alter Väter Sitte wurde genauso wie bei der Aussaat

auch vor der Ernte ein heiliges Brotopfer gespendet. Natürlich erhofften wir uns davon eine Bannung dämonischer Mächte und einen Schutz vor Unheil im kommenden Jahr. Das Getreide wurde büschelweise mit Sicheln geschnitten und anschließend zu Garben gebunden. Wir achteten immer darauf, daß die letzte Garbe am Feldrain stehen blieb. Das war seit alters her Brauch, als man noch glaubte, man müsse Wotan etwas zur Wegzehrung anbieten, wenn er mit seinem achtbeinigem Pferd Sleipnir nächtens durch die Lande zog.

Selbstverständlich packte Mutter auch beim Schweineschlachten zu. Das Spinnen und Weben gehörte genauso zu ihren Pflichten, wie die Herstellung von Tüchern und Kleidungsstücken. Ich erinnere mich genau, daß die Alltagsmühen meiner Mutter durch die Last der Pflege meines Großvaters in dem Jahr erschwert wurden, als der Sommer so heiß war und so lange andauerte, daß der Baarbach fast ausgetrocknet war. In demselben Jahr überstand mein jüngerer Bruder Gottfried die bedrohliche, gefährliche Halsenge, die er aber glücklicherweise überlebt hat. Seit Martini des Vorjahres wurde Großvater immer schwächer, er mußte ständig husten, er litt unter Schweißausbrüchen und erhöhter Körpertemperatur. Sein unaufhörlicher Auswurf widerlich zähen grauen Schleims verlangte meiner Mutter Überwindung ab, ihn zu pflegen.

Bei trockener Witterung saß er tagsüber unter den Kastanien vor unserem Haus. In ihrem Schatten fühlte er sich wohl. Besonders im Frühjahr, wenn sie blühten, bekam er dort frische, gesunde Luft. Ich leistete ihm damals oft Gesellschaft. Er wirkte bedächtig und atmete angestrengt, manchmal hörte ich ihn beim Atem holen unnatürlich pfeifen. Seine schmalen Lippen hatten eine düstere Blauverfärbung angenommen. Er sprach leise, mit heiserer Stimme, wenn er mir von vergangenen Tagen aus der alten Zeit erzählte. Er weckte mein Mitleid, wenn er berichtete, daß er des Öfteren in strengen Wintern als Kind so sehr hungern mußte, daß ihm der Bauch schmerzte. Als kleiner Junge bekam er manchmal tagelang kein Brot zu essen, weil Unwetter die Kornfelder zerstörten und die Ernten vernichtet hatten. Das Volk war damals so arm, daß es im Sinne des Wortes von der Hand in den Mund leben mußte. Vorratshaltung war nur eingeschränkt möglich, oft wurde das Getreide feucht und ungenießbar und verschimmelte. Bisweilen kam es vor, daß das wenige übrig gebliebene Getreide halbverfault und auskeimend, mit Unkräutern durchsetzt und mit Mutterkorn verunreinigt, in die Scheuern eingelagert werden mußte. Wenn dieses Getreide trotzdem zu Brot verarbeitet wurde, mußten wir immer damit rechnen, daß wir nach einem Bissen dieses vergifteten Brotes schwindelig oder ganz berauscht wurden. Mein Großvater erzählte: „Als ich noch ein junger Dachs war, sah ich auf einem Kirchweihfest im benachbarten Menden einen alten Mann mit angegrauten Haaren von etwa vierzig Jahren, der neben mir auf einer Bank im Wirtshaus saß. Mir fiel auf, daß er stark schwitzte, und ich schob es zunächst auf seinen reichlichen Biergenuß.Vom Biertrinken wird man ruhig und müde, er aber konnte sich überhaupt nicht ruhig halten und still sitzen, so daß sein Nachbar ihn ansprach: „Gernot, bleib endlich einmal still, dein Gehampel macht mich ganz verrückt!"

Gernot gab zur Antwort, er wolle es versuchen, aber statt dessen wurden seine Bewegungen immer ausfahrender und unruhiger, er zuckte mit Armen und Beinen und vollführte die merkwürdigsten Verrenkungen. Sein Nachbar, der ihn soeben ermahnt hatte, fühlte sich dadurch nicht ernst genommen und verlangte nachdrücklich, daß mit der Hampelei endlich Schluß sein solle. Wieder versprach Gernot sein Bestes. Man sah ihm an, daß er sich anstrengte, der Ermahnung nachzukommen, doch es dauerte nicht lange, bis die unkontrollierten Schlenkerbewegungen wieder stärker hervortraten. Nun waren noch mehr Gäste auf Gernot aufmerksam geworden, dem war das natürlich sehr unangenehm. Sein Nachbar hatte inzwischen die Geduld verloren und drohte Gernot unter wüsten Beschimpfungen Schläge an. Da gingen schon die ersten Vermutungen über eine Verwünschung oder Verhexung durch den Raum - und tatsächlich, es wurde noch schlimmer: Gernot konnte sich vor Ungestüm nicht auf seinem Platz halten, er ließ sich durch die Drohungen auch nicht einschüchtern. Sein Bewegungsdrang war jetzt so groß, daß er aufstand und in wildesten Zuckungen seine Arme und

Beine und schließlich seinen ganzen Körper schüttelte und ungelenk hin und her warf. In seiner Verzweiflung und Not schrie er und rief die Mutter Gottes um Hilfe und Erbarmen an.

Endlich kam der Wirt auf die Idee, seine Magd zum Pfarrhaus zu schicken. Als der Pfarrer kam, besprengte er den Befallenen mit Weihwasser und versuchte, dem Spuk ein Ende zu bereiten, indem er allen bösen Geistern im Namen des Vaters, des Sohnes und des heiligen Geistes befahl, den Körper Gernots zu verlassen. Doch die Bemühungen des Pfarrers blieben erfolglos. Erst nach geraumer Zeit ließen Gernots Zuckungen und Krämpfe nach und er fiel erschöpft und ermattet zu Boden. Selbst in seiner Ohnmacht kam der arme Kerl nicht zur Ruhe und sogar sein Gesicht verkrampfte von Zeit zu Zeit.

Sein Nachbar, der ihn bedroht hatte und ihn schlagen wollte, machte sich nun lautstark Gedanken darüber, wer die Hexe sei, die Gernot verwünscht habe, oder welche Schuld Gernot auf sich geladen habe, daß er für seine Sünden so hart bestraft wurde."

Mein Großvater erzählte, daß er auch einmal beinahe durch solches Brot gestorben wäre und nachdem er es gegessen hatte, seine Gliedmaßen einen halben Tag überhaupt nicht stillhalten konnte. Damals wurden die Dorfbewohner nach dem Genuß verseuchten Brotes durch die wilden und ungestümen Veitstänze beunruhigt. Üblicherweise versuchten die Umstehenden dem Unglücklichen zunächst zu helfen, indem sie ihm Pferdeurin einflößten. Die Leute nannten es „heiliges Feuer" und glaubten, der Teufel sei in die Betroffenen gefahren. Wenn alles nichts half und der Kaplan gerufen wurde, versuchte er, mit Hilfe Gottes und der Nothelfer diese furchteinflößenden Anfälle zu beenden. Am schlimmsten war es, wenn die Gliedmaßen der Bedauernswerten abstarben und rabenschwarz anliefen. Viele sahen darin eine Strafe Gottes.

Wie oft wünschte Großvater: „Wenn es doch nur möglich wäre, unsere Vorräte haltbar zu machen. Sicher hätte ich so manches Mal satt und zufrieden einschlafen können, anstatt mich mit knurrendem Magen hin- und herzuwälzen."

Er erzählte oft über die unglücklichen und unruhigen Jahre

der Not und Verwüstungen, die vor der Regierungszeit unseres Erzbischofs Engelberts lagen. Damals verarmten die Bauern durch die ständigen Kriegszüge im Land. Über zwei Jahrzehnte litten sie unter den marodierenden Heerscharen König Philipps. Sie mußten nicht nur ihre Untaten ertragen, sondern sie auch von ihrem mageren Vorrat beköstigen und durchfüttern. So mancher Bauer wurde kurzerhand erschlagen, wenn er nicht zu Diensten war oder genügend abliefern konnte. Großvater berichtete mir auch von Räuberbanden, die über das Land herfielen und sich auf Kosten der Bauern ein schönes Leben machten. Diese Gottlosen plünderten die ehrliche Bevölkerung aus und quälten sie. Da wurden den Opfern mit Zangen die Haare ausgezogen oder die Augen ausgedrückt. Manchen Bauern hängten die Räuber in den Rauch oder banden ihn auf einen Ameisenhaufen. Ganz schlimm war es, wenn sie die Heimgesuchten an ihren Fersensehnen aufhängten oder ihnen die Knochen zerschlugen. Großvater lobte die Friedenszeit und den errungenen Wohlstand: „Durch die Gnade Gottes und die Güte unseres Herrn, des Erzbischofs Engelbert, haben wir unsere Angst verloren und wurde unser Leben erleichtert. Die ungerechte Willkür hat ein Ende, wir stehen unter dem Schutz eines mächtigen Herrn! Der Erzbischof meint es gut mit den Armen!"

Ich freute mich, wenn er alte Geschichten und Sagen erzählte. Er hatte dabei eine so lebhafte Gestik, daß man meinte, er hätte alles selbst miterlebt und hätte persönlich Bekanntschaft geschlossen mit Siegfried von Xanten, Wittekind, Kaiser Karl oder Roland.

Der volksverbundene, listige Sachsenherzog Wittekind ist in der Erinnerung der Westfalen immer noch lebendig. Um seine Feinde zu täuschen, ließ er sein Pferd umgekehrt beschlagen und führte so die feindlichen Franken in die Irre. Der kampferprobte, mutige Herzog ergab sich erst nach jahrelangen, zähen Kämpfen dem Frankenkaiser Karl, als er sich selbst zum Christentum bekannte. Im nahegelegenen Loen erzählte sich das Volk, daß Wittekind immer noch von Zeit zu Zeit, besonders in stürmischen Herbstnächten von der Sachsenfestung Sigiburg auf dem Königsweg über Elsey, Oestrich und Dröschede zu seiner verfallenen Burgruine im Seilerwald herüberkomme. In jeder heiligen Vollmondnacht, wenn es fast taghell sei, ziehe der alte Herzog in der Geisterstunde auf einem feurigem, schwarzen Ross an der Spitze seines Heerzuges in rasender Geschwindigkeit dahin. Man erkenne ihn an seinem breiten Hut; sein langer Mantel flattere hinter ihm her. Die Hufe seines edlen Rappen flögen über den Erdboden und berührten ihn nicht. Still und ohne einen Laut von sich zu geben, eile auch die Schar seiner treuen Gefolgsleute vorüber. Weder Hufgetrappel noch Waffengerassel lasse sich in der unheimlichen Stille der Nacht vernehmen. Manchmal löse sich der Ritterzug in der Gegend der Bremke auf, manchmal ziehe der Zug noch über den Aschenweg zur Seiler weiter.

Ein anderer Held war der Sachsenherzog Heinrich der Löwe, an den die Erinnerung auch noch nicht verblaßt war. „Du weißt doch, daß unser Westfalenland noch zu Lebzeiten meines Großvaters von Heinrich dem Löwen beherrscht wurde“, sprach mein Großvater mich an. Heinrich der Löwe, das wußte ich, hatte eine Menge Städte gegründet und die Wenden unterworfen und bekehrt. An diesem Tag erzählte Großvater, wie er zu seinem Namen kam. „Er nannte sich der Löwe und ließ sich auch gerne so anreden, weil er bei seiner Wallfahrt zum heiligen Grab mit einem Drachen gekämpft hatte, diesen besiegte und aus den Fängen des Drachen einen Löwen rettete. Aus Dankbarkeit unterwarf sich der Löwe seinem Retter Heinrich. Diesen Löwen kann man heute noch in Braunschweig vor dem Dom als Standbild sehen. Am Nordportal des Domes erkennt man noch die streifenartigen Vertiefungen im Stein. Das sind die Kratzspuren der Tatzen des treuen Löwen, entstanden aus Trauer über den Tod seines Herrn. Auf dem Grab Heinrichs ist der Löwe später auch gestorben.“ Der Löwe faszinierte mich schon, aber lieber hörte ich etwas über siegreiche Helden. Mein Alltag war langweiliger.

Frühmorgens machte ich mich als kleiner Junge von sechs Jahren mit den mir anvertrauten Ziegen auf den Weg zu einer höher gelegenen Waldwiese, wo die Tiere freien Auslauf hatten und das beste und saftigste Grün fanden. Ich meinerseits nutzte die Zeit zum Suchen von Kräutern wie Sauerampfer oder Bärwurz. Bärwurz läßt sich verreiben und verströmt dann ein äußerst würziges Aroma, er schmeckt aber auch gut auf dem Brot.

Am ergiebigsten waren für mich die Spätsommer- und Herbstmonate, wenn es im anliegenden Waldstück Brombeeren, Himbeeren, Walderdbeeren, Blaubeeren oder Nüsse gab. Wir sammelten tage- und wochenlang Wurzeln und Pilze. Die ließen sich am besten trocknen und für die Wintermonate aufheben. Dann wurden aber auch Bucheckern gesammelt. Die Eicheln verwenden wir für die Schweinemast.

An manchen Tagen, wenn ich keine Lust hatte zu suchen und das Wetter warm und sonnig war, legte ich mich einfach ins Gras und träumte so vor mich hin oder beobachtete das wechselvolle Federwolkenspiel. Wenn meine Mutter mich ärgern wollte, gab sie mir unsere jüngste Schwester mit, um auf sie aufzupassen. Dann war es natürlich mit der Träumerei vorbei, denn unsere Jüngste ließ mir keine Ruhe und konnte einem Löcher in den Bauch fragen. Als Säugling war sie zu einem Puck gewickelt und mein Onkel, der wahrscheinlich meine Mutter in seiner derben Art ärgern wollte, verglich sie mit einem kleinen, zarten Ferkelschinken.

Wenn wir die Weide erreicht hatten, suchten sich die Ziegen ein schattiges Plätzchen. Den lieben langen Tag lagen die Tiere regungslos im Schatten, ihre Beschäftigung bestand aus Äsen, Dösen und Verdauen.

Mein Vater behauptete, er habe es niemals erlebt, daß ihm eine Ziege entlaufen sei, mir aber passierte es häufiger, daß ich eine Ziege suchen und aus dem benachbarten Waldstück wieder herausholen mußte. Der Weideplatz war auf der rechten Seite durch eine mächtige Eiche begrenzt. Mein Vater hatte, als er selbst noch die Ziegen hüten mußte, in die Rinde eine handkantendicke Kerbe geschnitzt. Wenn die Sonne am Abend eine bestimmte Tanne erreicht hatte, fiel der Schatten ihrer Krone genau auf diese Kerbe und zeigte mir damit an, daß es Zeit war, zum Essen den Heimweg anzutreten.

In der Woche gab es bei uns meistens Rüben oder den sättigenden Mehl-, Hirse- oder Haferbrei, selten mußten wir uns mit einer dünnen Wassersuppe begnügen. In guten Zeiten kochte Großmutter eine deftige Graupensuppe. Sie sagte dann immer: „Graupen schützen vor dem Schlag, solange sie im Magen liegen." Für mich war es ein Fest, wenn es Bohnensuppe gab, die meine Großmutter mit Speck oder Grieben und allerlei würzigen Kräutern köstlich zubereitete.

Zur Mahlzeit versammelten wir uns an einem langen Eichentisch, wo jeder seinen festen Stammplatz nach strenger Ordnung einhielt. Abends vor dem Schlafengehen wurde die Hauptmahlzeit eingenommen, mit vollem Bauch kommt man eben besser in den Schlaf. Dabei löffelte jeder mit seinem Holzlöffel aus der großen Suppenschüssel. Scharen von Fliegen lauerten auf ihre Gelegenheit, sich ungebeten an der Nahrungsaufnahme zu beteiligen und sich an der warmen Köstlichkeit zu laben.

Mein Vater, ein ernster, wortkarger Mann, saß am Kopfende des Tisches und war meistens der letzte, der Platz nahm. Er hielt beim Sprechen seinen Kopf etwas schräg zur Seite und hatte die Angewohnheit, sich ab und zu über den Kinnbart zu streichen.

„Nun, mein Jüngster", sprach er meinen jüngsten Bruder Gottfried an, „sollen wir mal loslegen"? „Nicht, bevor das Tischgebet gesprochen ist", warf meine Mutter ein. Demütig senkten wir unsere Köpfe und Vater betete:

„Herre Christ,
Du unsere Hoffnung bist,
alle guten Gaben,
alles was wir haben,
kommt, oh Herr, von Dir,
Dank sei Dir dafür. Amen".

Ein beifällig gegrummeltes Amen machte die Runde und bestätigte Vaters Gebet. Die strenge Reihenfolge beim Essen mißachtend, konnte der dicke Arnold es nicht erwarten, beutesuchend seinen selbstgeschnitzten Holzlöffel in die große Schüssel zu tauchen, nachdem mein Vater die Runde eröffnet hatte. Schnaubend und schmatzend wurde die Mahlzeit eingenommen. Arnold schaufelte gierig sein Essen. Der alte Jakob stachelte ihn listig an, er solle noch mehr reinhauen, damit die nächste Ernte üppiger ausfiele. Andere am Tisch waren der Meinung, man solle sein Mahl beenden, wenn unser Hund mit dem Schwanz wedelte. Wie dem auch sei, Arnold war meistens auch der Erste, der sein Mahl beendete, ganz nach dem allgemeinen Wahlspruch: „Wie zum Essen, so zur Arbeit“. Mein Vater ermahnte ihn öfters: „Wisch dir den Mund nicht immer am Ärmel ab!“ Auch konnte Vater es nicht vertragen, wenn am Tisch gespuckt wurde. Aber manche Dinge lernte Arnold nie und so forderte er ein manches Mal den Zorn meines sonst bedächtigen Vaters heraus.

Insgeheim vertraute Arnold mir später einmal an, warum er es beim Essen so eilig hatte: „Es hat mich angeekelt, wenn der alte Jakob mit seinem lückenhaften Gebiß seinen vollgegeiferten Löffel in die Suppe steckte.“ Nach dem Essen saßen wir oft noch eine Weile zusammen und die Erwachsenen erzählten, was sie am vergangenen Tag erlebt oder erfahren hatten. Wir Kinder spitzten die Ohren, wenn die Alten erzählten, denn wir durften uns nicht in die Gespräche einmischen und oft genug wurden wir weggeschickt. Nach einer Weile wurden urtümliche Laute, die bei der beginnenden Verdauung ihren Weg nach oben oder unten ins Freie suchten, wahrnehmbar. Das war das Zeichen, daß das Essen bekömmlich war. Unter Gelächter wurden die lautesten Knaller mit Zustimmung aufgenommen, Rülpser wurden mit dem Spruch bedacht: „Ein Ochse ist satt, wenn zwei satt sind, kann angespannt werden.“

Der alte Jakob, der zu unserem Gesinde gehörte, war ein merkwürdiger Kauz. Er wurde von allen „der Graue“ genannt. Um seinen Hals trug er ein Lederband mit einem Achat. Er glaubte fest an die Wirkung dieses Steins: Dadurch sollte er vor Blitz und Zauber geschützt und Gift unschädlich gemacht werden. Diese Erfahrung hatte er als Kind am eigenen Leibe erfahren, als er von einer Kreuzotter gebissen wurde. Nachdem das Schlangengift von unserem damaligen Knecht Anno ausgesaugt worden war, hatte dieser einen Achat auf die Bißwunde gelegt und die Wirkung war augenscheinlich, Jakob weilte schließlich immer noch unter uns. Im Dorf war er einer der wenigen, der noch aus einem Horn trank. Sein wertvolles Trinkhorn war mit einem wunderschönen metallenen Reif verziert, der schimmernd glänzte und nicht verging. Wieviel Met dieses Horn schon gefaßt hatte, wußte nicht einmal Jakob selbst. Er hatte keine Kinder und ihm fiel der Umgang mit uns schwer.

Wenn er sich anderen mitteilte, so erzählte er meistens Unsinn oder Gruselgeschichten. Einmal behauptete er, wer sich in der Osternacht vor Mitternacht auf einen Kreuzweg, der zugleich ein Totenweg war, legte und wer es schaffte, trotz aller widriger Umstände weder zu lachen noch zu weinen und wer weder betete noch sprach, dem sollte der Teufel in Gestalt eines Jägers begegnen. Der Fürst der Hölle sollte demjenigen, der ausgehalten hatte, ungeahnte Kräfte und Glück verleihen. Ob jemand aus unserem Dorf das Rezept „des Grauen" ausprobiert und die Prüfungen bestanden hat, vermag ich nicht zu beurteilen, jedenfalls gab es niemanden, der auf der Kirchweih oder bei anderen Herausforderungen am Glücksrad besonders vom Glück bevorzugt worden wäre. Überhaupt verhielte es sich so, behauptete Jakob, daß man an Kreuzwegen ohne Gefahr Geister sehen und hören könne, wenn man schwieg und sich von äußeren Einflüssen nicht aus der Ruhe bringen ließe. Auf keinen Fall solle man sich ablenken oder beeindrucken lassen. Dann sei alles aus. Jakob hatte noch einen guten Rat: „Zum eigenen Schutz ist es ratsam, einen Kreidekreis um sich zu ziehen, daran prallen böse Mächte ab." Jakob zwinkerte mir schelmisch auffordernd zu. Dann fuhr er fort: „Für derartige Unternehmungen sind natürlich besondere Nächte wie die Walpurgisnacht oder die Andreasnacht vor Allerheiligen am besten geeignet."

Niemand wußte, ob der alte Jakob bereits vierzig oder sogar schon fünfzig Mal das Laub fallen sah, er war schon steinalt. Er lebte unweit unseres Hauses in einer kleinen Kate unter zwei Linden. Er behauptete, sie schützten sein Haus. Die Linden sollten nach seiner Meinung auch Hexen fernhalten. Das halbe Dach seiner armseligen Kate hatte sich im Laufe der Zeit mit dem Donnerkraut, auch „Fette Henne" genannt, bedeckt. Seinerzeit hatte Kaiser Karl unseren Vorfahren befohlen, diese Pflanze auf ihre Dächer zu setzen, um so die Häuser vor Blitzschlag zu schützen. Bei starken Gewittern nahm „der Graue“ dann vom Kräuterpacken etwas ab und legte es ins Feuer. Mit den magischen Worten: „Es ist gerade so, als wollte der Herrgott dem Teufel die Gewalt übergeben!“, wehrte er das Unheil ab.

Beim Essen war es gut, von Jakob weit Abstand zu halten. Mit vollem Mund und aufgeblasenen Backen konnte er seinen Mund nicht stillhalten, sondern hatte sich wichtig und quasselte die ganze Zeit. Da konnte es schon einmal vorkommen, daß er über seine Scherze am meisten lachen mußte und prustend seinen Gegenüber mit dem Inhalt seines Mundes bedachte. In seltenen Fällen, wenn Jakob nichts zu berichten wußte und still am Tisch blieb, sahen Vater und Mutter sich erstaunt an: „Hat Jakob etwa seine Beine übereinandergeschlagen?“

Zur Suppe gab es bei uns frisch gebackenes Dinkelbrot. Vor dem Backen vergaß meine Mutter niemals, ein Kreuzzeichen einzuschneiden, zur Erinnerung an Jesus Christus, unseren Erlöser. Der Anschnitt gehörte nach altem Brauch dem Hausvater. Dieser durfte genauso wie das Brotende auf keinem Fall einem Bettler gegeben werden, dadurch wäre schlimmes Unglück über das Haus hereingebrochen. Meine Mutter achtete immer streng darauf, daß das Brot mit dem Anschnitt niemals in Richtung zur Tür gelegt wurde. Sie sagte: „Sonst verläßt das Glück unser Haus“. Ganz schlimm war es, wenn Brotwecken oder Laibe verkehrt herum auf den Tisch gelegt wurden. Dadurch wurde das schützende Kreuzzeichen verdeckt und es könnte sein, daß das Böse Macht über das Haus gewönne. Wer gerne Brotrinde ißt, den verläßt das Glück nie, sagen die alten Leute. Der Hungernde versteht diese Einstellung.

Wochentags tranken wir Wasser und Molke, sonntags gab es für die Männer des öfteren Bier, an Sonn- und Feiertagen überraschte uns unsere Mutter bisweilen mit Met oder Apfelmost. Freitags wurden Eier, Fisch oder Stockfisch aufgetischt, am Sonntag freute sich der ganze Hof auf Schweinebraten; selten gab es Geflügel, Kaninchen oder Rindfleisch. In unserem Dorf hatte der alte Spruch „Unterm Krummstab ist gut leben“ seine volle Berechtigung; wir lebten zufrieden, hatten unser Auskommen und brauchten nicht wie viele andere zu hungern. Unter dem Schutz unseres Erzbischofs blühte der Wohlstand auf.

Nachdem die Mägde den Tisch freigeräumt und gesäubert hatten, blieb noch einige Zeit zum Verweilen. Moritz, unser Kater, umschnurrte meinen Vater und legte eine erbeutete Maus vor seine Füße. Er trollte sich erst, wenn Vater sich gebührend um ihn gekümmert, ihn gestreichelt und gelobt hatte. Mein Vater nutzte nach dem Essen die Gelegenheit, einige Hobsleute zu sich zu rufen und ihnen Anweisungen oder Ermahnungen zu geben: „Hilmar, Du weißt, bis Pfingsten ist es nicht mehr lange, sieh zu, daß bis dahin die Flechtzäune ausgebessert sind. Gero, wie weit sind die Heiratspläne Deiner Tochter gediehen? Wir brauchen das Einverständnis des Domkapitels. Am besten, wir holen es ein, wenn wir die Zinsen zu Pfingsten nach Köln bringen". Er wurde nachdenklich und sprach mit sich selbst und murmelte: „Wenn ich noch an letztes Jahr denke", ...er schüttelte seinen Kopf und wurde ernst. „Graf Friedrich von Isenberg ist doch der Neffe von Erzbischof Engelbert. Nur der Herr im Himmel weiß ...", damit war das Selbstgespräch beendet.

Nachmittags löste mich mein Bruder Gottfried beim Ziegenhüten ab, und ich konnte nun mit Gero, dem Sohn unseres Hauptkötters, spielen. Gero war ein Junge in meinem Alter, der ständig zu Scherzen und Streichen aufgelegt war. Ich sah ihn meistens in Begleitung seines Spitzes. Der Hund und er wuchsen von Kindesbeinen wie Geschwister auf. Am meisten beneidete ich meinen Freund Gero im Lenz, wenn die Bäume ausschlugen und die Zeit der Maikäfer kam. Wir Kinder wetteiferten darin, möglichst viele dieser Käfer zu fangen. Dabei erzielte Gero jedesmal eine reichere Ausbeute als ich, was mich damals sehr ärgerte.

Eines Tages wurde er von seinem jähzornigen Onkel Heinrich verprügelt, weil er durch Unachtsamkeit dessen Krug, der mit Bier gefüllt war, umgerissen und zerschlagen hatte. Wer Gero kennt, kann sich ausmalen, daß er das natürlich nicht auf sich sitzen ließ, er wartete auf eine Gelegenheit, es Onkel Heinrich heimzuzahlen. Der hatte die Angewohnheit, seine Schuhe unter dem Tisch auszuziehen. Gero nutzte das aus. Er rächte sich, als sein Onkel einen Rausch hatte. Er kroch unter den Tisch und stiebitzte dessen Schuhe und füllte sie mit Ziegendung. Nun brauchte er nur noch zu warten. Größtes Vergnügen fand Gero darin, als er sah, wie Onkel Heinrich sich mit betretenem Gesicht bewußt wurde, wo er gerade hineingetreten war.

Geros äußere Erscheinung in seiner speckigen Hose und dem verschmutzten Leinenhemd ärgerte meine Mutter. Sie behauptete, er sei verwanzt und verlaust, was ja auch kein Wunder war, da er es vorzog, statt mit dem Knecht das Nachtlager zu teilen, sich an seinem Hund zu wärmen. Ich konnte jedenfalls dieses blutsaugende Ungeziefer an ihm nicht entdecken. Gero war etwas jünger als ich, von schmächtiger Gestalt und ziemlich blaß. Mir fiel auf, daß sich seine Rippenpaare unter der Haut abzeichneten und die Knochen der Wirbelsäule sich am Rücken deutlich hervorhoben. Einmal fragte ich ihn, ob er denn deswegen keine Schmerzen verspüre, was er ganz verwundert verneinte. Ich amüsierte mich über seine Wirbel, die sein flachsblondes Haar in völlig ungeordnete Strähnen verwarfen.

Wenn das Wetter nicht allzu rauh und unfreundlich war, sahen wir zu, daß wir schnell hügelabwärts an die äußere Gemarkung des Kölner Domkapitels kamen, die begrenzt wurde durch einen versumpften und verschilften Bachlauf, den Baarbach. In westlicher Richtung war dies damals die äußerste Grenze meiner kleinen Welt. Hier warteten meistens schon die „Großen“: Roderich und Philipp, die zwei bis drei Jahre älter waren als wir. Roderich hatte früh beide Eltern verloren. Seine Tante, Philipps Mutter, selbst Witwe und hilfsbedürftig, hatte ihn und einige seiner zahlreichen Geschwister aufgenommen. Er und seine Geschwister waren so arm, daß sie als einzige von uns Kindern im Winter Schuhe aus geflochtener Birkenrinde tragen mußten. Auch sein Gürtel war von seiner Tante nach Art unserer Vorfahren aus Birkenbast gefertigt worden.

Roderich war ein blonder Junge von kräftiger Statur mit rosigem Gesicht. Seine Haare fielen schulterlang ab und lagen glatt an. Wenn er lachte, zeigten sich seine etwas vorstehenden Schneidezähne. Philipp hingegen hatte dunkle Haare und war von schmächtiger Gestalt. An ihm fielen seine abstehenden, etwas zu großen Ohren auf. Im Vergleich zu seinem übrigen Körperbau waren seine Arme zu lang geraten. Es gefiel ihm, sich als Affe zu bezeichnen und auch so zu gebärden. Darüber wunderte ich mich zunächst sehr, denn Affen galten als Gottes mißglückte Schöpfungsversuche des Menschen.

Um von Philipp und Roderich als ebenbürtig anerkannt zu werden, mußten wir verschiedene Aufgaben erfüllen und Mutproben bestehen. Ungern erinnere ich mich, daß Roderich mich aufforderte, mit bloßen Händen Froschlaich aus einem halbversumpften Tümpel an Land zu schaffen. Danach verlangte Roderich, ich solle zwölf rohe Froscheier verspeisen, für jeden Apostel eins. Dies lehnte ich ab, denn jeder weiß, daß Frösche und Kröten Geschöpfe des Satans sind. Mein Freund Gero sollte eklige Entengrütze essen. Ich konnte ihn im letzten Moment davon abhalten. Philipp und Roderich begnügten sich dann damit, uns mit geschlossenen Augen über den etwa zwei Klafter breiten Bach springen zu lassen. Ein ums andere Mal landeten wir im Sumpf zwischen den ausufernden, großen Blättern der Pestwurz, von Onkel Heinrich auch „Wilder Rhabarber" genannt. Wir wurden erst als ebenbürtig anerkannt, als wir das gegenüberliegende Ufer trockenen Fußes erreichten. Wirklichkeit wurde die Gleichberechtigung dann durch unsere Blutsbrüderschaft. Dazu ritzte Roderich mit seinem Messer die Fingerkuppe des zweiten Fingers der rechten Hand aller Beteiligten an, wir legten die blutenden Finger kreuzweise übereinander und schworen uns ewige Treue. Dabei sah ich, warum Roderich darauf bedacht war, seine linke Hand meistens geschlossen zu halten: der dritte und der vierte Finger wiesen eine Mißbildung auf; sie waren miteinander verwachsen.[4]

Wenn ich mich recht entsinne, zählte ich inzwischen sechs Lenze. Ich hatte meine Aufgaben, die meine Mutter mir aufgegeben hatte, erledigt und freute mich aufs Spielen.

An diesem herrlichen Frühlingstag, an dem die Sonne den Boden so weit erwärmt hatte, daß wir zum erstenmal in diesem Jahr barfuß laufen konnten, kam Roderich auf die Idee, Stöckchen in den Baarbach zu werfen. Er stellte sich vor, es seien kleine Boote. Geros Spitz hatte sich selbständig gemacht und stöberte in der Uferböschung, wahrscheinlich jagte er Ratten.

Als Gero noch ein Säugling war, hatte der Spitz eine Ratte getötet, die den Jungen in der Nacht angefallen und an der rechten Wange verletzt hatte. Noch heute sah man die Narbe, die die Ratte in Geros Gesicht hinterlassen hatte.

Bald genügten uns die Stöckchen nicht mehr, und Philipp schlug vor, daß wir uns Boote schnitzen sollten. Nachdem Roderich und Philipp ihre Schiffchen fertiggestellt hatten, war ich an der Reihe: Roderich lieh mir sein Messer. Es war mein sehnlichster Wunsch, auch endlich ein eigenes Messer zu besitzen. Aber Vater und Mutter waren dagegen. Roderich suchte mir ein handspannenlanges Stück Pappelholz, das sich gut verarbeiten ließ, und führte mir bei den ersten Schnitzversuchen die Hand. Allmählich wurde ich sicherer und geschickter, und es gelang mir, ein ansehnliches Boot zu gestalten.

Gero wurde von Philipp in die Schnitztechnik eingeführt, aber er war sehr ungeduldig. Deshalb wurde sein Schiffchen etwas unförmig und klobig. Endlich kam die Zeit zum Wassern. Ziel war das Pappelwäldchen. Der Bach führte zu dieser Zeit sehr viel Wasser, so daß sich eine geschwinde Strömung bildete. Schon nach wenigen Metern hatte Phillips schlankes, schnittiges Boot die Führung übernommen, dicht gefolgt von Roderichs Schnitzwerk. Gero hatte den Einsatz verpaßt und sein Boot zuletzt ins Wasser geworfen. Die beiden Großen frohlockten und gaben sich siegessicher.

Aber ungefähr nach der Hälfte der Strecke gerieten die beiden führenden Boote in einen Strudel und drehten sich fortwährend im Kreis, aus dem es kein Entrinnen gab. Zwischenzeitlich war mein Gefährt in einer Uferböschung hängen geblieben und es brauchte lange Zeit, um es wieder zu befreien. Ausgerechnet Geros plumpes Schiff gewann in der Seitenströmung an Fahrt und umschiffte den Strudel, so daß es gemächlich ins Ziel schipperte. Roderich und Philipp konnten das natürlich nicht auf sich sitzen lassen, und so wurden noch weitere Rennen gestartet, bis die Dämmerung einsetzte. Als ich merkte, wie spät es bereits war, überkam mich ein ungutes Gefühl. Philipp und Roderich wohnten direkt in der Nähe des Baarbachs in einem kleinen windschiefen Kotten und waren innerhalb kürzester Zeit zu

Hause. Gero und ich jedoch mußten den langen, stetig ansteigenden Hang hinauf gut eine viertel Meile laufen, bis wir zur höchsten Stelle des Dorfes kamen, wo unser Hof lag. Mit gemischten Gefühlen liefen wir im Dauerlauf heim. Wir wußten, daß nach dem Sonnenuntergang die gefährliche Zeit der Geister, Dämonen und Kobolde anbrach. Auf dem Hof wurde ich durch das Gebell von Harro in Empfang genommen. Unsanft zog mich meine Mutter am Ohr: „Du weißt genau, wann Du zu Hause sein mußt. Nur fahrendes Volk und Schlitzohren treiben sich in der Dunkelheit herum." „Wenn Du noch einmal so spät nach Hause kommst, mußt Du zur Muhme!", gab sich meine kleine Schwester Marie altklug.

Mit der alten Muhme, die als böser Geist die Felder unsicher machte, oder dem schwarzen Mann, jagten die Erwachsenen uns Kindern Angst ein, wenn wir ungehorsam waren.

Nach dem Mahl wurde es für uns Kinder höchste Zeit zum Schlafen. Auf dem gestampften Lehmboden bereitete eine Magd eine Lagerstatt aus Heu und mehreren übereinandergelegten Schaffellen. Wir Kinder schliefen zusammen in einer Ecke des Hauses, so wärmten wir uns gegenseitig. Nach dem Einbruch der Dunkelheit dauerte es nicht lange, bis der ganze Hof in Schlaf und Schlummer versunken war. Von Zeit zu Zeit kam es vor, daß das allgemeine Geschnarche von merkwürdigem Gestöhne und Ächzen und von verhaltenem Gekicher unterbrochen wurde . Erst viel später ging mir auf, was sich da im Dunkeln abgespielt hatte.

Wir freuten uns, wenn meine lebenserfahrene Großmutter, die wir sehr gerne hatten und achteten, uns vor dem Schlafen so manche Geschichte erzählte. Ihr lag unsere christliche Erziehung besonders am Herzen. Sie verachtete zwar nicht das alte Brauchtum unserer Altvorderen, aber wenn die Sprache auf Donar und Wotan kam, verhielt sie sich ablehnend. Im Gegensatz zu ihr war mein Großvater noch sehr den alten Sitten und dem althergebrachten Glauben verhaftet. Er verehrte zwar auch Jesus Christus als unseren Erlöser, aber er war trotzdem der Meinung, daß es besser sei, sich nicht vollends von den alten Gottheiten abzuwenden. Neben Gleichnissen und Geschichten aus der Bibel fanden Legenden Großmutters besonderen Zuspruch.

Einmal erzählte sie über den heiligen Pankratius, den Schutzpatron der nahegelegenen Stadt Loen, über dessen merkwürdigen Namen wir Kinder lachten: Pankratius war der Sohn einer reichen heidnischen Familie aus Kleinasien. Nach dem frühen Tod seiner Eltern kam er in die Obhut seines Onkels, und dieser übernahm seine Erziehung. Mit ihm kam er als Dreizehnjähriger nach Rom, dort stand seine Familie in hohem Ansehen und in der Gunst des Kaisers, der seinerzeit der schlimmste Christenhasser war. Als Pankratius in Rom Christen kennenlernte, nahm er dennoch ihren Glauben an. Ihm wurden die Augen geöffnet, und voller Abscheu verurteilte er die grausame Christenverfolgung. Ein Glaubensbruder führte ihn zum Papst, der damals noch in einem gewöhnlichen Haus lebte, wie jeder andere auch. Auf seine Bitte hin bekehrte er ihn und unterrichtete ihn in Glaubensdingen. Schließlich nahm er ihn in die Gemeinde der Christen auf und taufte ihn. Mit seinem Vermögen setzte sich der Jüngling nun für die bedrängten Christen ein, besonders für die bereits gefangen genommenen Gläubigen. Er besuchte regelmäßig die Versammlungen und Gottesdienste der Christen. Es dauerte nicht lange, da wurde auch Pankratius angezeigt und vom Statthalter des Kaisers verhaftet. Der Kaiser selbst wollte aber den jungen Mann für sich gewinnen, er köderte ihn mit glänzenden Versprechungen und versuchte, ihn zum Abfall von seinem neuen Glauben zu bewegen. Pankratius aber blieb standhaft und verteidigte voller Bekennermut, auch nachdem ihm die Todesstrafe angedroht wurde, seine christliche Gesinnung. Vor seinen Richter geführt, wurde er im schrecklichsten Jahr der Christenverfolgung öffentlich mit dem Schwert enthauptet. Bis zuletzt hatte er mutig seinen Herrn Jesus Christus gepriesen. Seinen Leichnam ließen die Schergen zur Schande zum Fraß für die streunenden Hunde liegen. Nur unter Lebensgefahr nahm eine Christin den Körper von Pankratius auf und trug ihn zu den Katakomben, wo er beigesetzt wurde.

Als unsere Großmutter uns später zum dritten Mal dieselbe Legende erzählen wollte, murrten wir. Deshalb berichtete sie über die Wunder dieses hochverehrten Heiligen : „Ein Richter sollte nach einem Streit Recht sprechen. Aus der Schilderung des Sachverhalts ging klar hervor, welche der beiden Klage führenden im Unrecht war. Um der Gerechtigkeit zum Sieg zu verhelfen, führte der Richter beide Streithähne an den Altar des heiligen Petrus und verlangte von dem Schuldigen, der auf seiner Unschuld bestand, diese zu beschwören. Der Richter sandte ein Bittgebet an den Apostel, er möge durch ein Zeichen die Wahrheit offenbar werden lassen. Als nun der Schuldige unbekümmert geschworen hatte, seine Lüge aber nicht aufgedeckt wurde, rief der verzweifelte Richter in seinem ungebrochenen Glauben an Wahrheit und Gerechtigkeit:

„Der alte Sankt Petrus ist entweder zu barmherzig, oder er will einem jüngeren Heiligen den Vortritt lassen, deshalb wollen wir zu dem jungen Pankratius gehen, ob er vielleicht meine Bitte erhört."

Daraufhin gingen sie alle zusammen an das Grab des heiligen Pankratius. Der Schuldige ließ sich nicht einschüchtern und wiederholte auch hier am Grabe des jungen Märtyrers seine Lüge und beteuerte seine Unschuld. Da er die Hand aber zur Bekräftigung seines Schwurs auf das Grab gelegt hatte, ließ sie sich nicht mehr lösen. Vor Schreck wegen seines Frevels, weil er sich zweimal hintereinander versündigt hatte, traf ihn der Schlag und er starb an Ort und Stelle.

Daher hat das Volk auch heute noch die Gewohnheit, daß man in schwierigen Fällen über den Gebeinen des heiligen Pankratius schwören läßt. Er ist auch der Schutzpatron der Ritter. Wenn im Lenz die letzten Nachtfröste auftreten, wird er gemeinsam mit Servatius und Mamertus als Eisheiliger verehrt."

Wenn meine Mutter den Eindruck hatte, daß es nun endlich Zeit sei, Ruhe einkehren zu lassen, kam auch sie an unsere Lagerstatt und gemahnte uns an das Nachtgebet:

„Lieber Herr Jesus Christ, dieser Tag nun fast vorüber ist, wir danken Dir für Deine Güte, daß Du uns vor Sünde und Schaden behütet hast. Wir bitten Dich um eine gesegnete Nacht und schließen in unser Gebet Vater und Mutter, Großeltern und Geschwister, unsere Ahnen sowie Nachbarn, aber auch den Kaiser und unseren Erzbischof mit ein. Amen."

Meine Schwester Helene verlangte meistens noch, daß Harro, mit dem sie ein besonders gutes Verhältnis hatte, in das Gebet mit eingeschlossen würde. „Ja, Harro auch, schließlich ist er ja auch eine Kreatur Gottes," bestätigte meine Mutter. Marie, die Kleinste, mischte sich ebenfalls ein: „Die Hühner auch. Die Hühner sind auch Geschöpfe Gottes." „Natürlich, die Hühner auch, am besten wir beziehen die Ziegen, Schafe, Kühe und Schweine auch mit ein... Jetzt ist es aber genug, morgen früh müßt ihr frisch und ausgeruht sein," beendete Großmutter die Einwürfe.

Meine Großmutter beschloß ihren Tag damit, daß sie vor dem Schlafen noch einmal vor die Tür trat und ein Schüsselchen Milch unter unseren Holunderbusch mit seinen heiligen, weißen Blüten stellte. Damit stimmte sie die Holunderfee für die kommende Nacht und den nächsten Tag gnädig. Regelmäßige Opfergaben der weißen Lebensmittel wie Milch, Mehl, Salz oder Butter und Geflügelfleisch hielten die Fee bei Laune und besänftigten sie. So konnte man ohne Furcht ab und zu einen stillen Wunsch äußern oder bei Krankheit um Beistand bitten.

Der nächste Tag kam und mit ihm das gleichtönige Einerlei auf unserem Hof, Tage reihten sich an Tage, Wochen an Wochen, Monate an Monate, die in gewohnter Weise mit den üblichen Feldarbeiten wie düngen, eggen, säen, Gras mähen, heuen oder ernten verbracht wurden. Für Ärger und Aufregung im sonst so langweiligen Jahresverlauf sorgte von Zeit zu Zeit eine Wildschweinrotte, die unsere Felder durchwühlte und jedesmal einen gehörigen Schaden hinterließ. Vor dem Haus spielten die kleinen Mädchen unter Aufsicht der Älteren. Sie hüpften, sprangen, tanzten oder vertrieben sich die Zeit beim Blumenpflücken. Wenn sie genügend langstielige Gänseblümchen fanden, flochten die Mädchen sie zu Kränzen. Das ganze Jahr über verstreuten die Mägde Blüten, aromaspendende Harze oder Hölzer im Wohnbereich unseres Hauses, um den Gestank und Mief aus den Stallungen zu überdecken. Im Garten und auf den Feldern bauten die Bauern im Schweiße ihres Angesichts Lein, Hafer, Roggen, Spelzweizen und Dinkel an; Rüben, Erbsen und Bohnen bereicherten das Angebot. Im Herbst waren wir damit beschäftigt, das Getreide zu schneiden, zu Garben zu binden und zu dreschen. Auf der Darre lag das Korn zum Trocknen aus. Wenn es die Zeit zuließ, teilte mein Vater zwei Knechte ein, die die Gräben entlang des Feldrains zur Entwässerung instandsetzten oder Zäune und Wege auf dem Hof und im Dorf erneuerten. Falls erforderlich, führten sie auch Ausbesserungen an Haus oder Dach aus.

Die Frauen blieben für sich und beschäftigten sich neben der Haus- und Gartenarbeit mit dem Spinnen von Garn, dem Weben von Woll- oder Leinentüchern sowie dem Nähen von Kleidungsstücken. Für ein gutes Gelingen empfahl es sich, kleine Mädchen mit ihren geschickten Händen das Garn spinnen zu lassen. Diesem Garn wurde nachgesagt, daß sich hieraus Glückshemden fertigen ließen. Dabei wurde viel Sorgfalt verwendet, denn die Tücher und teilweise auch die Kleidungsstücke mußten ein ganzes Leben halten, manchmal sogar mehrere Generationen lang. Unser Sonntagstischtuch beispielsweise hatte meine Großmutter als Brautausstattung von ihrer Patentante Elisabeth erhalten. Inzwischen war es in den Besitz meiner Mutter übergegangen und sie hielt es hoch in Ehren. Wie viele Sonntage mochte dieses Tuch schon erlebt haben? Einschränkend muß man aber sagen, daß es die ersten zehn bis fünfzehn Jahre nur an den höchsten Feiertagen wie Ostern oder Pfingsten aufgelegt worden war. Bei den Näharbeiten wollte jede der Frauen die Beste sein. Jetzt mußte sich erweisen, ob das Gewebe gleichmäßig und fein gewoben war und ob die gesponnenen Fäden auch hielten, was man von ihnen erwartete, besonders beim Herstellen der Wämse.

Tod und böse Geister

Als ich sieben Jahre alt war, starb drei Tage nach meinem Geburtstag, den ich am Tag der Verkündigung des Herrn[6] begehe, mein Großvater nach langem Siechtum an Auszehrung. Was hatten wir nicht alles unternommen, ihn zu heilen! Zunächst verbrachte er in Hoffnung auf Gesundung eine Nacht unter dem Holunderbusch hinter unserem Haus. Für uns Kinder war es sehr aufregend, denn wir durften in dieser Nacht in seiner Nähe im Freien schlafen. Unter abenteuerlichsten Vorstellungen über die kommenden Ereignisse der Nacht konnten wir die Dunkelheit kaum erwarten. Ich hatte meinen Freund Gero überredet, mit uns die Nacht zu verbringen. Es war ein hartes Stück Arbeit, seine Angst vor der Geisterstunde um Mitternacht zu zerstreuen. Vorsichtshalber bewaffneten wir uns mit Knüppeln und hielten uns einen Vorrat an Steinen, die wir griffbereit neben uns legten. Endlich dämmerte es, und wir entfachten ein Lagerfeuer. Mein Großvater hatte uns einige Geschichten aus seiner Jugendzeit erzählt. Er wollte mit uns über die Geisterstunde wachen, aber dann verließ ihn die Kraft und er schlief ein. Uns als Halbwüchsigen war es im Grunde lieber so, denn nun konnten und mußten wir uns beweisen. Es war an Peter und Paul, die Sommernacht war zunächst lau, aber es dauerte nicht lange, bis uns trotz des Feuers empfindlich kalt wurde. Kühl und silbrig glänzend schien inzwischen der Mond, von Zeit zu Zeit schoben sich Wolkenfetzen vor ihn, die sein sparsames Licht verdunkelten. Ich meinte, in der Ferne das Heulen von Wölfen zu hören. Oder war es gar der grausige Weltenhund, von dem wir schon so viel gehört hatten? Der so groß war wie ein Kalb und tellergroße Augen hatte? Man hatte uns erzählt, der Knüppelhund, wie er auch genannt wurde, könne zur gleichen Zeit überall auf der Welt sein, aber nur Sonntagskinder könnten ihn sehen. Wer stellt sich unsere Angst vor?

Im Schlaf wurde mein Großvater immer wieder von heftigen Hustenanfällen geschüttelt. Dann deckte ich ihn wieder mit seinen Schafspelzen zu und wischte den Schweiß von seiner Stirn. Obwohl wir es nicht zugaben, hatten wir natürlich Angst vor den Geistern der Nacht und dem Herrn der Finsternis. Wir redeten uns immer eindringlicher Mut zu, und die Runden der Wache drehten Gero und ich gemeinsam. Da, war das nicht ein Schatten, der sich am Haus bewegte? Statt zu schlafen, saßen wir mit angsterfüllten Augen da, Großvater und Marie schliefen schon. Wir rückten näher zusammen, aber weder Geros Spitz noch Harro rührten sich, sie schlugen nicht an. Auch unsere Gänse verhielten sich in ihrem Gatter ruhig. In unserer Vorstellung geschahen die gruseligsten Schandtaten, wir versuchten sogar zu zweit, einen Kobold zu packen, unsere Furcht hinderte uns jedoch im letzten Moment am Zugriff. Dann erschütterte uns ein markerweichender Schrei, nun schlug Harro an. Er bellte zwei, dreimal, beruhigte sich aber wieder ziemlich rasch. Ein Kater war auf Brautschau und hatte den Lärm verursacht. Ärgerlich warf ich einen Stein in die Richtung des Katers. Irgendwann spürten wir die Kälte der Nacht nicht mehr und schliefen auch ein. Viel zu früh weckte uns am nächsten Morgen unser Hahn.

Meinem Großvater ging es auch nach dieser Nacht unverändert schlecht. Sogar eine intensive Behandlung mit Leberblümchentee und Osterwasser konnte keine Heilung bewirken. Als die Hoffnung schon fast geschwunden war, kam die Frau des alten Jakob mit Lärchenpech, das sie mit weißer Butter vermischt hatte und versprach Genesung. Gegen den immer lästiger werdenden Husten ließ mein Großvater auf ihren Rat hin ständig seinen linken Arm vom Ruhelager herabhängen, so sehr, daß er ihn mehr schmerzte als der Husten selbst. Wie ich erst viel später erfuhr, hatte Lene, die Frau „des Grauen“, eine Strohpuppe von Mannsgröße gebastelt, diese verwünscht und ihr Großvaters Leiden angesprochen und sie dann verbrannt. Damit wollte sie die Krankheit auslöschen. Aber auch diese Maßnahme brachte keine Linderung.

Eines Tages geschah etwas Merkwürdiges: Ein Mauersegler aus den Stallungen hatte sich in die gute Kammer verflogen. Die Magd Änne hatte ihn dort als erste bemerkt und versucht, ihn so rasch wie möglich zu vertreiben. Es ging die Angst um, ein ins

Haus verirrter Vogel sei ein Omen für einen bevorstehenden Tod. Meine Mutter und Großmutter lachten Änne aus. Doch noch in der Trauerzeit wurde meine Großmutter, nur fünf Monate nach meinem Großvater, in die Ewigkeit abberufen. Meine Großmutter klagte plötzlich über starke Oberbauchschmerzen. Nach einer kurzen Zeit der Erholung nahm das immer stärker werdende Kneifen im gesamten Bauchraum zu. Sie stöhnte vor Schmerzen. Es dauerte nicht lange, da wurde aus einer gesunden Frau ein todkranker Mensch mit Ausbruch von kaltem Schweiß. Ihre Nase wurde spitz, die Augenhöhlen grau und eingefallen. Als abzusehen war, daß sie nicht mehr gesund würde und die Krankheit fortschritt, wurde der Kaplan gerufen, der sie mit den Gnadenmitteln der heiligen Kirche versah und ihr die letzte Ölung gab. Die Familie hatte sich um ihr Lager versammelt. So sahen wir, wie ihr Zustand sich verschlimmerte und bekamen mit, wie ihre Schmerzen sogar noch zunahmen. Meine Großmutter war ängstlich besorgt, ihre Lage so wenig zu verändern, wie unbedingt nötig, um keine weiteren Qualen zu erleiden. Erbrechen, Aufstoßen und ständiger Schluckauf quälten sie. Welche Verfehlungen in ihrem Leben führten zu solch grausamer Pein? Mich schmerzte es, eine Frau leiden zu sehen, die ich zeitlebens nur gütig und liebevoll erlebt hatte. Wenn Mutter streng und unnachsichtig die Verfehlungen ihrer Kinder ahndete, war es immer Großmutter, die ausgleichend und mäßigend eingewirkt hatte. Jetzt lag sie da, von Gott und der Welt verlassen, niemand konnte ihr helfen.

Hinzu kamen starker Durst und Fieber, Großmutter wurde immer schwächer. Die Familie versammelte sich am Sterbelager. Meine kleine Schwester Marie verstand nicht, was vor sich ging, zu schnell hatte sich das Befinden unserer Großmutter verändert. Weinend verlangte sie, Großmutter solle wieder die alte sein. Das Atmen fiel der alten Frau zunehmend schwerer. Zuletzt war sie so entkräftet, daß sie einen letzten Seufzer tat und verschied. Vater ging zum Fenster des Sterbezimmers und öffnete es, damit die Seele unserer Verstorbenen ins Freie entweichen konnte. Anschließend wurde das Haus gründlich ausgefegt. Bei uns in Westfalen herrscht die Vorstellung, daß die Seele eines Verstorbenen im Kehricht eines Hauses steckt und befreit werden muß. Mein Vater nahm meine Mutter in die Arme, streichelte ihr übers Haar, zog sie an sich und tröstete sie. Die Leichenwaschung wurde von den Mägden vorgenommen und die Tote mit Blumen geschmückt, danach wurde sie aufgebahrt. Von den teuren Kerzen wurden an jeder Seite des Totenbettes eine aufgestellt, die Tag und Nacht bis zur Beerdigung brannten. Drei Tage lang, bis zur Bestattung, hielten die Angehörigen unseres Hofes ununterbrochen Totenwache. Vater und Mutter gingen zur nahegelegene Dorfkapelle, knieten nieder und beteten für das Seelenheil unserer Großmutter. Nun mußte der Leichenbitter durchs Dorf geschickt werden, der die traurige Kunde vom Ableben meiner Großmutter verbreitete und gleichzeitig die Einladung zur Beerdigung aussprach. Für jeden erkennbar, trug er einen langen schwarzen wallenden Flor über dem Rücken. Mit ernster Leichenbittermiene sagte er die Tote bei allen Verwandten, Bekannten und Nachbarn an.

Am Tage der Beerdigung verabschiedete sich die Familie gebührend von Großmutter. Die Familie, Freunde und Bekannte sangen Trauerlieder. Nachdem mein Onkel Gottfried, der an diesem Tage die Repräsentationspflichten im Trauerhaus übernommen hatte, die Verstorbene gewürdigt hatte, stimmten alle die Abschiedsstrophe an und sprachen ein Gebet. Vier kräftige Knechte hoben den schweren Eichensarg, der aus den Brettern der Bäume unseres eigenen Grundes und Bodens gezimmert worden war, auf unseren großen Erntewagen. Der Trauerwagen meiner Großmutter war mit vier Pferden bespannt, die mein Onkel eigens für diesen Tag aus Eisborn mitgebracht hatte, denn wir waren damals noch zu arm und besaßen nur ein Maultier und mehrere Ochsen. Zu beiden Seiten des Wagens wurden für die letzte Fahrt meiner Großmutter Sitzbretter angebracht, auf denen die Klageweiber vollständig schwarz gekleidet und tief verschleiert Platz nahmen. Sie bildeten eine Reihe, streng nach dem Verwandtschaftsgrad geordnet. Der Leichenbitter setzte sich an die Spitze des Leichenzuges. Ihm folgten die Kinder der Verwandtschaft und des Dorfes, danach der Kaplan und mit einigem Abstand der vierspännige Leichenwagen. Erst danach gingen die Männer mit entblößtem Haupt und nach ihnen die Frauen, schwarz gekleidet und verschleiert in langen Zweierreihen. Mit den Worten: „In Gottes Namen, los," trieb der Fuhrmann die Pferde an. Auf genau festgelegtem Leichenweg ging es gemessenen Schrittes vorbei an den benachbarten Häusern und Gehöften zur Kirchspielskirche Sankt Vincenz nach Menden. Unterwegs wurde bei jedem Nachbarn, bei dem der Zug vorbeikam, angehalten und eine Strophe des angestimmten Trauerliedes gesungen. Unsere Magd Ursula hütete in der Zwischenzeit das Haus. Ihre Aufgabe war es, hinter dem Sarg herzufegen und zusätzlich noch einen Eimer Wasser nachzugießen, damit die Tote nicht spuken konnte. Nach der Beerdigung sagte mein Vater dem Leichenbitter, dem alten Otto, anstelle des gesamten Dorfes die Danksagung für das Trauergeleit. Wie es Brauch war, mußten wir in diesem Jahr zum zweiten Mal für unsere Verstorbenen deren beste Kleider und unser Besthaupt, unserer Herrschaft, dem Domkapitel in Köln, abgeben. Das war natürlich ein harter Schlag. Mein Onkel, Gottfried von Sümmern, Schultheiß von Eisborn, der eine Tagesreise auf sich genommen hatte, um zu uns zu kommen, und die nächsten Verwandten wurden natürlich zur Bewirtung in unser Haus aufgenommen.

Das Thing

Seit Alters her trafen sich alle vierzehn Tage dienstags alle Männer der Herrschaft Sümmern unter einer mächtigen Linde zum Thing. Dieser Ort war heilig und hier durfte weder geflucht noch falsch Zeugnis geredet werden. Den Vorsitz hatte mein Vater. Als Dorfschulze genoß er das Ansehen und Vertrauen des ganzen Dorfes. Der heilige Thingplatz war umzäunt und lag erhöht am Rand des Dorfes an der Ausfahrt auf dem Weg nach Menden. Hier kamen alle Angelegenheiten zur Sprache, die für die Dorfgemeinschaft von Bedeutung waren: Soll Land gerodet werden? Müssen neue Wege angelegt werden? Wer wird zur Straßenpflege eingeteilt? Wer kümmert sich um Witwen und Waisen? Braucht das Dorf einen Nachtwächter? Wie schützen wir uns wirkungsvoll gegen wilde Tiere? Welche Maßnahmen werden bei Ausbruch eines Feuers ergriffen?

Zu dem Thing hatten nur die freien Männer Zutritt, Frauen und Unfreien war die Anwesenheit versagt. Bei dem Thing wurde auch Recht gesprochen, in Sümmern war mein Vater der Richter und hatte den Vorsitz. Er schickte zwei Büttel und beauftragte sie, die umgebenden Büsche nach unrechtmäßigen Zuschauern oder Zuhörern zu überprüfen und den Thingplatz zu sichern. In gebührendem Abstand hielten sie Unbefugte vom Thingplatz fern. Beim Thing mußten seit alters her alle Teilnehmer ihre Waffen ablegen. Wie immer standen zu Beginn der Sitzung alle anwesenden Männer auf und huldigten dem Kaiser und unserem Erzbischof. Dann ergriff mein Vater das Wort und eröffnete den Tag des Herrn.

Heute stand der Fall des Viertelmeiers Hunke, der all sein Hab und Gut nach und nach in Branntwein umgesetzt hatte, und der nun schon seit einem halben Jahr den Zehnten schuldig geblieben war, zur Urteilsfindung an.

Zum Zeichen seiner Würde und der Gerichtsbarkeit hatte mein Vater eine Robe angelegt, einen Hut aufgesetzt und ein Schwert vor sich auf den Tisch gelegt. Während der gesamten

Verhandlung hielt mein Vater einen Stab in den Händen. Weil im Volksglauben die Meinung herrscht, daß sich zwischen Holz und Rinde Geister festsetzen, war dieser entrindet. Die beisitzenden Schöffen hielten während der Verhandlung lange, weiße Stecken. Die Stäbe hatten nach allgemeiner Meinung Zauberkraft, die durch die Anzahl ihrer Astansätze noch erhöht wurde. Der vorliegende Fall war offenkundig. Hunke wurde zunächst ermahnt, dann gefragt, ob er seinen Verpflichtungen und den Ansprüchen des Gerichts nachkommen wolle. Betreten sah er zu Boden und schämte sich. Er war ein einfacher, gutmütiger Mann, der aber haltlos war. Dem Volksglauben folgend hatte Hunke sich beide Taschen mit Bärlapp vollgestopft, im Vertrauen darauf, daß er einer Verurteilung dadurch entginge. Er stimmte während der Verhandlung allen Forderungen zu und versprach, sich zu bessern. Mein Vater wirkte sehr würdig. Im Gegensatz zu seinem entspannten, gelösten Gesichtsausdruck im Alltag zeigte er aber nun eine ernste, strenge, hoheitsvolle Miene, die keinen Widerspruch duldete. Er gemahnte zur Ruhe und forderte die Anwesenden auf, sich zu erheben. Er brach den Stab, den er in seinen Händen hielt und verkündete dann das Urteil:

„Im Namen des Kaisers und unseres Herzogs, des Erzbischofs Engelbert, verurteile ich Dich um Liebes und Leides Nicht, Viertelmeier Hunke, zum Tragen eines weißen Hutes, damit für alle offenkundig und sichtbar wird, daß Du schlecht gewirtschaftet hast und den Zehnten schuldig geblieben bist. Dir wird eine Frist gesetzt bis zu Martini diesen Jahres, wenn die Zinsen ohnehin fällig sind, Deine Schulden einzulösen. Solltest Du deine Versprechen brechen, wirst Du in der Trinkertonne durchs Dorf geführt.“ Dabei sah er Hartmann an, den Burschenkönig unseres Dorfes, der die Einhaltung der guten Sitten im Dorf überwachte und mit seinen Burschen die verhängten Strafen durchsetzte.

In einem zweiten Fall kam zur Sprache, daß die Frau des Bauern Bröker mit ihrem Knecht Tobias beim Ehebruch überrascht worden war. Die anwesenden Männer schüttelten ungläubig die Köpfe, denn niemand konnte sich vorstellen, was die Bäuerin an diesem Hänfling von Untergebenen so anziehend fand. Wie konnte sie sich als Bäuerin mit einem Niedereren abgeben? Hatte sie gar keinen Stolz? Glücklicherweise war der Beischlaf noch nicht vollzogen, sonst hätte für beide die Todesstrafe gedroht. Wie ich später erfuhr, war es in anderen Landesteilen üblich, das ehebrecherische Paar aneinander zu binden und bereits im Sarg liegend zu pfählen, indem man ihnen bei lebendigem Leib einen dicken Holzpflock durch die Körper trieb. Ich sah meinem Vater die Erleichterung an, er konnte es bei einer Ehrenstrafe belassen. Die Bäuerin mußte nach dem Urteilsspruch ihr Kleid zur Schande um zwei Handspannen kürzen und sich das Haar scheren lassen. Beifall erhob sich. Die Bäuerin wurde mit beleidigenden Zurufen bedacht. Mein Vater schlug mit seinem Stab auf den Richtertisch und bat sich Ruhe aus. Der Knecht trug als Unfreier ohnehin schon kurzes Haupthaar, deshalb wurde er zu fünfzig Rutenschlägen verurteilt und des Dorfes verwiesen.

Nun wurde der Rügezeuge befragt, ob in den letzten Tagen sonstige Verbrechen oder Verfehlungen bekannt geworden seien. Da dies nicht der Fall war, setzte mein Vater seinen Hut ab und legte den entrindeten Stab zur Seite. Die Gerichtsverhandlung war beendet. Die Schöffen nickten beifällig und bestätigten die Urteile. Nachdem mein Vater die Anwesenden ermahnt hatte, Zwietracht und üble Nachrede im Dorf zu unterlassen, schloß er das Thing. Die freien Männer des Dorfes verweilten noch etwas und tauschten die letzten Neuigkeiten aus. Die Urteile wurden mit Anmerkungen bedacht und über die Schande der Verurteilten gelästert.

Ottmar sprach seinen Nachbarn an: „Ich glaube, bei uns streunt ein Fuchs, mir fehlte letzte Woche schon wieder ein Huhn.“ Hartmut sorgte sich um seinen Esel, der immer schwächer wurde und lahmte. Eine Dreiergruppe lachte rauh auf, der alte Otto wußte eben immer einen Scherz. Die anderen Anwesenden suchten die Nähe der drei Lachenden. Golo sagte: „Was gibt es denn Lustiges? Wir wollen mitlachen!“ Es ging ums Düngen. Seit altersher war bekannt, daß die Ernte üppiger ausfiel, wenn Kompost oder Laub auf den Äckern verteilt und untergepflügt wurde. Der alte Otto wußte zu berichten, daß der Einzelgänger des Dorfes, der hinkende Leo, dazu übergegangen war, Kuhdung und Hühnermist auf sein Feld zu bringen und anmaßend behauptete, hier wüchsen die Rüben besonders gut. Otto ahmte Leo nach, der in gebückter Haltung Kuhfladen aufs Feld trug. Das Gelächter der Umstehenden war ihm sicher. Nun äffte Jakob Leo nach, wie er Hühnermist aufs Feld brachte, indem er beide Hände zu einer Grube formte und sie weit von sich streckte. Die anderen verzogen die Gesichter, hielten sich die Nasen zu und riefen: „Dann laß es dir mal gut schmecken!"

Ein zwölfjähriger Domherr

In der Domschule in Köln saßen die Schüler gerade im Lateinunterricht. „Rusticus laborat. Ager plenus saxorum est", stand im Text. Kanonikus Thomasius rief Ekbert auf: „Konjugiere das Wort: laborare." Der Junge erhob sich, unvermittelt kam von ihm: „Laboro, laboras, laborat." „Gut, gut, Friedrich, bitte fahre fort." Friedrich von Isenberg, ein blasser, schlanker Junge mit wasserblauen Augen und dunklem Haar, erhob sich. „Laboramus, laboratis, laborant."

Er war der zweitgeborene Sohn des Grafen Arnold von Altena. Wie es bei den Adligen üblich war, sollte er eine geistliche Laufbahn einschlagen. Auf der Domschule lernte er die sieben freien Künste: Grammatik, Rhetorik, Dialektik, Arithmetik, Geometrie, Astronomie und Musik. Er war ein zurückhaltender, scheuer Schüler, der mit guten Leistungen aufwartete. Am meisten interessierte er sich für das Fach Geometrie; Musik lag ihm am wenigsten. Er war ernst und neigte zu Grübeleien. Die Scholasten lobten ihn, weil er die ihm gestellten Aufgaben besonders genau nahm. Nur selten beteiligte er sich an Streichen, die seine Mitschüler ausheckten, wenn sie ihrem Lehrer seine Bücher versteckten oder Wasser auf der Sitzfläche seines Schemels vergossen. Trotz seines jugendlichen Alters von zwölf Jahren war er bereits Domherr am Kölner Dom. Sein Werdegang am Dom wurde dadurch erleichtert, daß sein Onkel Adolf Erzbischof war. Seit dieser abgesetzt worden war, weil er die Partei der Staufer im Thronfolgestreit gegen den Willen des Papstes unterstützt hatte, hatte Friedrichs Werdegang als Domherr einen Einbruch erlitten. Als der Scholast gerade über die Wirklichkeit der Universalien und die verschiedenen Ansichten darüber dozierte, geschah etwas, was in der Lateinschule vorher noch nie vorgekommen war. Der strenge Unterricht wurde gestört und unterbrochen. Aus wichtigem Grund wurde Friedrich aus dem Unterricht gerufen. Er erhielt die Nachricht, daß er sich beim Dekan melden solle.

Den Jungen überkam ein mulmiges Gefühl. Der Dekan war ein asketischer, strenger Mann mit bereits ergrautem Haupthaar und hervortretenden, unnatürlich stechenden Augen. Sein Gesicht war von streng wirkenden Furchen und Falten durchzogen. Es bedeutete nichts Gutes, wenn man zu ihm gerufen wurde. Um so überraschter war Friedrich, als der Dekan ihn freundlich empfing und fürsorglich den Arm um seine Schulter legte. Diese Geste währte aber nur kurz, rasch zog der Dekan seinen Arm wieder zurück, als ob er sich verbrannt hätte. „Mein lieber Bruder in Christo," sprach er Friedrich an, „ich habe eine betrübliche Nachricht für Euch. Euer Bruder Eberhard ist verstorben. Er fiel vom Pferd und brach sich dabei das Rückgrat. Euer Vater hat den Wunsch, Euch dringend zu sehen. Da Ihr der Zweitgeborene seid, sollt Ihr das Erbe übernehmen und die Domschule verlassen." Friedrich wurde flau im Magen, voller Trauer dachte er an seinen großen Bruder. Er senkte sein Haupt, Tränen liefen über seine Wangen. Der Dekan strich ihm über den Kopf und versuchte ihn zu trösten. Dann sagte er: „Ich bitte Euch, richtet Eure Sachen und schnürt Euer Gepäck, Euer Vater, Graf Arnold, hat zwei Ritter geschickt, Euch abzuholen. Die Abreise duldet keinen Aufschub!" Mit unsicherem Schritt und gesenktem Haupt verließ Friedrich das Dekanat. Er hatte keine Gelegenheit mehr, sich bei seinen Mitschülern und Freunden zu verabschieden.

In Loen

Einmal in der Woche wurde im benachbarten Menden Markt abgehalten, dann fuhr Vater mit seinem vollgeladenen Karren in Begleitung einer Magd im frühen Morgengrauen los. Nur wenn besondere Umstände es verlangten, machte sich mein Vater auf nach Loen, der nahegelegenen Nachbarstadt. Der Weg dorthin war beschwerlich, er war eng, holprig und steinig. Außerhalb des Dorfes kümmerte sich niemand um seine Pflege. Die Schlaglöcher wurden, wenn überhaupt, nur notdürftig mit Reisig oder Erdreich gestopft. Loen befand sich im Herrschaftsbereich der Grafen von der Mark.

Ich war noch ein kleiner, naseweiser, jedoch wißbegieriger Junge, als ich das erste Mal meinen Vater zur Stadt begleiten durfte. Da im Frühjahr unsere heimischen Singvögel jeden Morgen ihre feste Zeit haben, an der sie mit ihrem Morgengesang beginnen, bestimmten wir das Schlagen der Buchfinken noch vor dem Morgengrauen zu unserem Weckzeichen. Meine Mutter weckte mich mit dem alten Bauernspruch: „Morgens lauter Finkenschlag, hundert Regen für den Tag." Obwohl Loen nur wenige Meilen von Sümmern entfernt liegt, mußten wir uns viel Zeit für den Weg nehmen. Auf der kürzesten Strecke längs des Baarbaches wären wir in seinen Auen im tückischen Morast mit unseren Karren steckengeblieben. Der weitere nördliche Zugang nach Loen war durch die Nebenbäche ebenfalls versumpft. Die übrige Landschaft versperrte unwegsames, waldbewachsenes Gelände mit seinem dichten Unterholz. So wählten wir den steilen und unwegsamen Weg am Griesenbrauck vorbei, entlang der morastigen Gegend der Calle über den Hemberg und den Tyrol bis zum Unnaer Stadttor. Der bereits am Vorabend vorbereitete Wagen wurde mit dem lebenden Inventar, heftig schnatternden Gänsen, ergänzt und für die Reise fertig gemacht. Unsere Magd Änne behielt die ganze Zeit ein ganzes Schock Eier im Auge, um sie vor Schaden zu bewahren und stauchte von Zeit zu Zeit die Ladung. Zwischenzeitlich plapperte sie die ganze

Zeit über ihren letzten Loenaufenthalt.

Der Weg führte uns zunächst einen sanften Hügel hinauf, danach ging es über schmale holprige Wege durch die bergige märkische Gegend mit ihren grünen Feldern, Wiesen und Weiden, vorbei an trägen Kuhherden, vorwitzigen Ziegen oder gelangweilten Schafen, die von einem eifrigen Hütehund hin und wiederumkreist wurden. Es ging weiter durch eine Heidelandschaft und in ein dichtes Waldstück. Ständig führte der beschwerliche Weg bergauf und bergab. Als ich bläulichen Rauch aus dem Wald aufsteigen sah, weckte er meine Neugier. Ich zog meinen Vater am Ärmel und machte ihn darauf aufmerksam und deutete in die Richtung: „Es brennt!“ Er sah dorthin und schüttelte den Kopf. „Das ist der alte Köhler Johann. Er hat sicher seinen Meiler angefacht.“

Nach längerer, anstrengender Zottelei im Schrittempo steuerten wir auf eine belebtere zweispurige Hauptstraße. Dort trafen wir Rudolf aus Genna, auch er war auf dem Weg zum Markt. Er handelte mit Tuchen und zog einen Karren hinter sich her. Der Händler hatte sich selbst eingespannt, für ein Zugtier war er zu arm. Trotzdem war er guter Dinge und erzählte Vater die letzten Neuigkeiten und die neuesten Witze. Er ergötzte sich köstlich über einen Pilger, der sich zur Sühne seiner Verfehlungen getrocknete Erbsen in seine Schuhe gefüllt hatte, um eindringlich Buße zu üben. Als die Qualen Überhand nahmen, wollte der Pilger sein Gelübde nicht brechen, aber er wollte und konnte auch die Schmerzen nicht länger ertragen. Was konnte er tun? Um sich den Zorn Gottes nicht zuzuziehen, kam er in seiner Gewitztheit auf die Idee, sie eben zu Brei zu kochen. Rudolf erzählte uns auch von dem reichen Kaufmann Heinrich aus Schwerte und machte sich über ihn lustig: „Der muß es nötig haben. Er hat doch tatsächlich einen Benediktinermönch für einen Batzen Geld verpflichtet, ihm die Wallfahrt nach Santiago de Compostella zum Grab des heiligen Jakob abzunehmen. Der Mönch, ein gewisser Georg, ist dafür bekannt, Aufträge dieser Art auszuführen. Angeblich hat er die Wallfahrt schon einige Male durchgeführt. Damit ist er dann ein Jahr lang beschäftigt. Zum Beweis seiner abgestatteten Pilgerreise überbringt er seinem Auftraggeber eine Jakobsmuschel." Bei Rudolfs lebhaftem Gerede kam Vater gar nicht zur Antwort. Der Schalk blitzte in Rudolfs Augen. Er blickte kurz auf Änne, dann wandte er sich wieder an Vater und mich: „Als der König der Tiere, der Löwe, Recht sprach, kam auch ein Kaninchen und trug seinen Fall vor. „Eines Tages hoppelte ich durch unseren Wald. Ich sah einen Bären, der seine Notdurft verrichtete. Unvorsichtigerweise kam ich zu dicht an ihn heran. Mit den Worten : „Fusselst Du?" packte er mich und benutzte mich." Änne prustete, Vater mußte schallend lachen. Von Rudolf erfuhren wir auch die unglaubliche Geschichte, daß Kinder zu einem Kreuzzug ins heilige Land aufgebrochen waren. Aus einer Stadt an der Weser namens Hamelburg, so oder so ähnlich lautet ihr Name, sollen die Kinder sogar in Scharen ausgezogen sein. Aber diesen Bericht nahm ihm mein Vater nicht ab. Vor einer Biegung tauchten zwei ganz in Leder gekleidete, schwerbewaffnete, behelmte Söldner auf. Ich sah solche Männer zum ersten Mal und rückte unwillkürlich näher an meinen Vater heran. Der lächelte aber nur, denn er wußte, daß er sich jetzt einer Landwehr näherte. Da mein Vater bekannt war, brauchte er sich nicht auszuweisen. Einer der beiden rief: „Gerlach, hab' Dich lange nicht mehr gesehen. Hast Du heute Deinen Kronprinz mitgebracht?" „Sicher, das ist Westfalens Hoffnung!", gab mein Vater stolz zur Antwort. Der Söldner verbeugte sich ehrerbietend vor unserem Wagen, machte einen Kratzfuß und sah Vater schelmisch an: „Ja, ja, halte deinen Kopf immer hoch, auch wenn der Hals noch so schmutzig ist!" Er wünschte uns eine gute Weiterfahrt. Der Wagen rumpelte gemächlich weiter. Glücklicherweise waren alle Räder noch intakt, und auch die Deichsel hielt. Die Strecke veränderte sich. Es ging bergab. Im Käfig schnatterten die Gänse. Mein Vater erhoffte sich einen guten Verkauf seiner Waren und reichlichen Gewinn, deshalb war der Wagen so voll beladen. Unser Ochse zog unbekümmert weiter. Ein Krüppel hatte sich auf seine Frau gestützt und mühte sich, voranzukommen. Anstelle des rechten Unterschenkels sah ich einen Stumpen aus Holz, in den er sein Knie eingelassen hatte. Auf der Gegenseite gab ihm ein mannshoher Stab halt. Endlich erreichten wir eine Ebene, und das Weiterziehen wurde leichter. Ein kleiner Knirps mit einer langen Gerte und einer Schar Gänse kam uns entgegen. Jetzt konnte man schon deutlich den Schutzwall mit den Palisaden der Stadt erkennen. Zum Ärger meines Vaters liefen uns die Brüder Heinrich und Lambert von Nathrode, die im nahegelegenen Nortlon hausten, über den Weg. Mehr als einmal lag er sich mit diesen beiden grobschlächtigen Taugenichtsen in den Haaren, weil sie ihm seinen Standplatz auf dem Markt streitig machten. Die beiden ließen sich ihrerseits jedoch heute nichts anmerken und zogen stolz erhobenen Hauptes an uns vorbei.

Endlich hatte unsere Mühe ein Ende, wir erreichten die Stadtbefestigung. Vor einem doppelhaushohen palisadenbewehrten Wall war ein Graben gezogen, über den eine Zugbrücke führte. Ich sah, wie gerade ein Fuhrwerk einige Schritte abseits der Zugbrücke den Kehricht und die Abfälle aus der Stadt in den Graben abwarf. Selbst der davon ausgehende Gestank hielt einige zerlumpte Bettler nicht davon ab, hier zu verweilen. Ich meinte, ich hätte sogar am hellichten Tag eine Ratte entlanghuschen sehen. Einige Bettler suchten in dem Müll nach Brauch- oder Eßbarem. Ein barfüßiger, zerlumpter, verdreckter Junge von vielleicht fünf Lenzen streckte uns seine schmutzigen Hände entgegen.

„Milde Gabe, milde Gabe," stammelte er. Änne gab ihm eine Handvoll Pflaumen. Glücklich strahlend mit einem „Vergelts Gott", lief er davon. Unweit des Stadttores saßen zwei Bettler, die sich durch nichts stören ließen und sich in aller Ruhe lausten. Sicher waren sie erfahren genug, ihre Gelegenheit zu nutzen, wenn der Markt beendet sein würde und die Aussicht auf Beute am größten erschien.

Nachdem mein Vater den Wegezoll und die Standgebühren für den Markt beglichen hatte, durften wir passieren.

So etwas hatte ich noch nicht gesehen: Hier standen Fachwerkhäuser dicht an dicht und in den Gassen und auf den Wegen herrschte reges Treiben. Die Fülle neuer Eindrücke machte mich fast schwindelig. Lebhaftes Geschwatz drang an meine Ohren, unterbrochen von einem hektischen Ziegengemecker. Am meisten beeindruckte mich eine Schmiede mit ihren weit geöffneten Türen, so daß man dem Schmied bei seiner Arbeit ungehindert zusehen konnte. Im Moment war er mit seinem Gesellen beschäftigt, ein großes, glühendes Eisenstück in Wasser zu tauchen. Das Metallstück änderte seine Farbe von orange-rot schlagartig unter Bildung riesiger Schwaden in ein schmutziges Grau. Gebannt stand ich da und muß wohl mit meinem erstaunten Gesichtsausdruck und dem ziemlich weit geöffneten Mund etwas dösig ausgesehen haben, als mein Vater mich unwirsch am rechten Ohr zog: „Wir müssen uns sputen, wir haben heute noch eine Menge zu erledigen. Du versäumst nichts, wir kommen ohnehin noch einmal hierher, und wenn mich nicht alles täuscht, arbeitet Otto gerade an unserem Gerät." „Gerät, Gerät - was soll ich mir darunter vorstellen?" Ich sah vermutlich noch dümmer aus als zuvor. Am Messer- und Scherenschleifer ging es vorbei, und nach wenigen Schritten erreichten wir den Marktplatz, auf dem bereits einige Stände aufgebaut waren. Direkt am Hauptzugang standen einige Knechte und Mägde mit langen Stäben in ihren Händen. Sie machten damit darauf aufmerksam, daß sie einen neuen Dienstherrn suchten.

Das prächtige, vollkommen aus Stein erbaute Haus des gräflichen Drosten überragte alle anderen Bauten und wirkte mit seinen mächtigen Steinquadern einschüchternd. Das rote Fähnchen signalisierte, daß an diesem Tag fremde Verkäufer das Markrecht hatten. Solange es flatterte, durfte Markt abgehalten werden. Hier wurden Eier, Butter, Käse, Fleisch, aber auch Trockenfisch, Gebäck, Honig, Keramikwaren und Metallartikel angeboten. Ich sah die hübschesten Körbe und Kiepen. Berge von Töpferwaren warteten auf ihre Käufer. Es war sogar ein Panzermacher vertreten, der ein Kettenhemd fertigte und geduldig in der Öffentlichkeit seine Ringe ineinanderfügte. Die Marktschreier versuchten sich zu übertönen, am auffälligsten und lautesten waren jedoch bunt gekleidete Harlekine, die die Aufmerksamkeit auf einen Eckstand lenkten, der durch ein katengroßes Zelt nach hinten hin erweitert war. Sie erweckten Neugier und Schrecken der Umstehenden mit einem aus Holz geschnitzten großen Zahnmodell. An diesem außergewöhnlichen Zahn waren gut seine drei starken Wurzeln erkennbar. Der monströse Zahn war ausgehöhlt. Bei näherem Hinsehen ließ sich in dieser Höhle auf der rechten Seite ein muskulöser Mann erkennen, der wie wild einen Knüppel schwang. Ihm gegenüber stand ein zweiter Mann, der mit einer Schlange kämpfte. Zu ihren Füßen türmten sich Totenschädel, ihre Münder zu schmerzhaften Schreien geöffnet. Ich kannte keine Zahnschmerzen, aber so bekam ich eine gute Vorstellung davon. „Kommt her, ihr Leut', die Ihr gebrechlich seid und unter Schmerzen leidet. Ob Zipperlein oder Zahnschmerzen, ob Steinleiden oder Geschwüre, kommt nur herbei, der Meister Zylorius heilt alles Leid!"

Die Geschäfte meines Vaters liefen an diesem Tage sehr gut. Nach einer Weile ließ er mich gehen, meine Neugierde zu stillen. Vor Zylorius' Zelt sammelte sich das Volk. Von mehreren jungen Burschen gezerrt und geschoben war ein alter Mann, der sich die geschwollene rechte Wange hielt, auf dem Weg in das Zelt. Sein Gesicht war schmerzverzerrt, er machte den Eindruck, als ob ein Dutzend Kobolde sich in seinem kranken Zahn austobte. Er wehrte sich und strampelte, so gut er konnte. Das Volk johlte und lästerte. Einige hatten gute Ratschläge: „Michel, Du hättest nicht so viel sündigen sollen." Oder: „Die kleinen Sünden bestraft der liebe Gott sofort." Michel jammerte: „Ich habe den ganzen Gründonnerstag gefastet und mir an Karfreitag die Nägel geschnitten – alles nutzt nichts!" Eine besonders freche Magd rief ihm zu: „Am besten gegen Zahnschmerzen hilft es, wenn du einen Esel küßt." Ich meinerseits sah zu, daß ich auf die andere Seite des Zeltes kam, die normalerweise nicht zugänglich war. Ich hatte Glück und konnte durch ein kleines Loch der Zeltwand erspähen, was sich im Innern abspielte. Mit kräftigen Händen wurde Michel von allen Seiten auf einen Schemel gepreßt, und man flößte ihm Branntwein ein und hielt ihm die Nase zu. Nachdem er den Mund zum Luftschnappen öffnete, wurde ihm ein derber Lederkeil zwischen die obere und untere Zahnreihe oder das, was davon übriggeblieben war, auf der entgegengesetzten Seite eingeschoben. Nun war das Arbeitsfeld frei. Meister Zylorius hantierte sehr geschickt mit einem Metallwerkzeug, das aussah wie eine Zange, drehte die

Hand mehrmals rechts und links herum und zog ruckartig zwei, drei Mal an dem befallenen Zahn. Michel gab seinen Widerstand auf. Noch ein beherzter Ruck, und ein Backenzahn hing an der Zange. Der Meister besah sein Werk und war zufrieden: der Zahn war samt Wurzel unbeschädigt gezogen worden. Mit der Zange und dem eingeklemmten Beutestück stürzte er aus dem Zelt, ohne sich weiter um Michel zu kümmern und präsentierte den Zahn der wartenden Menge. „Seht ihr Leute, wie schnell es geht, Euch von jahrelanger Pein in kürzester Zeit zu befreien. Nur herbei, nur herbei, seid keine Angsthasen!“ Ich zuckte zusammen. Mir war die Zeit entglitten, ich mußte mich beeilen, zu meinem Vater zurückzukehren. Ich suchte ihn in der Richtung, aus der ich gekommen war. Schnell wurde mir jedoch klar, daß ich die Orientierung verloren hatte. Auf einmal sahen die Stände alle gleich aus, und die Marktschreier unterschieden sich nicht mehr voneinander. In dem Gedränge nahmen mir die Erwachsenen die Sicht. Ich blieb stehen und überlegte: noch einen Stand - nein, noch einen, wenn ich dann meinen Vater nicht gefunden habe, kehre ich um und gehe genau anders herum, na, doch noch einen ...

Ich stand gerade in dem Augenblick, als meine Zweifel am größten geworden waren, vor meinem Vater. Bis auf einen dicht gepackten Korb mit Weißkohl hatte er alle Waren losgeschlagen. Er grinste mich an: „Wir sind fertig, komm, wir gehen zu Meister Otto. Den kennst du doch schon - den Schmied. Wir wollen sehen, ob er unseren Auftrag auch fertigbekommen hat. Die Kohlköpfe bringt Änne zu Pütters, die wollen Sauerkraut einlegen.“

Beim Verlassen des Marktplatzes sah ich einen der stellungsuchenden Knechte, der glücklich seinen Stab zerbrach, weil er einen neuen Herrn gefunden hatte. Als wir weitergingen, kamen wir an einem Pfahl mit einem angeketteten Mann vorbei, der einen Eisenring um den Hals trug. Beide Hände waren auf den Rücken gebunden. Er war verhärmt und sah müde aus. Es hatte den Anschein, als schämte er sich. Daneben stand eine Frau, ebenfalls an einen Pfahl gebunden. Man sah ihr die Qual des langen Stehens an. „Das ist der Pranger,“ sagte mein Vater.

„Die beiden müssen sich zur Schau stellen, weil sie gefehlt haben.“ Der Grund für die Prangerstrafe war, daß der Mann nachts ohne brennende Laterne angetroffen worden war, die Frau hatte den Brunnen verunreinigt. Mein Vater wurde jetzt unruhig. Ich merkte ihm seine innere Spannung an. Mit flottem Schritt führte er mich zur Schmiede. Von Zeit zu Zeit zog er mich am Arm, so daß ich meine Schritte nach seinem Willen richten mußte.“

Paß auf, da liegen schon wieder Pferdeäpfel!“ Es war wirklich unangenehm, dauernd auf den Mist in den Straßen achtgeben zu müssen, um nicht ewig ins „Glück“ zu treten. Zwei Halbwüchsige kamen uns mit einem Korb entgegen. Sie durchstöberten die Straßen und Gassen nach Knochen. Diese brachten sie zum Seifensieder und verdienten sich dadurch einige bescheidene Nahrungsmittel. Ich mußte herzhaft lachen: Ein paar Schritte vor uns versuchten zwei kleine Jungen, ein ausgerissenes Ferkel auf der Straße einzufangen. Dabei mußten sie zwischen Mist- und Kehrichthaufen hin- und herlaufen und rutschten so manches Mal aus. Wenn sie meinten, das Ferkel ergriffen zu haben, entglitt es ihnen immer wieder. Die umstehenden Leute machten sich einen Spaß daraus, die beiden bereits völlig besudelten Jungen mit anfeuernden Zurufen zu noch flinkerem Zugreifen anzustacheln.

Meister Otto war ein stämmiger Kerl, der meinen Vater gut und gerne um Haupteslänge überragte. Im ersten Augenblick sah es so aus, als wäre er nur mit einer Lederkappe und mit einer knielangen speckigen Lederschürze bekleidet. Ich mußte in mich hineinkichern, aber das fiel keinem der Erwachsenen auf. Mit dröhnender Stimme begrüßte er meinen Vater: „Die neue Pflugschar ist pünktlich fertig. Jetzt kann der Fortschritt auch in Sümmern Einzug halten.“ Seine tiefe Stimme dröhnte. Erst danach begrüßte er auch mich. Dabei sah ich, daß sein linkes Auge eine narbige Trübung aufwies, die sein breites, rußgeschwärztes Gesicht entstellte. Mein Vater nahm einen schönen, neuen, glänzenden Metallpflug in Empfang. Er besah sich seine neue Erwerbung. Vater war stolz. Er fuhr mit dem Daumen über die Pflugspitze. Mit schelmischem Blick zog er ruckartig seinen Daumen zurück und führte ihn zum Mund, als wolle er sich Blut ablecken: „Donnerwetter, dein Pflughaken ist aber spitz, ich kann es kaum erwarten, wieder aufs Feld zu kommen, um ihn auszuprobieren!“

Während die Männer das schwere Gerät auf unseren Karren verluden, kehrte Änne zurück. Sie brachte für meine kleinen Geschwister und mich Brezeln mit. Sie lächelte zufrieden. Mein Vater wechselte noch einige Worte mit Meister Otto. Er wollte sich gerade verabschieden, als Otto mich am Ärmel zog. Er nahm Blickverbindung mit Vater auf und zog aus seiner Lederschürze ein Messer. Er präsentierte es und sagte: „Dietrich, nimm dieses Messer. Achte darauf, daß du es verantwortungsvoll benutzt. Verwende es wie ein Mann.“ Mein Vater steckte mir schnell eine kleine Münze zu, die ich dem Schmied überreichte. Ich vermied es, mich zu bedanken, denn dadurch wäre unsere neue Freundschaft sofort wieder zerschnitten worden. Gern erinnere ich mich an diesen denkwürdigen Tag.

Am nächsten Tag hatte ich natürlich nichts Eiligeres im Sinn, als meinen Freunden von meinen Erlebnissen in der Stadt zu berichten. Roderich und Philipp waren nach wie vor Geros und meine Vorbilder. Sie waren aber inzwischen in einem Alter, in dem eine gewisse gelangweilte Überlegenheit und Altklugheit ihre Einstellung zu uns überlagerten und sie uns nur noch als lästiges Anhängsel ansahen und immer öfter versuchten, uns loszuwerden, um ihren eigenen Interessen nachzugehen. Roderich hatte sich in letzter Zeit sehr zu seinem Nachteil verändert. Mein Vater hatte mich gelehrt, die Natur und vor allem die Tiere zu achten. „Quäle nie ein Tier zum Scherz, denn es spürt, wie du, den Schmerz!“ Roderich jedoch hatte es sich zur Gewohnheit werden lassen, die Tiere seine Macht spüren zu lassen und sie zu triezen. Er behauptete, sie hätten keine Seele. Gelangweilt drehte Roderich mein neues Messer in seiner rechten Hand, dann überprüfte er die Schärfe der Klinge, indem er mit dem Daumen darüberfuhr. Mißmutig wandte er sich an Philipp und machte es madig: „Schlechte Arbeit, die Klinge ist ganz stumpf.“ Unvermittelt faßte er das Messer an der Spitze, drehte sich um und warf es auf die nächste am Wegesrand stehende Pappel. Im Flug verfehlte das Messer Geros Scheitel nur knapp.

Noch nie habe ich meinen Freund so zornig erlebt. Das Messer steckte in dem Baum und vibrierte mit dem Griff nach. Der kleine Gero war durch den Schreck gestrauchelt und auf den Rücken gefallen, flugs rappelte er sich auf, rannte mit einer Blitzgeschwindigkeit auf Roderich zu, sprang ihn rücklings an und verklammerte sich um dessen Hals: „Dummes Schwein!" rief er. Er kratzte und kniff, trommelte auf ihn ein und trat nach ihm. „Du bist so blöd, wie das hinterste Ende vom Schwein." Geros Spitz kläffte und fletschte die Zähne, aber er wagte es nicht, Roderich anzugreifen. Roderich seinerseits, der viel kräftiger als Gero war, ertrug ihn für einige Momente. Als er meinte, daß nun genug sei, schüttelte er Gero ab, nicht ohne es zu vermeiden, daß auch Gero hierbei eine kräftige Blessur davontrug. Verächtlich drehte er sich zu Philipp: „Wer noch nicht mal einen kleinen Spaß verträgt, der soll auch nicht unser Freund sein." Dies war das Ende unserer Freundschaft mit Roderich und Philipp. Gero und ich zogen es vor, von nun an unsere eigenen Wege zu gehen.

Im Übrigen mußte ich mit zunehmendem Alter mehrere Aufgaben auf unserem Hof übernehmen und meinem Vater zur Hand gehen. Mein Vater hatte in Loen ein hervorragendes Absatzgebiet erschlossen. Da er ertragreiche Erlöse erzielte und von Meister Otto gute Metallwaren erstehen konnte, zog es ihn in letzter Zeit regelmäßig zum Markt nach Loen. Immer häufiger nahm er mich mit. Die Wegstrecke wurde uns geläufig. In diesem Jahr machte mein Vater gute Gewinne. Wenn möglich, versuchte auch unsere Magd Änne mit in die Stadt zu kommen, obwohl die Strecke lang und beschwerlich war. Sie plapperte und war zum Scherzen aufgelegt. Angeblich wollte sie die Fortschritte bei der Erneuerung der alten Pankratiuskirche sehen. Sie hatte sich herausgeputzt und ihre Sonntagsschürze umgebunden. Auf dem Hof im Alltag war es gar nicht zu Bewußtsein gekommen, daß sie sich zu einer hübschen, heiratsfähigen Frau entwickelt hatte. Ihr zart geschnittenes Gesicht wurde gekrönt durch zwei strahlend blaue Augen, aus denen die Lebensfreude nur so sprühte. Ihr goldblondes Haar trug sie eng anliegend nach hinten gekämmt, das zu einem Bauernzopf geflochten war. Auffallend häufig fand sie einen Vorwand, der Familie Varnhagen Bestellungen auszurichten oder Waren dorthin auszutragen. Als eines Tages, am Himmelfahrtstag, ein Diener der Familie Varnhagen auf unserem Gutshof auftauchte und Vater um Heiratserlaubnis bat, war uns allen klar, warum es sie so oft nach Loen getrieben hatte.

Der Graf - der Herr

Zur selben Zeit setzten auf der Isenburg, die sich steil über dem Ufer der Ruhr erhebt, eifrige Bauarbeiten ein. Der junge Graf Friedrich von Isenberg ließ die alte Befestigung seines Vaters weiter ausbauen und erneuern. Die Burganlage ist nur von der Nordseite erreichbar, der kegelförmige Burgberg fällt nach den anderen Himmelsrichtungen so steil ab, daß sich hierdurch ein natürliches unüberwindbares Hindernis ergibt. Die frei stehenden Mauern schützen ein dornenreiches Gestrüpp. Die Erdarbeiter hatten die Ausschachtung beendet und die Bauarbeiter und Mörtelmischer waren gerade damit beschäftigt, das Fundament eines der Ecktürme zu gießen, als der junge Graf, von der Jagd kommend, nach dem Rechten sehen wollte. Er war begleitet von drei Edelleuten. Er führte eine Meute bellender Jagdhunde mit. An diesem sonnigen Spätherbsttag stand die Sonne schon tief, und die Arbeiter mußten sich sputen, noch vor der Dämmerung das Fundament fertig zu bekommen. „Meister Johann, wie geht die Arbeit voran?“ sprach Graf Friedrich einen der Männer freundlich an. Meister Johann war ein stämmiger, gutgenährter Mittdreißiger, der ein braungebranntes Gesicht und grobschlächtige, schwielige Hände hatte. „Wir liegen gut in der Zeit, ich denke, daß vor dem Frosteinbruch die Erdarbeiten beendet werden.“ Graf Friedrich von Isenberg lächelte zufrieden. Er war von schlanker Statur, hatte ein blasses, schmales Gesicht, das von einem schwarzen, kurzgehaltenen Bart umrahmt wurde und seiner Jugend einen ehrfurchtsgebietenden Ausdruck verlieh. Hervorstechend waren seine leicht hakenförmige Nase und seine wasserklaren, aquamarinfarbenen Augen. Sein lebhaftes Wesen wirkte gehetzt und er hielt sich zu keiner Zeit ruhig. Ab und zu überkam ihn das Bedürfnis, sich am Bart zu kratzen. Sein Pferd trippelte auf der Stelle. Er wandte sich an einen der ihn begleitenden Edelleute: „Guntram, komm, wir sehen nach, wie die Arbeiten im Innern der Burganlage weitergehen.“ Die untergehende Sonne ließ Friedrichs goldenen Ring aufblitzen, der ihn als Ritter auswies. Mit ihrer Jagdbeute ritten die Edelleute in den altehrwürdigen Burghof und kündigten ihre Ankunft mit lautem Gejohle an. Vorbei ging es an den Stallungen für das Vieh und die Schaf- und Ziegenherden. Das Blöken der Schafe und Gemecker der Ziegen erfüllte den Burghof, durch den der Hofhund streunte. Aus der Schar der spielenden Kinder empfing der kleine Hugo die Jäger auf seinem Stecken reitend. Seinen Stab zierte ein kunstvoll geschnitzter Pferdekopf. Freudig gab der Junge seinem Steckenpferd die Sporen und ritt seinem Herrn, Graf Friedrich, entgegen. Der Graf sprang von seinem Pferd ab, lief auf seinen kleinen Verehrer zu und schloß ihn in seine Arme: „Mein kleiner Held, geht es dir gut? Ich freue mich schon darauf, wenn wir eines Tages gemeinsam zur Jagd reiten!“ Der Graf erteilte anschließend in befehlsgewohntem Ton mit knappen Worten noch einige Anweisungen, dann konnte er sich zurückziehen und sich von den Mühen des Tages ausruhen.

Am Abend speisten die Edelleute an der herrschaftlichen Tafel. Es blieb noch Zeit, bis das Fleisch aufgetragen wurde. Graf Friedrich von Isenberg machte sich einen Spaß daraus, mit seinem scharfen, spitz zulaufenden Messer in die Fingerzwischenräume der flach auf dem Tisch aufliegenden Hand seines Knappen Ulrich einzustechen. Er mißachtete dabei den Volksglauben, daß die Tischplatte heilig sei und nicht verletzt werden dürfe. Als Altar des Hauses wurden auf ihm in den Häusern der einfältigen Bevölkerung an Feiertagen Opfergaben dargebracht, die für die Verstorbenen gedacht waren. Graf Friedrich verlachte diesen Volksglauben. Er ging seiner Unsitte nach und nannte seine Unart „Fingertanzen“. Er glaubte, dadurch seine Konzentration und Zielsicherheit üben zu können. Sein Knappe durfte keine Angst zeigen und die Hand nicht zurückziehen. Wenn Damen mit an der Tafel saßen, bemühte man sich, auch am rauhen Hof Graf Friedrichs um Einübung vornehmer Tischsitten. Dann ermahnte Graf Friedrich seinen Knappen: „Ein Edler trinkt nicht aus der Schüssel und schnauft und schmatzt nicht wie ein Schwein! Abgenagte Knochen werden nicht zurück in die Speiseschüssel geworfen! Ein Ritter schiebt die Speisen nicht mit den Fingern auf den Löffel und stochert mit dem Messer auch nicht zwischen den Zähnen herum. Ein Vornehmer rülpst nicht wie ein Bauer und spricht nicht mit vollem Mund.“ Er stieß Ulrich mit spitzem Finger zwischen die Rippen. „Auch ein Knappe soll nicht so gierig essen, daß er sich dabei in die Finger beißt.“

Heute wurde Wein gereicht. Zur Speise gab es Wildbret, Steinpilze und Eier, dazu wurde das feine Roggenbrot gereicht. Aus Burgund vom Hof in Dijon gab es ein neues Gewürz, eine Paste, die den Fleischgenuß delikater machte. Es wurde Moutarde genannt und war feiner und raffinierter im Geschmack als der bekannte Senf. Es gelüstete Friedrich nach diesem Würzmittel. In Ermangelung dieses kostbaren Gewürzes war sein Koch jedoch auf die Idee verfallen, den Rest der Moutarde mit Öl und Mehl zu strecken, in der Hoffnung, daß seine gräfliche Gnaden zu betrunken sein würde, diesen kleinen Schwindel zu bemerken. Ausgerechnet heute aber hatte Friedrich gegen seine Gewohnheit seinen Geschmackssinn noch nicht mit Alkohol betäubt. Zornentbrannt ließ er den Koch an die Tafel rufen. Eine Entschuldigung galt nicht. Er schrie den Koch an und verwünschte ihn. Als der sich schuldbewußt dem Ausgang zuwendete, überkam Graf Friedrich das Bedürfnis, seine Zielgenauigkeit zu überprüfen, und er warf sein Jagdmesser auf ihn. Dabei traf er ihn in die rechte Wade. Hämisches Gelächter erfüllte den Raum. Graf Friedrich reinigte mit unbeteiligter Miene sein Gebiß mit einem Zahnstocher. Der Koch verzog schmerzverzerrt sein Gesicht und stöhnte auf, doch es gelang ihm, seinen Schmerzschrei zu unterdrücken. Er biß sich auf die Zähne und humpelte aus dem Palast. In seiner dumpfen, einfältigen Art suchte er die Schuld für das Geschehen bei sich selbst - und bei keinem anderen.

Nach reichlichem Weingenuß wurde Friedrich am fortgeschrittenen Abend noch recht gesprächig: „Morgen müssen wir uns unbedingt um den Kötter Hugo kümmern, er ist mit seinen Zinsen zu St. Bartholomae immer noch im Rückstand, obwohl wir ihm schon gnadenhalber vierzehn Tage Zeit zusätzlich gelassen haben. Wenn er morgen nichts zahlt, muß er den Bettelstab nehmen und seinen Kotten verlassen. Wir lassen keine Ausreden gelten.“ Wie andere Adlige verachtete Graf Friedrich die Bauern. Er war der Meinung, daß der Bauer ein Schwein sei und wie ein Schwein lebe. Ihre Knechte seien von dem Vieh, das sie hüteten, nicht zu unterscheiden. Niemand solle den Bauern beklagen, wenn sein Herr es ihm am Notwendigen mangeln ließe oder ihm Arme und Beine bräche.

„Adolf, du sorgst dafür, daß alles klappt, ich kann mich auf dich verlassen“. Er zwinkerte Adolf ein Auge zu.

„Ingolf und ich kümmern uns um die Hattinger. Ich muß immer auf der Hut sein, daß wir nicht hintergangen werden.“

Er fing unvermittelt an zu lachen und seine Gefährten stimmten ein. „Schließlich muß alles seine Ordnung haben - und ich bin der Herr. Man muß verdammt aufpassen, daß das Volk im Zaum gehalten wird. Ist euch schon einmal aufgefallen, daß die längsten und glattesten Triebe des Holunderstraußes die Wildtriebe sind?

Wenn der Strauch nicht rechtzeitig beschnitten wird, verwildert er, und die Wildtriebe gewinnen die Oberhand. Was sich zunächst als besonders ebenmäßig gebärdet, wird am Schluß das gesunde Gehölz dieses heiligen Strauchs ersticken. Ich halte in meinem Herrschaftsgebiet auf Zucht und Ordnung!“ Er machte eine Pause und kratzte sich am Bart. Er wechselte das Thema.“ Am Gedenktag des Maternus heiratet doch dieser Schafskopf - der junge Hermann von Weste. Aber seine Kleine gefällt mir, da kann ich mir das Ius primae noctis nicht entgehen lassen, ihr jungfräulicher Haarring gehört mir!“ posaunte er lautstark heraus.

„Was haben die Hattinger mit Hermann von Weste zu schaffen? Ich glaube, Ihr verwechselt etwas“, warf Adolf ein, „die Jagd, der Neubau, der Wein... wohl etwas zu viel für heute“.

Friedrich konnte nicht mehr zustimmen, urplötzlich hörte man nur noch sein Schnarchen.

Den Koch aber traf ein grausames Schicksal: Er klagte nach drei Tagen über Abgeschlagenheit, innere Unruhe, Kopf- und Rückenschmerzen. Danach traten starke Halsschmerzen auf, am fünften Tag konnte er nicht mehr essen, weil er den Mund nicht mehr aufbekam. Trotz seiner Schmerzen hatte er immer ein - wenn auch merkwürdiges - Lächeln um die Mundpartie. Als seine Frau versuchte, ihn zu füttern und zum Trinken anzuregen, nahm sie seinen Kopf in ihre Hände. Dabei bemerkte sie eine steinharte Verhärtung seiner Kaumuskeln. Zunehmend fiel ihm das Sprechen schwerer, starker Speichelfluß sowie unerträgliche Schweißausbrüche mit einer Häufung von Muskelkrämpfen plagten ihn. Das Krankheitsbild verschlimmerte sich. Zunehmende Krämpfe und eine Starre der Nacken- und Rückenmuskulatur traten hinzu. Er lag steif auf seinem ärmlichen, muffigen Strohlager, die Beine von sich gestreckt, die Zehen gespreizt. Auch seine Vorfüße hielt er gestreckt von sich, die Arme lagen krampfhaft gebeugt. Die ganze Zeit über war er bei vollem Bewußtsein. Während eines erneuten Krampfanfalles liefen seine Lippen blau an, er schwitzte stark, und trotz der allergrößten Anstrengung schaffte er es nicht mehr, Luft einzuholen. Kraftlos sank er in sich zusammen, ohne das Bewußtsein wiederzuerlangen, und starb.

Katharer und andere Irrgläubige

Im fernen Rom ging derweil der Papst mit sich zu Rate: „Mir ist schon seit langem bekannt, daß die Benediktiner im Glauben immer lauer geworden sind, den weltlichen Genüssen aber immer zugewandter. Vom Missionsbefehl unseres Heilandes ist nicht viel übrig geblieben, sie sind inzwischen lax, fett und träge. Fast täglich muß ich mir anhören, daß sie ihre Pflichten vernachlässigen und mehr den Weibern nachstellen, als sich um ihr Seelenheil und das ihrer anvertrauten Schafe zu kümmern. Selbst das einfache Volk akzeptiert nicht mehr uneingeschränkt ihre Autorität, sondern reißt Possen über ihre Unfähigkeit, Dummheit und Geilheit. Kein Wunder, daß die Häretiker, diese miesen Glaubensabweichler, diese abtrünnigen Katharer und Waldenser durch ihren in Wort und Tat vorgelebten Lebenswandel viel Eindruck schinden und so beim einfachen, leichtgläubigen Volk Zuspruch finden. Aber sie vertreten eine Irrlehre, wenn sie sich gegen die heilige, allgemeine, katholische Kirche stellen. Sie akzeptieren den Teufel als Gegengott! In ihren Versammlungen haben sie Gemeinschaft mit Kröten, die so groß sind wie Gänse, und mit schwarzen Katzen, die das Ausmaß eines Hundes haben! Diesen Ausgeburten des Teufels küssen sie den After und das Maul. Sie sind völlig den Mächten der Finsternis verfallen. Sie greifen die heilige katholische Kirche an, das kann ich keinesfalls dulden! Schließlich leitet sich mein Amt in direkter Nachfolge vom heiligen Petrus ab, der seinerseits die Schlüsselgewalt von unserem Erlöser persönlich empfangen hat.“ „Eure Heiligkeit, Ihr habt Recht,“ bestätigte der Kanonikus Thomasius.“ Ihr habt viel zu lange Nachsicht walten lassen und Eure väterlichen Hände zur Aussöhnung ausgestreckt. Nach dem schrecklichen Mordanschlag der Albigenser auf Euren Legaten Castelnau in St. Gîles wird es höchste Zeit, die Zügel straffer anzuziehen.“ „Ja, ich habe den Eindruck, daß die Zisterzienser mit ihren Predigten nicht viel erreichen konnten. Meine Geduld ist zu Ende! Die verfluchten Katharer und

Albigenser sollen meine strafende Hand zu spüren bekommen.

Die Katharer lehren den Dualismus, sie wagen es, Satan als Gott neben die heilige Dreifaltigkeit zu stellen. Sie behaupten, es gäbe zwei Prinzipien: ein Gutes namens Gott und ein Böses namens Teufel. Gott, so sagen sie, schaffe die Seelen, der Teufel hingegen die Leiber. Deshalb leugnen sie die Auferstehung der Leiber. Ihre Hände, ihr Geist und Sinn werden vom Teufel geleitet. Sie verlachen die guten Werke der Lebenden für ihre Toten. Für sie ist das Beten in der Kirche ohne Nutzen, und die Taufe lehnen sie ab. Sie lästern über das Abendmahl. In Erwartung der Verherrlichung des Geistes glauben sie an die Seelenwanderung und erwarten, daß sie nach einem Gott wohlgefälligen Leben als hochgestellte Persönlichkeit wiedergeboren würden, nach schlechtem Lebenswandel aber als Bettler oder sogar als Tier oder Schlange. Welch eine Torheit! Ich werde alle treuen Katholiken zu einem Kreuzzug gegen die Albigenser aufrufen. Bei dieser Gelegenheit können der untreue Erzbischof Adolf und sein irregeleiteter junger Neffe Engelbert, die sich gegen mich gestellt haben, ihre Vergebung erlangen, wenn sie am Kreuzzug teilnehmen." Thomasius ergänzte: „Diese Abtrünnigen, diese Irrgläubigen bezeichnen sich selbst als Gnostiker. Sie behaupten, sie seien die Wissenden, sie verlachen die Glaubenden." „Übrigens, wo wir schon die Verhältnisse im Reich angeschnitten haben - die Lauheit und das mangelnde Bekennertum zum wahren christlichen Glauben machen mir Sorge. Es muß mir gelingen, die Einheit der heiligen katholischen Kirche wieder herzustellen. Die anfallenden Unstimmigkeiten sollen nach meinem Willen in einem Konzil erörtert und ausgeräumt werden. Mir schwebt eine Verpflichtung der Bischöfe zur Aufspürung und Verfolgung der Häretiker vor. Finanziert wird das ganze Unternehmen durch eine Kreuzzugssteuer. Auf alle geistlichen Einkünfte wird dann für einen begrenzten Zeitraum von drei Jahren 1/30 der Einkünfte abgeführt. Diese steuerliche Belastung ist für jede Diözese erträglich." Kanonikus Thomasius beugte sich zu Papst Innozenz herüber und schlug vor, den Steuersatz auf 1/20 anzuheben, um finanziellen Spielraum zu gewinnen.

„Wir werden ohnehin Schwierigkeiten haben, die allgemeine Kreuzzugsmüdigkeit zu überwinden. Deshalb sollten wir die Befugnisse unseres guten Konrad von Marburg, der sich durch seine wachrüttelnden Predigten bereits große Verdienste im Reich erworben hat, erweitern."

Sünden und Seelenheil

Aus Oestrich, einer kleinen Gemeinde im Herrschaftsbereich Graf Friedrichs von Isenberg, drang neue Kunde: Mönche in langen, braunen, grobgewebten, ärmlich wirkenden Kutten waren ins Dorf gekommen. Im Volk wurden sie Barfüsser genannt, weil sie so arm waren, daß sie das ganze Jahr über ohne Schuhe liefen. Sie hatten auf dem Dorfplatz das Volk, das sich in seiner gleichförmig grauen Kleidung nur wenig von ihnen unterschied, um sich versammelt.

Die Gottesmänner gemahnten die Zuhörer an ihre Sünden und warben für eine Wallfahrt zur Erlangung des Seelenheils. Wallfahrtsort war Santiago de Compostella, der Ort, wo die Gebeine des heiligen Apostels Jakobus ruhten. Die erste Etappe sollte die Pilger nach Vezelay in Burgund führen. Hier hatte der heilige Bernhard von Clairvaux vor siebzig Jahren der Christenheit mit machtvollen Predigten die Augen geöffnet und den Anspruch der Christenheit auf das Heilige Grab in Jerusalem begründet.

„Christenleute," sprach der älteste der Mönche vom Orden der Fratres minores, die sich Franziskaner nennen, „denkt an Euer Seelenheil und die Worte unseres Herrn und Erlösers: Was hülfe es dem Menschen, wenn er die ganze Welt gewönne - und nähme doch Schaden an seiner Seele. Wenn ihr schon nicht an einem Kreuzzug teilnehmen könnt und am Grab unseres Heilandes zu stehen die Gnade habt, so sage ich Euch..." und er hob dabei warnend seinen Zeigefinger, „seht zu, daß ihr Euer Verhältnis zu Gott, dem Herrn, in Ordnung gebracht habt, bevor Euer letztes Stündlein gekommen ist. Richtet Euer Leben auf das Jüngste Gericht ein. Empfanget den Samen des heiligen Wortes, auf daß ihr hundertfache Frucht traget. Was ich Euch jetzt berichte, hat uns unser Mönch Konrad erzählt, der fast hundert Jahre alt ist. Er stammt aus Thüringen. Dort hat einer der beiden Söhne des Landgrafen folgende Bekanntmachung erlassen:

„Derjenige, der mir über den wahren Seelenzustand meines verstorbenen Vaters Auskunft geben kann, soll einen schönen

Hof von mir bekommen." Dies hörte ein armer Ritter namens Eike, dessen Bruder Richard die schwarze Kunst beherrschte, der aber inzwischen Kleriker geworden war und davon abgelassen hatte. Der Ritter wollte aber gerne den Hof erlangen und bat seinen Bruder, ihm zuliebe nochmals einen Dämon zu beschwören. Widerwillig ließ sein Bruder sich darauf ein, und als es ihm gelungen war, erkundigte sich der gerufene Fürst der Finsternis nach seinem Begehr. Richard versicherte sich zunächst bei dem Teufel, daß er im Umgang mit ihm keinen Schaden an seiner Seele nähme und nachdem der Höllenfürst es versprochen hatte, fragte er, wie es um die Seele seines Herrn, des Landgrafen, bestellt sei. Da setzte der Teufel ihn vor dem Höllentor ab. In der Hölle sah der Geistliche Fürchterliches. Die Verdammten mußten die verschiedensten Arten von Qualen erleiden. Ein Dämon von besonders gräßlicher Gestalt machte sich auf einem verdeckten Brunnen breit.

Richard bekam Angst, er zitterte und schlotterte vor Angst. Der Teufel sprach seinen häßlichen Mitstreiter an und bat ihn, dem Kleriker die Seele des Landgrafen zu zeigen. Der grausliche Höllenfürst schob den feurigen Deckel, auf dem er saß weg, steckte eine eherne Posaune in den Brunnen und blies mit solcher Kraft, daß der Kleriker meinte, sein Kopf zerplatze. Nach einer unendlich lange erscheinenden Zeit stieg dann der Landgraf endlich bis zum Halse auf und sagte „Da bin ich, der unglückliche Landgraf, der wollte, er wäre nie geboren worden." Richard stellte sich vor und sagte: „Mich schickt Euer Sohn. Er möchte wissen, wie es Euch geht und ob Euch geholfen werden kann." Da antwortete der Landgraf: „Du siehst, wie es mir geht. Ich kann nur auf Erleichterung hoffen, wenn meine Söhne die Besitzungen der Kirche, die ich mir unrechtmäßig angeeignet habe, zurückgeben." Als Richard entgegnete: „Deine Söhne werden mir die Geschichte nicht ohne Weiteres abnehmen", antwortete der Landgraf: „Ich sage Dir ein Zeichen, das niemand kennt als meine Söhne und ich." Danach versank der Landgraf wieder in seinem Brunnen, der Kleriker hingegen wurde vom Dämon auf die Erde zurückgeführt. Er kehrte so blaß und schwach zurück, daß er kaum wiederzuerkennen war.

Er berichtete dem Sohn des Landgrafen seine Erlebnisse und nannte das Zeichen, das der Landgraf ihm verraten hatte. Es nützte jedoch wenig, die Güter wurden der Kirche nicht zurückerstattet.

Da das Zeichen stimmte, sollte der Kleriker seinen versprochenen Lohn erhalten. Er lehnte aber ab und sagte zu dem jungen Landgrafen: „Herr, behaltet Euren Hof, ich halte mich daran, was meiner Seele gut ist.“ Er gab alles hin und wurde Mönch, bereit, alle irdische Mühsal zu tragen, um den ewigen Höllenqualen zu entgehen.“

Es folgte eine Litanei an Beispielen armer Erdenbürger, die genau das, nämlich rechtzeitig die Vergebung der Sünden zu erlangen, nach Auffassung des Mönches nicht erreicht hatten.

Unruhe machte sich unter den Zuhörern breit. Der Mönch, Bruder Johannes, erklärte, daß er ebenso wie der Ordensgründer, Franz von Assisi, ein begüterter Kaufmann gewesen sei, immer bestrebt, noch mehr Reichtümer zu erwerben und anzuhäufen. Als er in der Reichsstadt Köln auf einer Messe weilte, sei er das erste Mal mit Franziskanern, dem fortschrittlichen Mönchsorden, in Berührung gekommen. Der Erzbischof Engelbert habe die Franziskaner nach Köln geholt, weil er sie fördern und ihnen helfen wollte. Der Mönch endete seine Predigt: „... denn sie säen und sie ernten nicht und trotzdem ernährt Gott, unser Herr, sie doch. Deshalb bitte ich Euch, liebe Christenmenschen, um eine milde Gabe für meine Brüder und mich. Spendet reichlich! Den freudigen Spender hat Gott lieb. Gebt nicht mit kalten, sondern mit warmen Händen!“ Bruder Johannes streckte beide Arme aus und richtete seinen Blick nach oben zum Himmel.

Graf Friedrich von Isenberg kam mit seinem Gefolge gerade rechtzeitig hinzu, um die letzten Worte mitzubekommen. Zornig sprengte er mit seinen Reitern auf die Menge zu. Vor den Mönchen brachte er seinen edlen Rappen zum Stehen. Mißmutig sah er den Ältesten der Franziskaner mit kalten Augen an, drohte ihm und herrschte ihn an:

„Mönchlein, Ihr habt keine Erlaubnis, meine Leute von der Arbeit abzuhalten. Für Eure Flausen haben meine Untertanen keine Zeit - es reicht, wenn unser Kaplan ihnen einmal in der

Woche die Absolution erteilt. Seht zu, daß Ihr weiterkommt, alle drei! Er wies mit seinem rechten Arm nach Osten einen Hang hinauf. Geht den Königsweg, am besten, ihr macht Euch fort nach Sümmern, da seid Ihr auch gleich auf dem Gebiet Euresgleichen. Es ist noch hell, haut jetzt ab..." Unter dem Volk erhob sich Gemurmel, zu einem lauten Protest fehlte den Leuten aber der Mut.

Ich kann mich noch gut an den Tag erinnern, an dem Bruder Johannes mit seinen Brüdern zu uns nach Sümmern kam.

Meine Stimme war inzwischen tief geworden, der Stimmbruch lag schon hinter mir. Den Spätsommertag hatten wir mit Kornschneiden verbracht. Wir hatten es so eingerichtet, daß ich zusammen mit Gero das Feld aberntete. Beim Garbenbinden fielen Gero allerlei Scherze ein. Am meisten Spaß machte es ihm, wenn er mit seinem Pusterohr aus dem Stengel einer Schafgarbe die anderen Kinder und Jugendlichen auf dem Feld mit unreifen Holunderbeeren traktierte. Auch die Kletten hatten es ihm angetan. Diese verwendete er, um sie auf die Mädchen zu werfen. Den größten Spaß hatte er, wenn es ihm gelang, den Mädchen einen Frosch unter den Rocksaum zu setzen. Zu Mittag, als die Sonne am höchsten stand, kam die hübsche Magd Carola und brachte uns zu trinken. Als Carola sich abwandte und wieder zurückkehren wollte, sprach Gero sie an und bat sie, sich zu bücken, um nach einem Pfennig zu suchen, den er verloren hätte. Er nahm die Gelegenheit wahr, ihr einen Klaps auf ihr hübsches, wohlgerundetes Hinterteil zu geben. Carola quiekte spitz auf. Ihre Verdutztheit nutzte Gero, um nach ihren jugendlichen Brüsten zu greifen. Carola wehrte sich, entwandt sich rasch und suchte unter unserem Gelächter das Weite. Gero rief: „Die kratzt und schlägt und gibt keinen Tropfen Milch!" Obwohl ich nur Zeuge Geros unsittlichen Verhaltens war, plagten mich schwere Gewissensbisse.

Da kamen die Franziskaner gerade recht, sie waren für mich ein warnender Fingerzeig Gottes. An diesem Tag war ich fest entschlossen, mein Leben grundlegend zu ändern. Ich wollte es sündenfrei führen und als erstes nach Santiago de Compostela pilgern und anschließend in den Franziskanerorden eintreten.

Geros Interesse lag nicht an seinem Seelenheil, statt dessen traf er sich am Wochenende, wann immer sich die Gelegenheit ergab, im Dorf mit anderen Jugendlichen zum Tanz. Dort lebte die Dorfjugend ihren unbändigen Lebensdrang aus. Zur Musik vergnügten sie sich bei urwüchsigen, gesprungenen Tänzen, die wild und sehr ausgelassen waren. Wenn es Gero in die umgebenden Nachbardörfer trieb, führten Streitereien mit den heimischen Jugendlichen, die nur darauf warteten, nicht selten zu Schlägereien, und so manche blutige Nase erinnerte ihren Besitzer die darauffolgende Woche an einen schmerzhaften Sonntag. Die Franziskaner blieben noch einige Tage, dann hielt es sie nicht länger in Sümmern und sie setzten ihren Weg in Richtung Fröndenberg fort.

Bei dem Landvolk waren die Kirchweihfeste beliebt. Für uns war es nach Menden, unserem Nachbarort am nächsten, um etwas Abwechslung in unseren eintönigen Alltag zu bringen. Nach der feierlichen Messe trafen sich die frommen Kirchgänger auf dem Marktplatz vor der Sankt Vincenzkirche, tratschten und tauschten die letzten Neuigkeiten aus. In der Stadt wurde über die letzte Rattenplage gejammert. Vergebens wurde bisher der heilige Ulrich zur Rattenabwehr angerufen. Nicht nur, daß die verdammten Ratten giftig sind. Sie können auch die Verkörperung von Kobolden oder Hausgeistern sein, die unsere Vorräte wegfressen! Schon das, was eine Ratte angenagt hat, ist vergiftet und ungenießbar. Jeder weiß doch, daß einem davon die Zähne ausfallen oder daß man davon Geschwüre bekommt! Der heilige Ulrich konnte bis jetzt jedenfalls nicht gegen die Plagegeister helfen. Aber die Ratten zu töten ist zu gefährlich, wer weiß, wie die Kobolde und Hexen sich dann rächen werden? In einigen Häusern versucht man, durch Lärm und Klappern und Pfeifen die Ratten zu vertreiben. Rudolf, der Bäcker, schlug schon vor Jahren vor, die Ratten wie in anderen Städten auch, vor ein ordentliches Gericht zu rufen und ihnen den Prozeß zu machen.

In den vorherigen Jahren hatte das Volk ausschweifend über ein fremdes Land mit dem Namen Magonia spekuliert.

Heilige Einfalt! Einige Bauern glaubten, die Magonier lebten hoch in den Wolken und führen dort in Schiffen umher. Sie beneideten die Magonier, weil diese unbekümmert in den Tag hinein leben könnten. Nach ihrer Meinung steckten die Magonier mit den Wettermachern in den Wolken unter einer Decke. Sie ließen sich nicht davon abbringen, daß die Magonier Schuld am schlechten Wetter und den verregneten Ernten seien. Ganz im Gegenteil, sie meinten sogar, die Magonier belohnten die Wettermacher für Hagel und Gewitter, denn dann hätten sie selber Gelegenheit, zur Erde herunterzufahren und das Getreide und die Feldfrüchte, die Schaden gelitten hätten, aufzusammeln, zu rauben und in ihr fremdes Land zu bringen. Dies würde ihnen ein angenehmes und sorgenfreies Leben bescheren, wovon sie jeden Tag in Saus und Braus lebten. Niemals vorher hatte ich solch ein Unsinn gehört.

In diesem Jahr erzählte der Kaufmann Leo über einen falschen Pilger. Dieser hatte mitbekommen, daß sich ein betrügerischer Bruder nachts zu einer Pilgerschar gesellt hatte. Als die Gruppe am nächsten Morgen die Reise fortsetzen wollte und schon das Stadttor erreicht hatte, beschuldigte der Fremde plötzlich einen der Pilger, er hätte sein Pferd gestohlen. Der Richter des Ortes ließ daraufhin die gesamte Schar umkehren. Die Pilger bezeugten die Aufrichtigkeit und Unbescholtenheit des Beschuldigten. Der kluge Richter befahl daraufhin in Abwesenheit des falschen Pilgers allen Pferden Sättel und Zaumzeug abzunehmen und sie in den Stall zurückzuführen. Dann forderte er den Kläger auf, sein Pferd aus dem Stall herauszuholen. Der Fremde brachte zwar ein Pferd aus dem Stall, es war aber nicht das gleiche, von dem er am Stadttor behauptet hatte, es sei ihm gestohlen worden. Da lachten alle den falschen Pilger aus, der sich selbst entlarvt hatte. Für den Fremden wurde es nun bitter, er endete noch am selben Tag am Galgen.

Auch ein Bericht über Pygmäen aus Afrika bot besonderen Anlaß zum Staunen. Es wurde behauptet, sie seien nur ellengroß und ihre geistigen Fähigkeiten stünden zwischen denen von Affen und Menschen. Im Wirtshaus wurde weiter spekuliert. „Stammen die Pygmäen von Adam und Eva oder von Noah ab?“ wollte Udo, ein besorgter Mendener, wissen. „Der Affe ist ein

Zerrbild des Menschen, vom Teufel geschaffen," wußte Hermann, sein Trinkkumpan, hob seinen Humpen und nahm einen Schluck. „Nein, nein, der Affe war der erste Versuch Gottes, den Menschen zu erschaffen. Sei doch froh, daß der Herrgott noch einen Schöpfungsversuch unternommen hat, sonst wärst Du jetzt selber ein Affe und wir säßen jetzt statt züchtig bekleidet im zotteligen Fell zusammen und würden uns auf allen Vieren bewegen." Lachend hob auch er seinen Humpen. Je mehr Alkohol getrunken wurde, um so abenteuerlicher wurden die Vorstellungen. Es wurde von menschlichen Wesen fabuliert, die würfelförmig ohne Kopf gestaltet sein sollten und Augen, Nase und Ohren auf ihrer Brust hatten. Andere menschliche Wesen hatten in der Vorstellung einen Fuß, der so groß sein sollte, daß sie ihn als Schirm benutzen konnten. Das Bier ließ die Phantasie weiter blühen.

Das junge Volk suchte währenddessen sein Vergnügen auf dem Jahrmarkt. Dort gab es für jeden etwas. Für die Kleinsten waren Wippen und Karussells am anziehendsten. An Wurfbuden konnten die begehrten Gürtelschnallen als Preis ergattert und mit nach Hause genommen werden. Das Glücksrad versprach Seife, Fibeln oder schnellen Reichtum gegen geringen Einsatz. Heiße Maronen wurden genauso feilgeboten wie Nüsse oder so exotische Gewürze wie Zimt.

Die Gelegenheit, sich dem anderen Geschlecht zu nähern, war beim Tanz am einfachsten. Zur Musik wagten einige in ungelenken, aber kraftvollen Bewegungen mit weit ausholenden Gesten ein „Hovetänzel". Den bereits in lebhaften ungestümen Bewegungen sich auslebenden Tanzenden gesellte sich mit schnellen Schritten und leuchtenden Augen ein weiteres Paar hinzu. Lebhaft ging es zu, endlich eine Gelegenheit, dem trüben, langweiligen, eintönigen Alltag zu entrinnen. Wenn die Stimmung fortgeschritten war und unter Alkoholeinfluß die Hemmungen abgelegt wurden, begannen die Jugendlichen immer wieder gerne das Schinkenklopfen unter dem größten Gelächter und Gejohle. Den Burschen wurde mit der flachen Hand von den Mädchen auf das nackte Hinterteil geschlagen, den Mädchen von den Burschen. Die Spannung des Spiels lag darin, zu erraten, wem die schlagende Hand gehörte. Auch der sich bietende Anblick oder tiefer zu erspähende Einblicke hatten natürlich ihren Reiz. Mit fortschreitender Stimmung kamen die Frauen manchmal auf die Idee, sich mit List und Tücke einen Burschen zu schnappen und ihm in den großen Zeh zu beißen. Allerdings kam es auch oft vor, daß die Stimmungslage umschlug und die jungen Burschen vor Eifersucht gewalttätig wurden und der schöne Nachmittag in einer ausufernden Keilerei endete. Die hitzigen Gemüter gaben erst Ruhe, wenn sie sich eine Abreibung geholt hatten.

Eine dralle Bauernmagd versuchte am Rand der Tanzfläche einem Mädchen, ihrer kleinen Schwester, die ersten Tanzschritte im Takt der Musik beizubringen. Bei den Halbwüchsigen waren Hoppeldei, Heierleis, Firlefei und der Firlefanz am beliebtesten.

Unter Alkoholeinfluß wurden die Sprünge und Schwünge wilder. Die Röcke flogen immer höher und die Einblicke wurden immer tiefer, zumal unter den Röcken sichtbar wurde, was die jungen Kerle als Paradies, die Kirche jedoch als Hölle bezeichnete.

Eine Königswahl

Am ersten Sonntag, einem herrlichen Sonnentag im Mai trafen sich die Jugendlichen Sümmerns auf dem Dorfplatz unter der großen Linde. Eine wichtige Entscheidung stand an. Hartmann, der König der Dorfburschenschaft, wollte heiraten, deshalb wurde ein würdiger Nachfolger für ihn gesucht. Auch Roderichs und Philipps größter Wunsch war es, die Wahl für sich zu entscheiden. Hartmann, der jüngste Sohn des Hauptkötters, hatte zwei Jahre lang seine Aufgabe als Burschenkönig gut erfüllt. Er war der Stärkste der Dorfjugendlichen und verstand es, ausgleichend auch auf die wildesten Raufbolde einzuwirken. Er hielt Neid und Zwietracht in den Reihen seiner Burschen im Zaum. Viele bedauerten, daß er sein Amt aufgab und eine Familie gründete. Er erfüllte mit seiner Burschenschaft im Dorf wichtige Aufgaben: Er schützte es vor äußeren Eindringlingen und achtete auf die Einhaltung der guten Sitten. Jeder erinnerte sich daran, wie die Burschen die brennende Hütte des alten Georg im Nu gelöscht hatten und wie umsichtig Hartmann seine Männer einsetzte. Die Burschen hatten unter seiner Leitung sogar einen gefährlichen Braunbär aus unserer Gegend vertrieben. Die Vorbereitung und Durchführung von Tanzfesten, den Feierlichkeiten zum Sonnenwendfest am Johannistag und dem jährlichen Erntefest lag bei ihm in besten Händen.

„Nein, selten habe ich so gelacht," erinnerte sich Eberhard. Er sprach Lothar an: „Weißt du noch, wie wir bei der Witwe Dallwig die Katzenmusik veranstaltet haben?" „Was mußte die alte Eule sich auch an solch einen jungen Dachs wie Jakob hängen? Noch dazu vor Ablauf des Trauerjahres!"

Lothar schüttelte mißbilligend seinen Kopf. „Hermann hat ja mit seinem Eichenknüppel genug Lärm veranstaltet, als er wild und hemmungslos gegen ihre Haustür schlug. Die Macken sieht man heute noch. Der Witwe wurde es dann in ihrem eigenen Haus zu mulmig und zu laut, und sie versuchte durch das Stalltor ins Freie zu kommen!" ereiferte sich Eberhard. „Da lag sie bei uns richtig, sie bekam eine kalte Dusche ab!" „Genau, sie war völlig durchnäßt, das geschah ihr recht!" Lothar stieß Eberhard mit seinem Ellenbogen in die Rippen und erheischte seine Zustimmung.

„Oder Adelheid, die hat Hartmann wegen ihres Lästermauls zur Schande rückwärts auf dem Esel des alten Otto sitzend durch das Dorf reiten lassen." „Hoffentlich merkt sie es sich, daß sie mit ihren üblen Nachreden über ihre Nachbarn zurückhaltender wird!" Die Erinnerungen wurden wieder lebendig, rasch verflog die Zeit. Dabei stieg die Spannung unter den Jugendlichen. Wer würde ihr nächster König?

Selbst kurz vor der Wahl versuchten Philipp und Roderich, ihre Anhänger auf sich einzuschwören oder neue Wähler zu gewinnen. Gestenreich redeten sie auf ihre Zuhörer ein.

Doch bevor es zur Wahl kam, wurden die Mädchen für das nächste Jahr versteigert. Hartmann bat sich Ruhe aus und ergriff das Wort. Er stand erhöht auf einer Plattform, damit ihn jeder gut sehen und hören konnte. Er rief: „Hier habe ich die Pfänder unserer holden Mädchen, die mir von ihrer Königin überreicht wurden. Es sind genau so viele Pfänder, wie Burschen in der Burschenschaft. Entscheidet euch schnell, jedes Pfand wird nur einmal versteigert. Das Mädchen, dem dasjenige Pfand gehört, das den Zuschlag erhält, wird ein Jahr lang eure Begleiterin bei Festen oder beim Tanzen sein." Jubel und zustimmendes Gegröhle wurde laut. „Hartmann mach es nicht so spannend!" rief Berthold aus der ersten Reihe.

Als erstes zeigte der Burschenkönig eine blonde Haarlocke. Erwartungsfrohes Gejohle erklang aus Burschenkehlen. Der Andrang der Bietenden war so groß, daß Hartmann den Preis für das unbekannte Mädchen hochsetzte und verlangte, daß zusätzlich der Flechtzaun des Schweineackers instand gesetzt werden müsse. Schließlich erhielt Norbert den Zuschlag. Er wurde aber enttäuscht, denn die Locke gehörte nicht, wie er gehofft hatte, der hübschen Ute, sondern dem Mauerblümchen Heidrun. Die Versteigerung nahm ihren Lauf, alle Burschen ersteigerten sich ihre Begleiterin für das nächste Jahr, doch konnten nicht alle geheimen und geheimsten Wünsche in Erfüllung gehen.

Dann war es endlich so weit, der neue Burschenkönig wurde gewählt. Ein letztes Mal richtete Hartmann mit seiner klaren, befehlsgewohnten Stimme Worte an seine Gefolgsleute: „Im Namen der heiligen Dreifaltigkeit!“ Er bekreuzigte sich. „Als euer König fordere ich euch auf, bedenkt euch wohl, bevor ihr eure Stimme abgebt! Der König ist ein von Gott Gesalbter und euer neuer Herrscher. Laßt euch nicht von kurzzeitigen Vorteilsgedanken leiten, sondern überlegt bei der Wahl, welchen Fromm und Nutzen das allgemeine Wohl von dem neuen König erwarten kann.“ Er legte eine kurze Pause ein und sah in die Runde seiner Männer.“ Ich danke euch für die Treue, die ihr mir stets gehalten habt und wünsche meinem Nachfolger, daß er sich ebenfalls immer auf euch verlassen kann.“

Er rief Roderich, Philipp und Ludwig als Anwärter für seine Nachfolge zu sich. Obwohl jedem bekannt war, wer diese Kandidaten waren, stellte Hartmann sie der Menge vor und pries ihre Vorzüge. Dann erläuterte er den Wahlgang: „Gewählt wird durch Handzeichen! Wer von den Dreien mehr als die Hälfte aller Stimmen auf sich vereinigt, ist der neue König. Sollte niemand dieses Ziel erreichen, wird ein zweiter Wahlgang fällig, bei dem der Kandidat mit den wenigsten Stimmen ausscheidet. Auf geht's, wer ist für Roderich?“...

Wahlsieger wurde Ludwig, ein vielseits belieber, pfiffiger Bursche, der es verstand, gute Laune zu verbreiten. Hartmann nahm seine Krone ab und setzte sie seinem Nachfolger auf. Ludwig dankte Hartmann und versprach in seinem Sinne weiter zu wirken. Philipp und Roderich sahen neidisch mit kalten Augen den neuen König an.

Vom Kreuzzug gegen die Albigenser

Seit dem Jahre 1210 predigte der Mönch Konrad von Marburg mit scharfen Worten auf Geheiß des Papstes in Deutschland und Frankreich gegen die Ketzerei der Albigenser und wiegelte die Bevölkerung zum Kreuzzug auf. Dieser fand im folgenden Jahr statt. Herzog Leopold von Österreich, Engelbert- damals noch Probst von Köln-, sein Bruder Adolf, Graf von Berg, Graf Wilhelm von Jülich und viele andere Edle nahmen unter Leitung von Arnold, dem Erzbischof von Narbonne, am Kreuzzug teil. Sie erlebten unmenschliche Grausamkeiten im Namen der heiligen Dreifaltigkeit an den Glaubensabtrünnigen, als man versuchte, ihnen den Teufel auszutreiben. Adolf und Engelbert waren auf Druck des Papstes in Südfrankreich angetreten, doch bereits nach wenigen Tagen verließen sie das Kreuzfahrerlager wieder. Sie hielten sich in ihrem Eifer und Tatendrang zurück. Die Kreuzfahrer belagerten zunächst die große Stadt Beziers, in Südfrankreich, die zahlreiche Ketzer beherbergte. Als Antwort auf die Belagerung urinierten die Ketzer auf eine Bibel und warfen sie mit den Worten „Das ist euer Gesetz, ihr Elenden" die Stadtmauer herunter und beschossen die Angreifer mit Pfeilen. Furchtlos setzten die Eroberer jedoch Leitern an die Mauer und erstürmten die Stadt. Sie öffneten den vor der Stadt Wartenden die Tore und nahmen so die Stadt ein. Bei der Vernehmung der Unterworfenen merkten sie bald, daß Katholiken unter den Ketzern waren und fragten den Abt, wie sie weiter verfahren sollten.

Der Abt vertrat die Meinung, daß diese sich nur aus Todesangst als Katholiken ausgäben und befürchtete, daß sie sofort wieder zu ihrer Treulosigkeit zurückkehren würden, sobald die Belagerung aufgehoben würde. Deshalb antwortete er: „Schlagt sie tot, Gott kennt die Seinen." So wurden Unzählige in dieser Stadt getötet.

Die nächste Stadt, die genommen wurde, hieß Pulchravellis.

Die Stadtbevölkerung gelobte, zum wahren Glauben zurückzukehren, aber zahlreiche Verstockte blieben bei ihren ketzerischen Ansichten. Daher wurden sie verbrannt oder gehängt. In anderen Städten und Burgen geschah das gleiche, zahlreiche Elende drängten geradezu nach dem Tode. Hauptstadt der Bewegung der Albigenser war die Stadt Toulouse. Der ungläubige Graf von St. Gîles begab sich nach Toulouse, nachdem ihm auf dem lateranischen Konzil seine Lehen und Allodien, sowie seine Städte und Burgen aberkannt wurden.

Von hier aus führte er den Kampf gegen die Katholiken weiter. Der Fanatismus der Abtrünnigen ging so weit, daß sie sich zu einer solch entsetzlichen und widerlichen Tat hinreißen liessen, die selbst in ihren eigenen Reihen Abscheu erregte. Er entleerte seinen Darm in der Hauptkirche und hinterließ seine Ausscheidungen neben dem Altar. Anschließend wischte er sich mit dem Altartuch seinen After ab.

Die anderen aber, die dabei waren, steigerten den Wahnsinn, setzten eine Hure auf den heiligen Altar und mißbrauchten sie im Angesicht des Kruzifixes. Dann rissen sie das Kruzifix herunter und hieben der Christusfigur beide Arme ab. Die Albigenser waren auf eine, wie sie dachten, gute Idee gekommen und hatten Miralimonmelinus, den heidnischen König von Marokko, zu Hilfe gerufen. Dieser erschien mit einem riesengroßen Heer.

Er ließ Papst Innozenz ausrichten, er werde den Petersdom in Rom zum Stall für seine Pferde machen und darüber seine Fahne aufpflanzen. Aber es kam anders, denn mit Hilfe Gottes wurde er besiegt und die Reiter seines Heeres erschlagen. Miralimonmelinus floh nach Sevilla, dort starb er kurze Zeit später.

Seine Hauptfahne wurde im Kampf erbeutet und dem Papst übergeben, der sie zum Triumph im Petersdom aufrichten ließ.

Eine unerhörte Freveltat

Von Philipp und Roderich hörte man in der Zwischenzeit in unserem Dorf nichts Gutes. Es hieß, sie seien aufsässig, unredlich und unzuverlässig. Sie waren völlig den drei bösen „W“ verfallen, als da sind: Wein, Weib und Würfel. Sie verweigerten dem Burschenkönig ihre Nachfolge und gaben sich der Spielleidenschaft hin, sie trafen sich neben der Kapelle auf dem Friedhof. Dadurch entweihten sie zum Ärger der Dorfgemeinschaft die Ruhestätte unserer Ahnen, wenn sie Dame, das unterhaltsame Wurfzabelspiel, Trictrac und Karten spielten oder würfelten. Auf jedem Jahrmarkt weit und breit oder auf einer Kirchweih konnte man sie treffen. An liederlichen Weibspersonen hatten sie beide, die sie inzwischen zu stattlichen, ansehnlichen, jungen Männern herangewachsen waren, keinen Mangel. Im Dorf zerrissen Männer und Frauen sich die Münder darüber, daß beide weder verlobt noch verheiratet waren. Dann geschah im Dorf eine unerhörte Freveltat: Unbekannte waren gewaltsam in die Dorfkapelle eingedrungen und hatten die Meßkelch gestohlen. Dabei waren sie roh vorgegangen, hatten Stühle und Bänke und sogar den Altar verwüstet.

Der Verdacht fiel sofort auf Philipp und Roderich. Trotz eines peinlichen Verhöres blieben jedoch beide standhaft und leugneten, etwas mit der Tat zu tun zu haben. Sie wurden in Ermangelung eines Gefängnisses in einen kleinen abschließbaren Kellerraum unseres Wohnhauses eingesperrt. Allen Hofbewohnern wurde die Nähe zu den mutmaßlichen Tätern untersagt. Wegen der Schwere des Vergehens sollte die Gerichtsverhandlung vor einem Hochgericht gehalten werden. Es handelte sich um eine Straftat gegen die Kirche, ein Sakrileg, einen Kirchenbruch. Da es keine kirchliche Gerichtsbarkeit gab, mußte ein weltliches Gericht mit der Sache betraut werden. Entweder die Täter wurden zur Gerichtsstätte gebracht, oder ein Richter mußte ermächtigt werden, auf kirchlichem Hoheitsgebiet, im Namen des-Domkapitels, Recht zu sprechen. Die Klärung dieser Frage dauerte eine beträchtliche Zeit. Da die Inhaftierten ernährt und versorgt werden mußten, ließ sich eine Annäherung auf Dauer nicht vermeiden. Die beiden Beschuldigten beteuerten unumstößlich und standhaft ihre Unschuld und lenkten den Verdacht zuerst zaghaft, dann immer überzeugender und nachdrücklicher auf zwei Fremde, die sie in der Abenddämmerung des besagten Tages gesehen haben wollten. Ihre Darstellung ließ sich nicht ohne Weiteres von der Hand weisen, da die Meßkelch bislang nicht aufgetaucht war. Nach und nach erhielten die unbekannten Fremden Kleidung, Statur und Gesichter. Zaghaft erinnerte sich der alte Otto, daß auch er die beiden Fremden gesehen hatte, wie sie sich im Schutze der Dämmerung hinter einer Hecke, nahe des Dorfteiches versteckt hätten, was im Nachhinein ziemlich verdächtig war, da sie sich ja schon nahe an die Kapelle herangeschlichen hätten. Wie Gerüchte im Dorf so sind, aus der Vermutung wurde Gewißheit, und nicht weniger als acht verschiedene Personen konnten sich auf einmal an die Fremden entsinnen. Mancher vermutete, daß es Juden waren. Die beiden Verdächtigen waren inzwischen schon fünf Tage gefangengehalten. Bis jetzt hatten wir von einer Folterung abgesehen. Unser Kaplan, genannt der Kapaun, versuchte, sie mit Hilfe der Eindringlichkeit der Worte Gottes zu einem Geständnis zu bringen und ließ sie auf die heilige Schrift schwören wobei er ihnen ein Kruzifix entgegenhielt. Es gelang ihm jedoch nicht, sie in ihrem Starrsinn zu erweichen.

An demselben Tage mußte ich ausnahmsweise die beiden mit Frühstück versorgen. Roderich strahlte Philipp an: „Endlich ein Lichtblick. Ein Sonnenstrahl in unserem finsteren Loch! Der rechtschaffene Dietrich bringt uns heute das Frühstück.“ In seiner Stimme schwang Hoffnung und Freude. Leichtgläubig traute ich seinem freundschaftlichen Tonfall und glaubte seine Worte. Ich erinnerte mich an alte, gemeinsame Tage. Einst hatten wir unsere Blutsbrüderschaft besiegelt. Roderich ließ mir keine Zeit mich zu äußern. „Wir sind es nicht gewesen, oder kannst Du Dir so etwas vorstellen?“ Ich konnte es nicht und schüttelte den Kopf. „An dem Abend waren wir überhaupt nicht in Sümmern, ich frage Dich, was sollen wir mit einem Meßkelch? Bring uns doch mal anstatt des ewigen Breis, frisches Brot, Wurst und Bier – soll Dein Schaden nicht sein!“ Philipp ergänzte: „Bestell Gunhild, daß sie mein Täubchen ist. Ich möchte mit ihr am kommenden Sonnabend gerne einen Heierleis tanzen. In Erinnerung an unsere Freundschaft, sag Deinem Vater, wir sind unschuldig.“

Einige Tage später, als mein Vater geschäftlich unterwegs war, geschah dann etwas Unglaubliches.

Wir wissen bis heute noch nicht, wie es sich zugetragen hat, jedenfalls war das Kellerverlies abends, als die beiden ihr Abendessen erhalten sollten, leer. Erst viel später hörte ich mit Schrecken und Entsetzen wieder von Roderich, Philipp sah ich mein Lebtag nicht wieder.

Der neue Burgmann

Die Bauarbeiten an der Isenburg waren abgeschlossen, ein neues Bollwerk war entstanden. Die Erdarbeiter, Steinbrecher, Mörtelmischer und Mörtelträger, Maurer und Steinmetze hatten ihre Sache gut gemacht.

Zufrieden stand Graf Friedrich auf seinem Bergfried und sah in das Tal herab, in dem sich die Ruhr müde und träge dahinschob. In der Ferne konnte man im Morgengrauen den Ort Hattingen erkennen.

Friedrichs Gedanken aber gingen weiter. Seit der Enthebung Heinrichs des Löwen herrschte Unordnung, Gewalt und Gewissenlosigkeit, wenn es darum ging, sich einen Vorteil bei der Inbesitznahme herrenloser Ländereien zu sichern. Nur grob waren die Herrschaftsverhältnisse neu geordnet worden und ließen so Spiel für phantasievollste Erb- oder Herrschaftsansprüche, die geltend gemacht wurden. Ein gnadenloses Hauen und Stechen um die günstigsten Ausgangspositionen bei der Durchsetzung von begründeten oder weit hergeholten Erbschaftsansprüchen war die Folge, Fehden und Gegenfehden an der Tagesordnung, Chaos und Kleinkrieg ließen die gesamte Region nicht zur Ruhe kommen.

Graf Friedrich sah in diesen Wirren klar und weitsichtig seinen Vorsprung gegenüber den anderen Adligen. Sollten sie weiter in den Tag hineinleben, sich vergnügen, sollten sie sich doch an Ritterspielen ergötzen. Er suchte seinen Vorteil und er nutzte dazu seine schärfste Waffe, seine Bildung. Was nützten alle Gebietsansprüche, wenn sie über Generationen hinweg, aus welchen Gründen auch immer, nicht mehr belegbar waren? Wozu hatte er in der Domschule lesen und schreiben gelernt, wenn er diese Macht nicht für sich nutzte? Wie oft hatte er sich geärgert, wenn seine Vögte nicht in der Lage waren, die ihm zustehenden Zinsen einzutreiben. Wie sollte ordentlich gewirtschaftet werden, wenn in diesem Jahr dieser Hof, in jenem Jahr jener Hof der Steuererhebung entging? Damit sollte ein für alle Mal

Schluß sein! Der alte Federfuchs hatte eine glänzende Idee: Er ließ eine Inventarliste aller seiner Besitzungen, seiner Höfe und Unterhöfe, anlegen. Vorausschauend hielt er für seine Nachkommen fest, was ihnen gegen welche Ansprüche auch immer von Rechts wegen zustand.

Er wurde in seinen Überlegungen gestört: „Graf Friedrich, wir haben einen streunenden Einzelgänger aufgegriffen. Er gibt an, daß er Euch zu Diensten sein möchte." Unwirsch über die Störung gab Friedrich den Befehl: „Werft den Kerl ins Verlies." „Aber er ist jung und macht einen kräftigen, gutgenährten Eindruck, genau das, was Ihr gerade sucht. Ich meine, Ihr solltet ihn in Augenschein nehmen," beharrte der Edelmann Guntram. Friedrich hatte sich von seinen Gedanken gelöst und war zugänglicher geworden. Er sprach Joachim an: „Knappe, komm, laß uns sehen, was der Tag für uns bereit hält." Im Burghof, immer noch eskortiert von zwei bewaffneten Wächtern, stand ein wohl zwanzig Jahre alter, kräftiger, muskulöser Mann. Er stand mit gefalteten Händen vor dem Grafen, sein Gesicht war sonnengebräunt. Flachsblonde, mittellange, leichtgewellte Haare fielen in die Stirn, blaue Augen machten ihn auf Anhieb angenehm. Er hatte ein kräftiges Gebiß mit leicht vorstehenden Zähnen. Er nannte sich Herenbert und erzählte, er käme von der Abtei Werden. Dort habe er sich von seinem Herrn losgesagt und wollte sich wie viele andere Werdener in Loen ansiedeln. Auf dem Weg habe er davon erfahren, daß für die neue Burg des Grafen Friedrich noch wackere, wehrhafte Söldner gesucht würden. Bevor er sich ordnungsgemäß habe vorstellen können, sei er aufgegriffen worden und so stünde er nun hier und lege sein Schicksal in die Hand des gnädigen Grafen. Graf Friedrich hatte seine Entscheidung im Stillen schon getroffen, aber er wollte den Neuling auf die Probe stellen. „Wie ist er denn körperlich zurecht und bei Kräften?", wollte er wissen. In leicht prahlerischer Weise gab Herenbert zur Antwort: „Ich bin es gewohnt, zwei Ochsen auf einmal zu führen, meine Kraft reicht aus, sie im Zaum zu halten." „Wohl denn," bedeutete Graf Friedrich und wies mit einer Kopfneigung auf einen riesigen Mühlstein, der neben dem Brunnen lag. „Hebe ihn auf." Herenbert löste sich von seinen Bewachern, und ein feines Lächeln zeigte sich um seine Mundwinkel. Gemessenen Schrittes ging er auf den Mühlstein zu, atmete zwei-, dreimal durch, stellte sich mit leicht gespreizten Beinen vor das Gewicht, beugte sich langsam vor und umfaßte den Stein. Trotz seines Geburtsfehlers, eines zusammengewachsenen dritten und vierten Fingers der linken Hand, schaffte er es, unter Anspannung aller Muskeln, den Koloß kniehoch zu wuchten. „Gut, gut, - genug, Ihr seid unser Mann,“ rief der Graf. „Reiten, kämpfen und fechten werden wir Euch schon beibringen.“

Die Hinrichtung

Graf Friedrich von Isenberg hatte an diesem Mittwoch im Spätherbst, am Gedenktag des heiligen Severin einen wichtigen Termin: es stand die Hinrichtung des Gottfried von Genna an, eines stolzen, aber einfältigen Viertelmeiers, der die Frechheit besessen hatte, gegen seinen Landesherrn aufzubegehren, als dieser willkürlich und gegen alle Sitten ein Schuldschwein verlangte, was die gesamte Familie in nicht wiedergutzumachende Not stürzte. Sein Aufbegehren war als Verschwörung gewertet worden, weil er sich über die Ungerechtigkeit seiner Herrschaft, des Grafen, beschwerte, der seine Stellung genauso durch Gottes Fügung und Willen begründete, wie Kaiser und König. Er hatte sich bei seinem Nachbarn, dem dummen, ängstlichen und geschwätzigen Heinrich von Dreuschede Luft gemacht. Da Heinrich Angst vor Strafverfolgung hatte, wenn er den Vorfall nicht weitermeldete, wurde der bedauernswerte Gottfried kurzerhand festgesetzt und des Verrats beschuldigt. Am Pranger hatte er genug Gelegenheit gehabt, über seine Unverfrorenheit gegenüber dem Grafen nachzudenken. Wie jeder andere Untergebene auch hatte Gottfried vor langer Zeit geschworen: „Im Namen des allmächtigen Gottes, der heiligen Dreieinigkeit, gelobe und schwöre ich, daß ich meinem Herrn, dem ehrbaren Grafen Friedrich von Isenberg allzeit dienen werde und ihn als meinen rechten Herrn anerkenne. Dieser Eid überträgt sich auf die Nachkommen des Grafen, seine Amtsleute und wen immer er über uns als Herrscher einsetzt. Ich werde immer bestrebt sein, den Nutz und Frommen des gräflichen Hauses zu fördern, Schaden zu wenden, ihn zu warnen und alles zu tun, was ein jeder Untertan seinem rechten Herrn schuldig und pflichtig ist. Ich werde immer gehorsam und treu zu meinem Herrn stehen. So wahr mir Gott helfe. Amen.“ Nun hatte er seinen Eid gebrochen, und das sollte ihn teuer zu stehen kommen.

Es hatte genügt, die gottgewollte Ordnung in Frage zu stellen, um seine Verurteilung zu begründen. Für die Frau mit den minderjährigen Kindern bedeutete dies den Verlust ihres Heimes und wochen- oder sogar monatelange Bettelei, bis sich etwas Neues finden ließ, wo sie unterkommen konnten. Im Spätherbst oder Winter konnte dies für die Familie sogar den Tod bedeuten. Das kümmerte Friedrich nicht - im Gegenteil, er hielt sich für gerecht. Er fühlte sich verantwortlich für die Zucht in seinem Herrschaftsbereich.

Dieses Mal sah er der Hinrichtung jedoch mit gemischten Gefühlen entgegen. Einerseits brachte die Vollstreckung zwar Abwechslung in den langweiligen Tages- und Wochenablauf, andererseits fand die Hinrichtung im frühen Morgengrauen statt und störte seine Morgenruhe. Er mußte dann mit seinem Trupp noch vor Tagesanbruch, wenn sich möglicherweise Gesindel umhertrieb, seine Burg verlassen und sich den Mächten der Dunkelheit schutz- und wehrlos ausliefern. Für solche Fälle trug er ein schwarzes Amulett unter seinem Wams und es war schon vorgekommen, daß er als hartgesottener, kampferprobter Ritter dieses Amulett hilfesuchend umfaßt hatte. In der Tat hatte das Amulett ihn bisher immer vor Unbill geschützt. Friedrich hatte sich etwas Besonderes ausgedacht. Eine weitere Prüfung wartete auf seinen jungen Burgmann Herenbert.

Der Neue hatte sich bis jetzt gut gemacht und gab keinen Anlaß zu irgendwelchen Beanstandungen. Wenn Herenbert unter seinen Burgmannen ab und zu die Faust gebrauchte, um sich durchzusetzen, so war das Sache der anderen Burgmänner, sich gegen ihn zu behaupten. Herenbert hatte als Jüngster von seiner Wachmannschaft seine Stellung gefestigt. Heute wollte Friedrich erproben, wie sehr Herenbert seelisch belastbar war, wenn es um Leben und Tod ging. Zu viert ritten sie aus dem Schutz der Burg zur Ruhr hinunter und mußten wohl gut und gerne zwölf Meilen flußaufwärts reiten um nach Elsey zu kommen, wo der Unglückliche eingekerkert war, nachdem er vorher tagelang zur Abschreckung des Volkes am Pranger gestanden und gelitten hatte. Ohne die Obrigkeit fand hier keine Hinrichtung statt, es hätte ja sein können, daß der Landesherr, der auch die Gerichtsgewalt ausübte, im letzten Moment doch noch Gnade vor Recht ergehen ließ. Daran konnte sich in Elsey aber seit

Menschengedenken niemand erinnern. Im Gegenteil, Graf Friedrich prahlte unter seinesgleichen jedenfalls damit, daß er zwar hart, aber gerecht sei.

Der Morgen der Hinrichtung war kalt und ungemütlich. Auf den Wiesen lag Rauhreif, beim Atmen bildeten sich Dampfwölkchen vor den Mündern und Nüstern. Im Morgengrauen, noch bevor die Sonne durch die Wolken brach, zerrten zwei Büttel den Gefangenen aus seinem Kerker. Gottfried war mit einem groben Hanfseil um beide Handgelenke gefesselt. Seine Hände waren auf den Rücken gelegt und mit einem Ledergurt, der um den Hals gelegt war, verbunden.

Der Kaplan bemühte sich um das Seelenheil des Verurteilten. Er legte Gottfried dar, daß es viel wichtiger sei, unbefleckt und sündenfrei vor Gottes Thron zu treten, als sündig und mit verstocktem Herzen. Gottfried hatte auf dem Weg zum Galgen, der südöstlich außerhalb von Elsey in einem Waldstück an der höchsten Erhebung des Steltenbergs stand, noch Gelegenheit, sich um sein Seelenheil zu kümmern, so wie es der Schächer neben Jesus Christus am Kreuz im letzten Augenblick seines Lebens getan hatte. Der Weg führte über den Königsweg, der von Elsey nach Loen führte, bog aber in einen Hohlweg nach rechts ab und führte auf eine ungepflegte holprige Strecke, wohl eine Meile oder mehr, stetig ansteigend zum Gipfel des Berges. Hier wurde der Weg schmal und uneben. Rinnsale hatten unregelmäßige Vertiefungen im schweren Lehmboden hinterlassen und Geröll erschwerte das Vorankommen. Besonders die spitzen Wackersteine ließen Gottfrieds Schritte zur Qual werden. Aus Erfahrung hatte Graf Friedrich, der ebenfalls bekümmert drein blickte, einen Karren mobilisiert, der den Treck vervollständigte. Es kam vor, daß den Verurteilten die Angst packte und die Kräfte verließen, je näher er der Hinrichtungsstätte kam, dann mußte er eben dorthin gekarrt werden. Es gab auch Gegenteiliges: Missetäter, die von Reue gepackt vor ihrer verdienten Strafe öffentlich ihre Schuld bekannten und sich den bereits warnenden Zuschauern als warnendes Beispiel vor Augen hielten. Sollte jemand jedoch einen Fluchtversuch unternehmen, so erlebte dieser vor seinem Tod noch die Hölle auf Erden.

Gottfried jedoch hielt sich wacker, seine Gedanken waren bei seiner Familie und der Not, die sie im bevorstehenden Winter erwartete. Über seine gegerbte Gesichtshaut rann eine Träne herab.

Als der Weg in östlicher Richtung abbog und sacht bergan stieg, wurden seine Schritte langsamer und schwerer. Ihm wurden seine kalten Füße und Hände unangenehm bewußt, als wären sie bereits abgestorben.

Der Hals wurde trocken, das Herz raste und überschlug sich, die Magengrube wurde schwer, wie ein Mühlstein.

Schweißausbrüche wechselten mit Kälteschauern. Er wollte schreien, aber er brachte keinen Ton heraus.

Die traurige Prozession erreichte endlich den Waldrand, in dem der Galgen auf einem aufgeschütteten Hügel wartete. Der Kaplan hielt das mitgeführte Kruzifix mit beiden Händen umklammert direkt vor die Augen des Verurteilten. Graf Friedrich bemühte sich angestrengt, locker zu wirken und gab Herenbert, der neben ihm reiten durfte, folgende Denkaufgabe: Was ist das? Es hat die Wurzel oben, den Rücken vorn und die Flügel unten. Herenbert wußte es nicht, aber er war für einen Moment von der schrecklichen Wirklichkeit abgelenkt.

Der mannshohe Galgenhügel war erreicht, Gottfried blieb standhaft. Er versuchte ein letztes Mal, die kühle, frische Morgenluft tief einzuholen, aber seine Kehle blieb verschnürt. Nun wurden seine Fesseln gelöst. Zum letzten Mal stand er seinem Herrn, Graf Friedrich von Isenburg, als Untergebener zum Zeichen der Bindung mit gefalteten Händen gegenüber. Er bekannte dem Kaplan seine Sünden, der ihm die Absolution erteilte. Gottfrieds Seele war gerettet. Im Troß löste sich die Spannung, was nun folgte, war von untergeordneter Bedeutung: Gottfried gab nur eine Leihgabe, seinen Körper ab. Wenn alles gut ging, würde er nicht viel leiden. Der Henker hatte einen Schemel unter die bereits geknüpfte Schlinge gestellt. Mit weichen Knien stieg Gottfried auf, seine Augen waren verbunden worden. Jetzt wußte er gar nichts mehr, er wollte an alles auf einmal denken, er konnte es nicht.

Sein Kopf war vollkommen leer...

Graf Friedrich streckte sich. Er ermahnte die umstehenden Zuschauer, die gottgewollte Obrigkeit zu achten.

Er kratzte sich am Bart. Dann wandte er sich an den Verurteilten und sagte: „Gottfried, Du hast bewiesen, daß Du ein rechter Christenmensch bist, Du sollst wissen, auch ich verzeihe Dir."

Als der Henker zur Tat schreiten wollte und von schräg hinten den Schemel wegziehen wollte, gab Friedrich ihm ein Zeichen, einzuhalten. Er zeigte auf Herenbert und sagte: „Deine Aufgabe," und wies auf den Hügel.

Herenbert dachte noch über die gestellte Denkaufgabe nach und verstand im Moment nicht, was er tun sollte, so sehr hatte er dieses Geschäft dem Henker zugeordnet. Er mußte sich schütteln, um festzustellen, ob er wachte oder träumte. Graf Friedrich stieß ihn unsanft an und drängte zur Eile. Herenbert stolperte den Hügel aufwärts, holte mit seinem rechten Bein aus, aber er verfehlte das Schemelbein. Unmut wurde laut. Im zweiten Versuch traf Herenbert den Schemel mit voller Wucht, der Halt unter Gottfried entschwand, er sackte ruckartig ins Bodenlose.

Auf dem Rückritt löste ein sichtlich zufriedener Graf Friedrich sein Rätsel auf: Herenbert, es war die Nase, nur die Nase!

Ein Vorbild

Erzbischof Engelbert von Köln war von stattlicher Statur und glich eher einem Heerführer als einem Geistlichen. Schlank und hochaufgeschossen überragte er viele seiner Mitmenschen. Er strahlte stets Optimismus und gütige Würde aus. Zielsichere Entschlossenheit und Klugheit waren seine persönlichen Vorzüge.

Hervorstechend war seine markante Nase, die dem Gesicht sein dominantes Aussehen verlieh. Im Verein mit seinen wachen Augen verlieh sie der Persönlichkeit des Erzbischofs eine glaubhafte Autorität und eine tiefgründige menschliche Reife. Kräftige ebenmäßige Zähne strahlten beim Lachen, einer Lieblingsbeschäftigung Engelberts. Lachfältchen umspielten Augen und Mundwinkel, so daß sein steter Optimismus beredtes Zeugnis in seinem Gesicht hinterlassen hatte. Mächtigen gegenüber trat er selbstbewußt auf, Niedrigstehende behandelte er wohlwollend und barmherzig. Er hielt wie jeden Morgen nach den Laudes eine Besprechung mit Hermann, dem Subdekan, ab. Hermann war im Gegensatz zu Engelbert von kleiner, rundlicher Statur. Behende Bewegungen schienen seinem Körper nicht angepaßt zu sein, dennoch war er in stetiger emsiger Bewegung. Er glich mit seinem kugelrunden Gesicht, den roten, prallen Wangen, dem speckigen Nacken und seinem Doppelkinn der landläufigen Vorstellung eines Mönches. Eine Tonsur rundete das Bild von einem Mönch ab. Schwarze Zähne und ein lückenhaftes Gebiß entstellten seinen Mund. Hermanns Weichen für das spätere Schicksal wurden bereits in der Kindheit gelegt, als er gerade sechs Jahre alt war. Unter Anrufung des himmlischen Beistandes hatte seine alleinstehende Mutter den Entschluß gefaßt, ihr jüngstes Kind auf eine Klosterschule zu schicken, wo es lesen und schreiben lernen sollte. Da sie sich nicht mehr um das Kind zu kümmern brauchte, konnte sie selbst ins Kloster eintreten, ihrem Sohn wurde die Tür geöffnet für den geistlichen Stand. Der Rest des Schicksals lag ohnehin in Gottes Hand.

Engelbert hatte ein besonderes Vertrauensverhältnis zu Hermann. Beide hatten die Schulzeit in der Domschule verbracht und die Jugend gemeinsam verlebt. Engelbert kramte von Zeit zu Zeit in Erinnerungen der gemeinsamen Schulzeit: „Du magst es glauben oder nicht, der alte Dechant Ensfried geistert noch oft in meinen Gedanken herum. Erinnerst Du Dich noch, als er im Lateinunterricht auftauchte und den armen Udo vor den heftigen Schlägen des Scholasten befreite?“ „Ja, Udo schrie fürchterlich. Wir saßen alle vor Angst völlig zusammengebacken auf unseren Plätzen. Aber ich erschrak noch mehr, als der Dechant mit erhobenem Stock in die Klasse gestürmt kam. Ich konnte nicht glauben, was ich sah: Er ging wie ein Löwe auf den Scholasten zu, wie hieß er noch?“ „Pater Friedrich, genannt der Wüterich.“ Beide lachten. „Ja, Friedrich hieß er, vor dem hatte ich auch einen gehörigen Respekt. Dechant Ensfried herrschte den Wüterich an, er solle die Zöglinge lehren - und nicht töten. Du kannst mir glauben, dieses Erlebnis hinterließ einen dauerhaften Eindruck auf mich und hat meine Lebenseinstellung wesentlich beeinflußt. Ensfried gab ein Zeichen, daß Schwächere des Schutzes des Stärkeren bedürfen. Und er gab ein wahrhaftiges Beispiel für gelebtes Christentum. Einmal hat er für einen Bettler sogar seine Hose ausgezogen und sie ihm geschenkt. Er folgte dem Beispiel des heiligen Martin und ging lieber ohne Hose unter seinem Mantel nach Hause und setzte sich dem Gelächter aus, als dem Bettler sein Almosen zu verweigern.“ Hermann bestätigte: „Dechant Ensfried war wirklich untadelig und von vorbildlicher Sittenreinheit. Seine gütige Freigiebigkeit kam zum Ausdruck, als er seinem Neffen, der mit ihm im selben Haushalt lebte und der im Gegensatz zu ihm sehr sparsam und mit Almosen zurückhaltend war, zwölf Schinken im Laufe eines Jahres so aushöhlte, daß es für den haushaltführenden Neffen erst sichtbar wurde, als die Armenspeisungen bereits über Monate hinweg erfolgt waren. Er verteilte das Fleisch an Arme, Witwen und Waisen. Als sein Neffe den Diebstahl bemerkte und sich über die Maßen erregte, beruhigte Dechant Ensfried ihn mit den Worten: „Guter Neffe, es ist doch besser, wenn wir uns etwas einschränken, als daß die Armen verhungern. Gott, der

Herr, wird es Dir schon erstatten." Diese Worte beruhigten und versöhnten seinen Neffen und er gab Ruhe." Nachdenklich sagte Erzbischof Engelbert: „Der gute, alte Dechant Ensfried hat durch seine segensreichen Taten ein überzeugendes Vorbild für mich abgegeben. Ich habe mir vorgenommen, daß sein Einfluß durch mein Wirken weiterhin lebendig sein soll." Hermann stimmte zu: „Ja, der Dechant war ein guter Lehrmeister. Ich denke, wir sind auf einem guten Weg, unser Vorbild zu erreichen." Engelbert sah nachdenklich zu Boden und ließ eine Pause eintreten. Er räusperte sich, dann wechselte er das Thema.

„Wir sollten die Vorzüge des modernen Fortschritts als Segen Gottes schleunigst in Westfalen nutzen. Ich bin fest entschlossen, großzügig die Freigabe für die Errichtung von Wind- und Wassermühlen zu erteilen. Wir müssen nur einen Weg finden, den Fortschritt publik zu machen." „Wenn Herolde den Bauern und Köttern etwas von Mühlen erzählen, können die sich gar nichts darunter vorstellen. Triefäugige oder Bartscherer können wir nicht gebrauchen, es ist besser, intelligente, verdiente Persönlichkeiten mit der modernen Technik zu betrauen. Die Bauern haben genug damit zu tun, sich an die neuen Metallpflüge zu gewöhnen. Sie müssen ihren Verstand aufwenden, sich nicht an den scharfen Pflughaken zu verletzen." Hermann mußte leicht grinsen. „Du sollst dich nicht über die schwächsten unter Deinen christlichen Brüdern lustig machen, sieh in jedem von ihnen, und wenn es der Geringste unter ihnen ist, Deinen Erlöser!", ermahnte Engelbert ihn, trotzdem ließ auch ihn die Vorstellung, irgendein Tölpel sollte eine hochtechnische Mühle betreiben, ein feines Lächeln abringen.

„Denke an die Vorteile, die erreicht werden, wenn die Elemente Wind und Wasser gebändigt werden und dem gesteuerten Willen des Menschen unterliegen. Wieviel unnütz vergeudete Kraft und Zeit können gewonnen werden - wieviel Zeit gewinnen die Menschen, die sie für ihr Seelenheil nutzen können?" „Wir leben in einer Zeit der grundlegenden Neuerungen, wir müssen unser Wissen nur verbreiten und nutzen." „Ja, aber denke einmal weiter: Wir stehen erst am Anfang umfassender Möglichkeiten. Unter geringeren Mühen werden die Bauern am Ende bessere Ernten heimbringen und die Müller feineres Mehl mahlen. Der Wohlstand wird üppiger. Der Segen Gottes wird auch für die letzten Zweifler überzeugend," sagte Engelbert. „Das Beste wird sein, wir beauftragen Vogt Arnold mit der Aufstellung möglicher Standorte für Mühlen. Unabhängig davon soll Gerald, unser Meier, das Herzogtum nach würdigen, sachverständigen Persönlichkeiten durchforsten.

Wenn sie sich hier zur Zahlung der Pachten melden, soll ihnen der Vorschlag und möglichst rasch ein Vertrag zum Aufbau einer Mühle unterbreitet werden. Wir machen es ihnen dadurch schmackhaft, daß sie fünf Jahre lang zins- und abgabefrei bleiben."

Diese Überlegungen wurden an dieser Stelle abgebrochen, da es inzwischen Zeit für die Prima, die Morgenandacht, wurde.

Weisheit und Gerechtigkeit

In der Zwischenzeit waren Boten aus allen Teilen des Reiches angekommen und übermittelten Sendschreiben, Empfehlungen oder erwarteten Mitteilungen für ihre Herren. Der Vormittag war der Reichspolitik vorbehalten.

Immer noch war die Lücke erkennbar, die Heinrich der Löwe in Norddeutschland seit seiner Acht und Aberacht hinterlassen hatte. Große, mittlere und kleine Fürsten trachteten danach, dieses Vakuum für sich zu nutzen und wann immer sich die Möglichkeit ergab, ihr Herrschaftsgebiet und ihren Einfluß auszudehnen. Haupterbe des Besitzungen Heinrichs des Löwen war der Erzbischof von Köln. Ihm fiel in Zeiten brutalster Machtkämpfe, die auch vor eigenen Familienmitgliedern nicht halt machten, die schwierige Aufgabe zu, für Ordnung zu sorgen und die Reichsinteressen zu vertreten. Erzbischof Engelbert hatte seinem Kaiser und Herrn das Treuegelöbnis geschworen. Er fühlte sich zu äußerster Treue den Interessen des Kaisers gegenüber verpflichtet. Die edelste Aufgabe der Könige war es seit Salomons Zeiten, den Frieden im Reich sowohl im Inneren als auch im Äußeren zu bewahren. Bereits im Jahr 1041 hatte Kaiser Heinrich IV. die aus Frankreich aufgekommene Idee des Gottesfriedens aufgegriffen und ein Fehdeverbot und Landfrieden im gesamten Reich in der Zeit vom Donnerstag bis zum Montag ausgesprochen. Das Verbot allein nützte nur wenig, die Fehden wurden unvermindert weitergeführt. Nur wenn es zur Selbstverständlichkeit würde, vor einem Gericht zu klagen und vor unabhängiger Stelle allgemeingültiges Recht zu erlangen, konnte auf persönliche Rache verzichtet werden.

Erzbischof Engelbert setzte sich für das allgemeingültige Recht ein und sah sich als Reichsverweser in der Nachfolge König Salomons. In dieser Funktion versuchte Erzbischof Engelbert, dem in Königsspiegeln niedergeschriebenen Ideal eines Herrschers nachzueifern: er war fromm, gerecht, mildtätig und gnädig.

Als der Herzog Walram III. von Limburg, sein Verwandter aus der bergischen Linie, auf dem Herrschaftsgebiet des Kölner Erzbischofs gegen jedes Recht eine Burg und einen Marktflecken erbaute, schonte er seinen Verwandten nicht, sondern ließ diese zerstören und abreißen. Damit zog er sich den unbändigen Haß seiner Verwandtschaft aus der bergischen Linie zu, und heftige Fehden waren die Folge. Ihm lag aber die dauerhafte Befriedung des Landes höher, als kurzfristige Maßnahmen zum Vorteil seiner Verwandtschaft zu dulden.

Wenn es sich vermeiden ließ, löste er mit diplomatischem Geschick die Streitigkeiten. Die Herrschaftsausübung konnte aber nicht ohne schmerzhafte Einschränkungen der Adligen geführt werden. Durch die Fehde mit seinem Verwandten Walram gewarnt, legte er sich eine starke Leibwache zu. Er zeichnete sich dadurch aus, daß er der gerechten Sache Kaiser Friedrichs II. und der Staufer half und sie bedingungslos unterstütze. Er entwickelte sich zum Beschützer der Bedrängten und zeigte den Unterdrückern ihre Grenzen auf.

Eines Tages kam ein Kaufmann zu einem Amtsbruder des Erzbischofs Engelbert und erbat einen Schutzbrief auf dem Weg durch dessen Diözese. Aus Furcht vor den dort ansässigen Adligen und Rittern versagte sich der angesprochene Erzbischof. Engelbert aber, der das Gespräch als Ohrenzeuge mit angehört hatte, gab dem Bittenden seinen Handschuh und sagte zu ihm: „Wenn Du meinen Schutz annimmst, sollst Du diesen Handschuh haben. Zeige ihn als Ausweis vor. Sollte man Dich trotzdem berauben, so werde ich Dir Deinen Schaden ersetzen." Er war großherzig, demütig und milde, konnte aber auch streng und unnachgiebig sein. Er übersah eine Zeitlang absichtlich vieles und strafte die Unbeugsamen und Hoffärtigen, wenn sie es am wenigsten erwarteten. Er verhalf dem Recht zur Geltung und übte strenge Vergeltung, denn Gott züchtigt die, die er liebt. In seinem Herrschaftsgebiet setzte er durch, daß alte Rechtsansprüche, Güter und Lehen, die seine Vorgänger im Amt vernachlässigt hatten, durch Prozesse wiedergewonnen wurden. Er sicherte die Grenzen seines Herzogtums durch Neubauten von Burgen, Pfalzen und Städten. Herzog Heinrich von Lothringen, selbst Reichsfürst, unterstellte sich dem Schutz Erzbischof Engelberts, da er seiner Stärke, Rechtschaffenheit und Friedfertigkeit vertraute.

Aus dem gesamten Reich kamen Boten und Ritter zu Erzbischof Engelbert nach Köln, die um Audienz baten. Sie rümpften zwar die Nase über die einfältigen Bauern, die ebenfalls um Rat und Schutz nachfragten, aber der Kanzler des Reiches bemühte sich, im persönlichen Umgang und vor dem Gesetz alle gleich zu behandeln. Zum Schluß der Audienz meldete sich ein gewisser Otto von Elsey, ein Bauer mittlerer Statur mit offenem Gesicht, ärmlich gekleidet. Der arme Mann machte einen verstörten, verhärmten Eindruck. Er rang seine Hände und bat um Gehör:

„Eminenz, ich führe Beschwerde über Euren Vetter, den Grafen Friedrich von Isenberg. Meine Schwägerin berichtete mir, daß mein Bruder Gottfried von ihm der Untreue bezichtigt und auch von ihm zum Tode verurteilt worden ist. Das Urteil wurde inzwischen am Galgen am Steltenberg vollstreckt. Als freier Mann trete ich vor Euch auf, und bitte um Überprüfung des Vorgangs - und um Gerechtigkeit."

Engelbert legte die Stirn in Falten, sein jugendliches Lächeln erstarb. Er versprach, der Sache auf den Grund zu gehen. Er hatte es sich zur Gewohnheit werden lassen, für die Bewohner seines Herzogtums eine Sprechstunde abzuhalten. Entgegen der üblichen Rechtsprechung, die die Anspruchsteller nach ihrem Rang beurteilten, bemühte Engelbert sich allein nach der Rechtslage, der Gerechtigkeit zum Sieg zu verhelfen.

Als Otto gegangen war, beugte sich Engelbert zu Hermann: „Mein Vetter Friedrich ist bekannt für seinen Jähzorn. In seinen Adern fließt das Blut Kaiser Karls, darauf ist er stolz. Er ist ein Franke und verachtet die Sachsen. Aber er hat auch seine guten Seiten:

Er ist ziemlich gerade heraus. Sein Wort hat Gewicht. Deshalb ist er mir von meinen Verwandten einer der Liebsten, er ist nicht hinterhältig. Aber, es läßt sich nicht leugnen - die Klagen häufen sich, Du weißt, wie häufig die Nonnen des Essener Stifts hier vorstellig geworden sind. Er macht uns das Regieren nicht gerade einfach ..."

Nach der Audienz wollte Engelbert ausreiten. Sein Marschall Hermann von Alfter stand schon mit dem gesattelten Pferd bereit, als ein weiterer Bittsteller Erzbischof Engelbert erreichte und ihn auf den Stufen des Domvorplatzes ansprach: „Herr Erzbischof, hört mich an, ich bin in tiefer Not, ich wurde beraubt." Engelbert hielt sofort auf der Treppe inne und hörte geduldig die Klagen des Mannes, so wie er war, mit Mantel und Sporen. Obwohl der Marschall drängte: „Herr, steigt auf Euer Pferd, der Weg ist lang und die Zeit kurz", forderte Erzbischof Engelbert den Kläger auf, seine Sache vorzutragen. Der Marschall drängte weiter, doch Engelbert gebot ihm Einhalt und sagte zu ihm: „Ihr verlängert die Angelegenheit nur." Als der Sachverhalt geklärt und der Täter bekannt war, rief er einen Schreiber, diktierte ihm einen Brief, versiegelte ihn und übergab ihn dem Kläger: „Geh und zeig dem Dieb diesen Brief. Falls er Dir nicht alles zurückerstattet, komm zu mir, ich gleiche den Wert aus." Dann setzte er sich auf sein Pferd und ritt davon.

Mein Weltbild

In unserem Dorf ging alles seinen gewohnten Gang. In den letzten Jahren war die metallene Pflugschar eingeführt und im nahegelegenen Menden eine Mühle errichtet worden. Mein Freund Gero wandelte auf Freiersfüßen.

Der jungen Frau unseres Burschenkönigs Hartmann war es in der Zwischenzeit schlecht ergangen. Auf dem Hof ihres Mannes hatte sie nichts zu melden und die Mutter Hartmanns machte sie bei jeder Gelegenheit madig und schimpfte den lieben langen Tag mit ihr herum. Sie hatte keinen Rückhalt auf dem Hof, und Hartmann hielt mehr zu seiner Mutter als zu seiner jungen hübschen Frau. Im Dorf erzählte man sich, sie habe zu wenig Mitgift in die Ehe mitgebracht, und sie sei Schuld daran, daß sich immer noch kein Nachwuchs eingestellt habe.

Von Philipp und Roderich war nichts zu hören und zu sehen, die Meßkelch blieb weiterhin verschollen. Auch auf unserem Hof war alles beim Alten. Ich sah inzwischen wohl etwa siebzehn Mal den Lenz kommen und gehen und lebte irgendwo auf dieser unvorstellbar großen Scheibe, an deren Ende ich wohl nie gelangen würde. Meine Eltern hatten mich in Einklang mit der Natur erzogen. Die Achtung und Wertschätzung der uns umgebenden Pflanzen und Tiere bestimmt unsere Grundeinstellung. Niemand zweifelt daran, daß Sträucher, Bäume und Tiere sich uns offenbaren, man muß eben nur auf sie eingehen und ihre Sprache verstehen! Der geheiligte Holunderbusch beispielsweise sieht sehr unscheinbar aus, aber er hebt sich von den anderen Sträuchern und Büschen durch seinen einmalig würzigen Geruch hervor. Schon hierdurch erklärt sich seine Auserwähltheit. An Bedeutung gewinnt der Busch dadurch, daß er die Wohnstätte der Holunderfee ist. Deshalb soll niemand es wagen, Holz des übernatürlich beseelten Strauches für irgend einen nutzlosen Tand zu verwenden oder ihn gar abzuschlagen oder zu fällen. Nein, er ist so heilig, daß jeder den Hut vor ihm abnehmen sollte. Wir sind sicher, daß uns ebenso wie in Bäumen und Sträuchern auch in Gewässern, im Grund und Boden, im Wald und sogar in den Lüften Geister umgeben. Sie können lieblich durch das leise Rascheln eines Blattes oder das gemächliche Gluckern eines vorbeifließenden Rinnsales zu uns sprechen. Doch wehe, wenn sie zornig sind, dann tosen die Fluten einer Stromschnelle oder faucht der Sturm in einer Herbstnacht um das Dach. Da ist es schon sicherer, besonders nachts im Haus zu bleiben und die „wilde Jagd des ewigen Jägers“ nicht noch mehr herauszufordern. Die Welt steckt voller Teufel, und oft wurde erzählt, daß der Weltenhund, der kalbsgroß ist und einen in der Nacht mit seinen tellergroßen Augen anglotzt, sich auch in unserer Gegend herumtreibe. Schon der Gedanke daran läßt einen gruseln und treibt einem eine Gänsehaut auf den Rücken. Da ist es tröstlich zu wissen, daß wir nicht nur von übelwollenden, finsteren Mächten umgeben sind, sondern die guten Geister, allen voran unsere Schutzheiligen, die heilige Jungfrau Maria und Jesus Christus, unser Gott und Heiland, den Sieg über die Finsternis errungen haben. Unser Gott hat sich als stärker erwiesen, als die bösen Mächte und die Götter unserer Ahnen. Deshalb konnte Bonifatius die mächtige Thoreiche fällen, ohne Schaden zu nehmen. Wir setzen all unsere Hoffnung auf unseren Heilsbringer und Erlöser, Jesus Christus. Jerusalem, die Heimat unseres Heilandes bildet für uns den Mittelpunkt der Welt. Die Himmelsstadt ist umgeben von den Kontinenten Europa, Asien und Afrika.

Alles besteht aus den Mischungen der vier Elemente: Feuer, Wasser, Luft und Erde. Über die Erde spannt sich das Himmelszelt, der Ort, wo das Paradies zu suchen ist, wo Gott Vater thront, neben ihm sein eingeborener Sohn, Jesus Christus, samt Erzengeln, Engeln, Heiligen und Cherubimen. Auf Erden vertritt der Papst den Heiland, der Kaiser ist Beschützer und Schwert der Christenheit.

Die Stellung zwischen Papst und Kaiser wird dadurch versinnbildlicht, daß der Papst sich selbst als Sonne, den Kaiser als Mond sieht, dem sein fahler, blasser Schein vom Glanz der leuchtenden Sonne verliehen wird.

Unter der Erde wartet die Hölle mit all ihren Teufeln auf alle

Sünder, die keine Vergebung erfahren haben. Mich graust davor.

Der Kaiser zieht es vor, in Sizilien und Süditalien zu residieren, deshalb setzte er im Reich zwei Stellvertreter ein. Im Osten ist dies Hermann von Salza, der als Hochmeister die deutsche Ostsiedlung leitet.

Im Westen regiert Engelbert, der Erzbischof von Köln als Reichsverweser und hat gleichzeitig seine Aufgabe als Erzieher des kaiserlichen Sohnes, des Königs Heinrich VII.

Da der Erzbischof gleichzeitig Vertreter der päpstlichen Gewalt ist, läßt sich behaupten, daß er in der Rangfolge nach der heiligen Dreieinigkeit, dem Papst und dem Kaiser den dritten Rang in der Hierarchie der Christenheit einnahm. Mein Vater hatte das Vorrecht, Erzbischof Engelbert dreimal im Jahr, nämlich zu Ostern, zu Pfingsten und zu St. Martin zu sehen, wenn er den Zehnten persönlich nach Köln brachte und dem Domkapitel ablieferte.

Er klagte jedesmal über die Mühen, die eine Reise mit sich brachte. Mit zunehmendem Alter plagten ihn Gelenkschmerzen, besonders im feuchtkühlen Herbst. Trotzdem packte ihn jedes Jahr aufs Neue das Reisefieber, wenn es nach Köln ging.

Das Turnier

Die Umbauarbeiten der alten Isenburg waren abgeschlossen. Graf Friedrich von Isenberg gab ein Fest und lud zu einem Turnier. Das Fest sollte über sieben Tage dauern. Zahlreiche Geladene waren mit ihrem Gefolge erschienen und versuchten, sich in Prunk und Prachtentfaltung zu übertreffen. Am Tag des heiligen Bonifatius trafen sich die Gäste und Turnierteilnehmer auf dem Turnierplatz. Ein schönes, ebenes Feld im Tal der Ruhr war hierfür mit Wimpeln und Fähnchen abgesteckt worden. Der Turnierplatz war so weiträumig, daß eine zweite Burg darauf Platz gehabt hätte. Schon wochenlang vorher hatten Graf Friedrichs Untertanen das Feld vorbereitet, Löcher geebnet und hügelige Unebenheiten beseitigt. Der Boden war nun gleichmäßig und eben, der Rasen gepflegt. An der Längsseite des Platzes war eine Tribüne errichtet worden, in deren Zentrum die Stühle für die Gastgeber Graf Friedrich und seine Gattin Gräfin Sophie standen. Rechts und links daneben standen Throne für die ranghöchsten Gäste, die Bischöfe von Münster und Osnabrück, beide Brüder Graf Friedrichs.

Ehrenteilnehmer waren Graf Otto von Tecklenburg, Graf Gottfried von Arnsberg, Graf Hermann von Lippe und der mächtige Reichsfürst Graf Walram, Herzog von Limburg. Daneben hatten die lieblichen Burgfräulein Aufstellung genommen.

Scheinbar unbeteiligt erwarteten sie die Turnierteilnehmer. Einige steckten jedoch die Köpfe zusammen und tuschelten und kicherten. Endlich ritten die stolzen Ritter unter Fanfarenklang auf das Feld. Sie wurden begleitet von ihren Knappen, die Schwert und Lanze trugen. Die Ritter erschienen im geputzten, glänzenden Harnisch und hatten sich, jeder in seinen Farben, mit Mantel und Helmzier gekleidet. Passend dazu waren die Pferde mit Decken und Brustgurten geschmückt. Zunächst ritten die Turnierkämpfer einzeln zur Mitte der Tribüne und verneigten sich vor Graf Friedrich und Gräfin Sophie. Mit lauter Stimme verkündete der Herold den Namen des Teilnehmers, danach wurden seine Verdienste aufgezählt. „Es erscheint der tugendhafte und kühne Ritter Kuno von Bödefeld, der bereits zweimal als Sieger den Turnierplatz verlassen hat. Zum erstenmal gelang es ihm, auf dem Turnier zu Ehren des Erzbischofs von Bremen, als er am mutigsten gekämpft hatte, und zum zweitenmal, als er sich in unvergleichlich heroischer Weise am Hofe des Landgrafen von Hessen gegen den hohen Favoriten, den schwarzen Ritter von Brabant, durchsetzen konnte." Applaus und jubelnde Hoch-Rufe begrüßten den Recken. Nun weckte der Herold den Ehrgeiz der kampflustigen Ritter. Der Herold fragte: „Welcher Recke wagt es, vor aller Augen sein Können zu zeigen und zu kämpfen? Wo, wenn nicht hier, kann er so rasch Ehre und die Gunst schöner Frauen erringen? Wie kann er leichter seine Minne beweisen? Dauernder Ruhm ist ihm gewiß!" Die jungen, tatendurstigen Ritter hatten bereits ihre Blicke schweifen lassen und suchten die Dame ihres Herzens. Die Burgfräulein übergaben ihren Verehrern als Zeichen der Zuneigung bunte Tücher, die die Ritter freudig entgegennahmen und sie an ihre Harnische banden. So ging es, bis alle Teilnehmer gebührend vorgestellt worden waren. Nun wurden vom Herold nochmals laut die Turnierregeln, der Turnierablauf und schließlich das Gebot der Ritterlichkeit verkündet.

Die erste Prüfung verlangte Geschicklichkeit: die Knappen hielten Ringe in die Höhe, die Ritter mußten im gestreckten Galopp die Symbole der Jungfräulichkeit mit ihren Lanzen aufspießen und einsammeln.

Nach einer weiteren Geschicklichkeitsprüfung mußte jeder gegen jeden mit Schwert oder Streitkeule kämpfen. In spannendem Wettstreit wurden Kraft, Mut, Ausdauer und Geschicklichkeit geprüft. Nach dem Speerwurf folgte die Reiterfahne, ein Pferderennen, bei dem jeder Ritter im Galopp seine Fahne aufnehmen mußte. Nur der Geschickteste konnte gewinnen, wenn er sich selbst und sein Pferd nicht überschätzte. Den Höhepunkt des Turniers bildete das Lanzenstechen, der Tjost. Beiderseits einer Barriere galoppierten die Kontrahenten aufeinander zu und versuchten, sich mit langen Lanzen gegenseitig aus dem

Sattel zu stoßen. Hierbei kam es zu einem Mißgeschick, als Junker Rudolf nicht seinen Gegner Junker Neidhard, sondern nur dessen Pferd traf. Das Pferd strauchelte, Junker Neidhard konnte sich nicht auf dem Tier halten und stürzte unsanft zu Boden. Dabei brach er sich den rechten Unterarm und war nicht länger kampffähig.

Nach spannenden und unterhaltsamen Wettkämpfen war der junge Ritter Dietmar von Eversberg Überraschungssieger des Turniers. Er gewann damit sein erstes Turnier.

Graf Friedrich gratulierte dem strahlenden Sieger und klopfte ihm anerkennend auf die Schulter. In bester Laune drückte er den verschwitzten Dietmar an seine Brust. Dem Brauch entsprechend durfte Ritter Dietmar als erster seine Tischdame aus den Reihen der Burgfräulein wählen. Dietmar änderte seine Entscheidung nicht, er erwählte Burgfräulein Edith, die ihm zuvor auch ihr Tuch gegeben hatte. Die fleischgewordene Lust regte sich in seinen Lenden. Günstig war für Dietmar, daß er als Sieger ein üppiges Lösegeld erhielt, da sich die Unterlegenen nach ihrem Rang bei ihm auslösen mußten.

Nach dem erfolgreichen Turnier lud Graf Friedrich die teilnehmenden Ritter und Gäste zu einem Gelage. Es wurden unzählige gebratene Tauben, Wachteln und Rebhühner aufgetischt.

Der Turniersieger Ritter Dietmar und sein erwähltes Burgfräulein bekamen einen Ehrenplatz an der Tafel. Graf Friedrich ergriff das Wort und hielt eine kurze Ansprache: „Ich freue mich, Euch nochmals als Gäste in geselliger Runde in den renovierten Räumen meiner Burg nach vollbrachtem Tagewerk begrüßen zu dürfen. Es ist mir eine besondere Ehre, Engelbert, den Bischof von Osnabrück in unserer Mitte willkommen zu heißen, der den längsten Weg von allen auf sich genommen hat.

Nach einem spannenden, ritterlichen Wettkampf, bei dem glücklicherweise niemand zu ernsthaftem Schaden kam, soll der Tag nun mit Wein und Musik im Kreise schöner Frauen ausklingen.“ Dabei sah er zu seiner Frau, Gräfin Sophie, die ihn glücklich anstrahlte. Die Verliebtheit des Grafenpaares war allseits bekannt und man erzählte sich im Volk, daß Graf Friedrich seiner Ehegattin zum Zeichen seiner ewigen Treue und tiefempfundenen Minne eine goldene Spindel geschenkt hatte. „Meine Glückwünsche richte ich nochmals an den Überraschungssieger Ritter Dietmar und gratuliere ihm zur Wahl seines Burgfräuleins, der bezaubernden Edith.

Ich möchte ihn aber ermahnen, seine Lösegeldforderungen bei den unglücklichen Unterlegenen nicht ungebührlich hoch anzusetzen!“, worauf ein zustimmendes Geraune und Gelächter hörbar wurde. „Es hat sich wieder einmal gezeigt, daß im ritterlichen Kampf Überraschungssiege möglich sind. Meine Segenswünsche mögen Euch für die Zukunft begleiten! Nun aber soll der Leib gestärkt werden. Ich hoffe, unsere Spielleute werden zu Eurer Freude musizieren“, dabei wies er auf eine Gruppe von bunt gekleideten Spielleuten, die erwartungsfroh dreinschauten. Nach einem kurzen Tischgebet des Bischofs von Osnabrück wurde die Tafel eröffnet. Gutgelaunt wurde zu frohen Klängen der Flöten und Rebecs geschmaust.

Zu fortgeschrittener Stunde lichtete sich der Kreis, die jungen Knappen, Junker und Ritter waren des Weins überdrüssig und zogen sich lieber mit ihren Burgfräulein in entlegene Ecken oder Kemenaten zurück, um sie stürmisch die Härte ihrer Männlichkeit spüren und die Lust erleben zu lassen, auf die sie in langen Nächten ahnungsvoll gewartet hatten.

Ein harter Kern von Trinkwilligen blieb an der Tafel zurück. Der Graf von Tecklenburg gab seiner Unzufriedenheit Ausdruck. Er schüttelte seinen Kopf. „Unser Herzog wird immer wunderlicher. Jetzt hält er sogar eine Armenaudienz ab.“ „Statt dessen sollte er sich lieber um den Arm von Junker Neidhard kümmern, der ist kostbarer als ein ganzes Dorf. Die Bauern wühlen und liegen im Dreck, sie sind doch nicht mehr Wert als Schweine!“ entgegnete Graf Otto von Tecklenburg. „Oder wie das Sprichwort sagt: Der Bauer ist an Ochsen statt, nur daß er keine Hörner hat!“ ergänzte Graf Friedrich von Isenberg. Schallendes Gelächter erfüllte den Raum, die Weinpokale kreisten. „Der bringt es fertig, und setzt einen Bauern gegen einen Adligen ins Recht!“ bestätigte der Graf von Arnsberg.

„Der kennt ja noch nicht einmal seine eigene Familie, wenn ich daran denke, wie er mich betrog und demütigte, als er den nichtnutzigen Grafen von Vianden ohne Lösegeld aus meiner Haft befreite, und wie er unsere schöne Burg zerstören ließ, läuft mir die Galle über!" Graf Walram schlug mit seiner Faust auf den Tisch. An seinen Schläfen traten die Zornadern dick hervor. „Er will ein Mann der Kirche sein, aber er untergräbt unser Ansehen, er gefährdet die göttliche Ordnung." „Nicht bei uns," Graf Friedrich sprang auf, streckte sich und sagte nach einer kurzen Pause mit gefährlich leiser Stimme: „Nach guter alter Väter Sitte wissen meine Untertanen, was ihnen blüht, wenn sie sich gegen mich stellen oder gar erheben sollten. Das Gesetz ist auf meiner Seite - und es wird rigoros angewendet." Er schlug mit der Handkante auf den Tisch, als wollte er einen Kopf abschlagen. Graf Gottfried von Arnsberg fiel ein: „Der Pfaffe will uns beibringen, was Recht und Ordnung ist! Dabei ist er ein Büttel des Papstes und verrät unsere adligen, althergebrachten Vorrechte. Unser fehlgeleiteter Reichsverweser" bei diesem Wort schnitt er das Gesicht zur Grimasse „verlangt von uns Bescheidenheit, wir sollen immer mehr auf unsere Rechte und Ansprüche verzichten," klagte Graf Gottfried von Arnsberg.

„Bescheidenheit ist eine Zier, mit der Engelbert sich nicht gerade geschmückt hat. Zum letzten Reichstag erschien er mit solch einem Gepränge, daß man meinen könnte, der Kaiser wäre persönlich erschienen," erklang die bedachte, sonore Stimme Dietrichs, des Bischofs von Münster. „Überhaupt gebärdet er sich wie ein Geck! Er läßt sich jeden Morgen rasieren und gibt ein schlechtes, weibisches Beispiel! Wenn es Gott dem Herrn gefallen hätte, daß wir nackt im Gesicht herumlaufen wie die Weiber, wozu hätte er dem Mann einen Bart gegeben?" Der reichliche Weingenuß lockerte die Zungen mehr und mehr und machte die Ritter frech und kühn: „Der Pfaffe hat uns lange genug verletzt und beleidigt, er soll einen Denkzettel erhalten. Wir wollen uns nicht alles gefallen lassen, was ihm in den Sinn kommt!" brüllte Graf Otto. Die Grafen Gottfried von Arnsberg, Otto von Tecklenburg, Hermann von Lippe und Konrad von Schwalenberg waren sich einig: „Wenn wir zusammenhalten, wer hätte die Macht, gegen uns vorzugehen? Niemand ist da, der sein Blut rächt. Engelbert muß weg". „Das beste wird sein, wir nehmen ihn gefangen.“ „Leicht gesagt, er ist kräftig, und seine Leibwache lädt auch nicht dazu ein, mit ihr zu raufen.“ Graf Friedrich äußerte: „Das ist ein lohnendes Geschäft! Wenn wir ihn in unsere Gewalt bringen, können wir ein teures Lösegeld fordern und unsere Geldsäckel sind auf einen Schlag randvoll.“ Graf Hermann bemerkte hämisch: „Freilassen brauchen wir ihn ja dann immer noch nicht.“ Gehässig erwiderte Friedrich: „Von mir aus kann er schmachten und verschimmeln.“ Mit bedächtiger Stimme meldete sich Graf Schwalenberg zu Wort: „Wir sollten auch bedenken, daß es keinen Nachfolger gibt, solange er“, er legte eine Pause ein und senkte und dehnte seine Stimme, „bei uns lebt.“ Böses Gelächter machte zustimmend die Runde ,und die Ritter schlugen sich gegenseitig auf die Schultern. Plötzlich war Stille im Raum. „Und wenn die Entführung mißlingt?“ „Dann schicken wir ihn in das Reich der Schatten!...“

Staatsgeschäfte

Anfang Juni 1223 traf in Köln beim Reichsverweser Erzbischof Engelbert die Nachricht ein, daß Graf Heinrich von Schwerin seinen Lehnsherrn, den mächtigen König Waldemar II. von Dänemark, während einer Jagd überfallen und gefangen genommen und ihn in Dannenberg eingekerkert hatte. König Waldemar hatte 1214 für die Unterstützung Kaiser Friedrichs II. im Kampf gegen die Welfen und deren Verbündete, die Askanier, Nordalbingien, das einst unter schweren Blutopfern für das Reich gewonnen wurde, gefordert und erhalten.

Hintergrund der Tat war der Streit um dieses Territorium. Der Anspruch Dänemarks auf dieses Gebiet gefährdete den Seeweg der Deutschen nach Pommern und in das Land der Pruzzen. Für das Reich hätte die dauerhafte dänische Vorherrschaft über dieses Land eine schmerzliche Einschränkung oder gar den Verlust des Ostseehandels bedeutet.

Erzbischof Engelbert und Subdekan Hermann diskutierten das vorliegende Verbrechen und seine mögliche Auswirkung auf die Reichspolitik. In letzter Zeit wurde immer häufiger der junge König Heinrich zu den Besprechungen zugezogen, bei denen es um die Reichsinteressen ging. So erhielt Heinrich VII. Einblick in die Staatsgeschäfte und in Erzbischof Engelberts Denkweise und Diplomatie. Auch die Grenzen der politischen Möglichkeiten wurden dem jungen König vor Augen geführt.

Erzbischof Engelbert trug mit ernstem Gesicht und knappen Worten die bekannten Umstände der Entführung König Waldemars von Dänemark vor. Er wandte sich direkt an sein Mündel, König Heinrich VII., und sprach ihn wie immer sehr höflich an: „Nun, Euer Gnaden, wie schätzt Ihr den Fall ein?“ Auf dem Gesicht des jungen Königs zeigte sich eine leichte Rötung. Er empörte sich: „Was fällt diesem hergelaufenen Grafen ein, sich an einem König, seinem Lehnsherrn, zu vergreifen? Ich kann dieses Vorgehen auf keinen Fall dulden. Auch als Gefangener ist der König immer noch der Lehnsherr dieses Grafen Heinrich von Schwerin." Verächtlich schüttelte er den Kopf. Subdekan Hermann zog leicht seine Brauen nach unten. Sein Antlitz erhielt dadurch einen strengen Gesichtsausdruck. Er pflichtete König Heinrich bei: „Beim heiligen Petrus, dieser kleine, treulose Graf erdreistet sich in frevelhafter Weise, die göttliche und weltliche Ordnung in Frage zu stellen. Er hat sich versündigt. Hat er denn vergessen, wie Gott, der Herr, den Frevel der Friesen erst vor kurzem gestraft hat?"

Erzbischof Engelbert ließ sich keine Reaktion anmerken. Doch er folgte mit klarem, wachem Sinn den Argumenten und Äußerungen. Er gab zu bedenken: „König Waldemar übt nach erfolgter Salbung und Krönung sein Amt von Gottes Gnaden aus. Wie alle christlichen Könige legitimiert er seine Herrschaft durch Berufung auf die heiligen drei Könige, deren Reliquien hier bei uns in Köln ruhen, seit Erzbischof Rainald von Dassel sie von den treulosen Mailändern hierher überführte. König Salomon ist auch Waldemars Vorbild, wie das aller christlichen Könige, und er vollzieht als König Gottes Willen auf Erden. Er muß sich auf die Zuverlässigkeit und Treue seines Lehensmannes verlassen können. „Der junge König sagte: „Der Graf hat unrechtmäßig gehandelt und seine Machtbefugnis überschritten." Auch Subdekan Hermann bekräftigte seine geäußerte Meinung: „Sünde bleibt Sünde, der Graf muß Buße tun und verurteilt werden. Die Gefangennahme des gesalbten Königs Waldemar läßt sich im übertragenen Sinn sogar mit dem Raub der Reliquien der heiligen drei Könige vergleichen! Welch ein Verlust für unsere Stadt! Mir fehlen die Worte für dieses Sakrileg!" Erzbischof Engelbert beruhigte ihn. Mit einem leichten Lächeln auf den Lippen sagte er: „Nun, ein Unterschied besteht schon, die heiligen drei Könige waren schließlich zu dritt. Aber Ihr habt Recht, und Ihr steht mit Eurer Auffassung nicht alleine. Auch der heilige Vater hat mir zwischenzeitlich seine Meinung zu diesem Verbrechen mitgeteilt. Er ist strikt für die Befreiung des gefangenen Königs und die Wiederherstellung des Rechts. Ich verurteile die Hinterhältigkeit und Feigheit der Tat. Der Graf hat jegliche Regel der Ritterlichkeit mißachtet. Er seufzte: „Leider ist es auch bei uns in Westfalen noch nicht gelungen, diesem

Fehdeunwesen unumstößlich und endgültig Einhalt zu gebieten. Doch wie Ihr wißt -," er sah zunächst den jungen König an, dann blickte er zu Subdekan Hermann, „setze ich mich mit aller gebotenen Willensstärke und mit meiner ganzen Macht dafür ein, der Willkür der Fehden ein Ende zu bereiten. Wenn die großen und kleinen Fürsten doch nur erkennen wollten, daß es mir dabei nicht um meine eigene Machtposition geht, sondern daß es für alle von Vorteil ist, wenn ein starkes Oberhaupt Frieden und Wohlstand für alle verheißt. Schon die Griechen und Römer kannten ein allgemeingültiges geschriebenes Gesetz, doch hier bei uns herrscht immer noch das Faustrecht. Nicht zum eigenen Vorteil, sondern zum Wohl und Schutz der Schwächsten übe ich mit Gottes Hilfe meine Macht aus." Er hielt in seinen Worten inne. „Gottlob ist der König unversehrt und unverletzt geblieben. Wäre er getötet worden, müßte der abtrünnige, treulose und aufsässige Graf mit den schlimmsten Strafen rechnen, die unser Gesetz vorsieht. Graf Heinrich von Schwerin täte gut daran, sich um sein Seelenheil zu kümmern und Buße zu tun."

Nach einer kurzen Pause völliger Stille fuhr der Erzbischof fort: „Die persönliche Unversehrtheit des Königs muß allerdings getrennt beurteilt werden von unseren politischen Zielen. Ich fordere in meiner Funktion als Reichsverweser die Wiedereinsetzung des Dänenkönigs. Die Gunst der Stunde nutzend soll dies jedoch unter den Bedingungen erfolgen, daß Nordalbingien in das Reich wiedereingegliedert wird, wie Kaiser Friedrich es verlangt. König Waldemar II. soll die deutsche Lehenshoheit anerkennen und sich der Forderung des Papstes beugen und sich bereit erklären, an einem Kreuzzug teilzunehmen. Deshalb muß der König aus der Gewalt des Grafen in die Obhut des Reiches überführt werden."

Der Erzbischof sah zunächst Subdekan Hermann und dann König Heinrich an: „Ich werde jetzt den besprochenen Sachverhalt zusammenfassend Eurem Vater, Kaiser Friedrich, mitteilen und ihm unsere Vorschläge unterbreiten. Wir müssen die Weisung des Kaisers abwarten, dann können wir handeln. In der Zwischenzeit werden wir an Graf Heinrich von Schwerin schreiben und ihm mitteilen, daß wir ihn wegen seines Vergehens vor den Hoftag nach Nordhausen zitieren, wo er sich rechtfertigen soll."

Er sah König Heinrich an und sagte: „Die beste Willensbekundung taugt nicht, wenn unser Graf nicht spürt, daß wir es ernst meinen. Wir legen ihm die Daumenschrauben an, indem wir mit einer Ächtung und dem Verlust der Grafenwürde drohen. Ich denke, das wird sein Interesse wecken, sich dem Hoftag zu stellen." Nachdem er seine Worte auf die Zuhörer hatte wirken lassen, wandte er sich an den jungen König: „Ich schlage vor, daß Ihr es übernehmt, das Schreiben an den Grafen von Schwerin zu diktieren. Wenn es in Eurem Sinne ist, werde ich gerne das Schreiben durchlesen, bevor es versiegelt wird."

König Heinrich hatte schon häufig Aufgaben dieser Art übernommen, aber dieser Auftrag war der wichtigste von allen. Freudig wandte er sich an den bereitstehenden Schreiber und diktierte:

Köln, von Gott gegeben den 4. Juni 1223.

An den Grafen von Schwerin

Wir, Heinrich, von Gottes Gnaden, Euer König und Herr, haben von Eurem Vergehen gegen den König Waldemar II. von Dänemark Kunde bekommen. Deshalb erwarten wir von Euch umgehend ...

Reisebekanntschaften

Im Jahre des Herrn 1224 nahm mich mein Vater das erste Mal mit nach Köln. Vor der Abreise legte Vater sich ein Büschel Beifuß in die Schuhe, dadurch blieben seine Füße frisch und ermüdeten nicht so schnell. Wir starteten an einem herrlich strahlenden Frühlingstag. Die Haselsträucher standen in Blüte, und büschelweise kündeten die Schneeglöckchen vom nahen Frühjahr. Gutgelaunt zitierte Vater den alten Spruch: „Oh seht, vorbei ist Winter Weh! Die Hasel streut Goldstaub auf den Schnee." Abreisetag war ein Donnerstag, morgens direkt nach dem Morgengrauen, so konnte Vater sicher sein, daß an den üblichen Tagen des Landfriedens die Ladung die größte Aussicht hatte, unversehrt am Ziel anzukommen. Kapaun, unser Dorfkaplan war eigens zu unserer Abreise erschienen und spendete uns für unsere weite und gefährliche Reise seinen Segen und wünschte uns eine sichere Fahrt ohne Schaden an Gut, Leib und Seele. Mein jüngster Bruder Gottfried begleitete uns ein gutes Stück, bis nach Nordlohn. Den Mägden wurde es verboten, an unserem Abreisetag das Haus zu fegen, weil sie dadurch das Unglück heraufbeschwören würden. Unsere Ladung bestand aus 12 Maß Weizen, 12 Maß Hafer, zwei Maß Erbsen, ein Maß Salz und einem gepökeltem Schwein. Außerdem waren als Abgabe für Kleidung eines der Dompröbste fünf Solidi fällig.

Wie jedes Mal auf unserem Weg nach Köln war das erste Teilstück am schwierigsten: in der Nachbargrafschaft Limburg wurde uns der Transport durch Schikanen besonders schwer gemacht und durch einen besonders hohen Wegezoll vergällt. Wir mußten die gesamte Ladung beim Grenzübertritt in die kleine Grafschaft und beim Austritt nochmals abladen und jedes einzelne Frachtstück begutachten lassen.

Dabei fuhr ein Grenzwächter Graf Friedrichs mit seinen ungewaschenen Händen durch das Getreide und die getrockneten Erbsen. Ein zweiter garstiger Bursche war sich seiner Machtposition sicher, er stützte sich auf seine Hellebarde und spuckte verächtlich vor uns auf den Boden. Ich bemerkte die innere Anspannung meines Vaters, er biß seine Zahnreihen fest aufeinander und mahlte mit den Backenzähnen, so daß die Kaumuskulatur deutlich hervortrat. Aber er hielt sich im Zaum und ließ seinen Ärger nicht frei.

Die Wege hatten im Winter sehr gelitten und wiesen von den ersten Fuhrwerken, die über die auftauenden Wege gefahren waren und im Morast tiefe Spuren hinterlassen hatten, starke Unebenheiten auf. Einige Male verkanteten sich die Räder, und der Wagen drohte umzukippen. Nur mit Mühe konnte er wieder auf den rechten Weg gebracht werden. Hinter Haspe geschah es dann. Es war bereits Mittag und die Sonne spendet ihre wohlige, frühlingshafte Wärme. Mein Vater war guter Dinge, weil ihn seit langem an diesem Tag kein Rheuma plagte. In einer Kurve fuhren wir durch ein notdürfig mit Reisig ausgefülltes Schlagloch.

Es gab einen fürchterlichen Krach, brechende Speichen waren die Ursache. In dem Schlagloch steckte ein gut kinderkopfgroßer scharfkantiger Wackerstein, der das rechte Hinterrad zur Hälfte zerstört hatte. „Dietrich, schnell“, rief mein Vater, „halte den Wagenkasten!“ Jedermann wußte, daß der Wagen und die Ladung dem Grundherren gehören, auf dessen Gebiet ein Abbruch dazu führt, daß der Wagenkasten den Boden berührt.

Glücklicherweise zog unser Maultier nicht weiter, sondern reagierte sofort auf Vaters Anruf. Die Hinterachse war unversehrt. Es gelang uns, den Wagen zu stabilisieren, so daß die Ladung auf dem Wagen blieb.

Für solche Fälle hatte mein Vater ein Reserverad dabei. Dieses war jedoch ein besonderes Reserverad, denn es war zum ersten Mal mit einem Eisenring beschlagen worden. Vaters Blick war stolzerfüllt. „Meine Idee, dadurch wird das Rad stabiler. Ausführung Meister Otto, Loen. Wie gefällt sie Dir?“ Ich war beeindruckt. Die Hinterachse wurde aufgebockt und das neue Rad mit fachkundigen Griffen angebracht. Dieses Geschick hätte ich meinem Vater gar nicht zugetraut. Er gab zu bedenken, daß es bisher auf jeder Fahrt ein, wenn nicht zwei Räder regelmäßig zu Bruch gegangen seien. Als wir fertig waren, kamen zwei Mönche des Wegs. Sie zogen unsere neugierigen Blicke auf sich, Mönche in solch einer Kleidung hatten wir noch nicht kennen gelernt.

Sie trugen dunkelbraune, knöchellange Kutten mit geräumigen Kapuzen. Umgürtet waren sie mit einer weißen Kordel mit drei Knoten. Wie wir später erfuhren, stehen diese Knoten für die Gelübde der Franziskaner: Armut, Keuschheit und Gehorsam. Als Bruder Gisbert erfuhr, daß uns der Weg nach Köln führen sollte, fragte er, ob er uns begleiten dürfe. Wir freuten uns, mit zwei frommen Brüdern die Reise fortsetzen zu können. Gisbert war sehr mitteilungsbedürftig. Er war schon als Kind von seiner Familie der Obhut der Mönche vom Orden der minderen Brüder, die sich jetzt Franziskaner nannten, anvertraut worden. Als zehntes Kind war er als der fällige Zehnt seiner frommen Eltern Gott zugedacht und der Kirche nach seiner Geburt übereignet worden. Er hatte eine Menge erlebt. Er hatte sein ganzes Leben im Orden verbracht. Auch Ansgar war von frühester Jugend an bei den Mönchen. Er entstammte einem Adelsgeschlecht und war bereits als neunjähriger Novize und nach einer Probezeit von einem Jahr Mönch geworden. Ansgar war zurückhaltend und still. Von seinen Brüdern wurde er deshalb „der Schweiger" genannt. Er sprach mit einer ungewöhnlich leisen Stimme. Die beiden Mönche hatten sich die Pflege der Aussätzigen auf den Straßen zur Aufgabe gemacht und waren jetzt auf dem Weg zurück in ihr Kloster, das seit kurzem in Köln lag. Ansgar war schon früh verwaist und hatte ebenfalls in seiner Jugend Unterschlupf in einem Kloster gesucht.

Zur fortgeschrittenen Mittagsstunde konnte der Transport fortgesetzt werden. Glücklicherweise hielt das gute Wetter an und wir konnten in herrlichem Sonnenschein unter blauem Himmel reisen.

Von Zeit zu Zeit begegneten wir einer Pilgerschar, die sich auf ihrem Weg zum Schrein der heiligen drei Könige von den Mönchen segnen ließ.

Bruder Gisbert suchte das Gespräch und führte mich in die Grundlagen der Medizin ein. Aus Apulien war bekannt geworden, daß Kaiser Friedrich II. eine Prüfung für Ärzte verlangte, daß eine Approbation und eine vorgeschriebene Lehrzeit unter der fachkundigen Aufsicht eines praktizierenden Arztes Voraussetzung für die selbständige Ausübung des ärztlichen Handelns wurde. Gisbert fing an: „Sieh es so: wenn Du dich verletzt, was passiert dann?“ Meinerseits kam keine Antwort. „Klar, es blutet,“ monologisierte Gisbert, „aber es gibt auch andere Körperabsonderungen: Schleim, Eiter, Urin, na und so weiter... Ich will damit sagen, neben den inneren Organen wird das Gleichgewicht des Körpers durch verschiedene Flüssigkeiten, die vier Säfte, aufrecht erhalten.

Diese sind gelbe Galle, schwarze Galle, Schleim und Blut. Die Mischung der vier Körpersäfte bestimmt den Charakter. Wenn jemand einen Überschuß an schwarzer Galle hat, wird er melancholisch, andererseits ist jemand mit zu vieler gelber Galle ein Choleriker. Seit alters her sind die inneren Organe bekannt. Die Leber ist das größte von ihnen. Sie ist vierzipfelig und dient der Erhaltung der Körperwärme. Die Nieren sehen aus wie Bohnen, das Gehirn gleicht in seinem Aussehen einer übergroßen Walnuß. Da Gott, der Herr, seinen Schöpfungsplan sinnvoll angelegt hat, ist es naheliegend, Erkrankungen des Gehirns mit Nüssen, Herzerkrankungen mit dem Hirtentäschelkraut, das wie Du sicher weißt, herzförmige Blätter besitzt, zu behandeln...“

Ein knarrendes unangenehmes Geräusch ertönte. Ich zuckte unwillkürlich zusammen. In der Ferne sahen wir eine Gruppe ärmlich gekleideter Männer, die, wie ich erst beim Näherkommen bemerkte, an Beinen und Armen vollständig bandagiert waren. Sie trugen einen knöchellangen Siechenmantel und hielten einen langen Zeigestock.

Mit ihrer Siechenklapper warnten sie uns, als sie uns sahen. Eine Gruppe zusammengekauerter, jämmerlicher, in Lumpen gehüllter Gestalten wagte es nicht, uns anzusehen. Schützend hielten einige von ihnen ihre geschwollenen, knotig veränderten Hände vor ihre Gesichter. Erst als Gisbert einen von ihnen persönlich ansprach, getraute er sich, uns sein zerfressenes, in Zerfall befindliches Gesicht zuzuwenden.

In seinen wimpernlosen Augen spiegelten sich Hoffnungslosigkeit und Angst. Ein nicht zu ertragender Gestank ging von ihnen aus. Einer der bedauernswerten Leprösen klagte über unerträgliche Schmerzen seiner Fingerspitzen. Als ich unvorsichtigerweise versuchte, näher an ihn heranzukommen, versperrte er mir mit seinem langen Stock den Zugang. Von der entgegengesetzten Seite zog mein Vater mich mit seinen kräftigen Händen zurück. Ein anderer Lepröser versuchte, sich mit kraftlosen, unsicheren Schritten von uns zu entfernen.

Jetzt war Gisbert in seinem Element, nach der Theorie konnte er die Praxis beweisen. Unter seiner Kutte trug er für uns bisher nicht sichtbar zwei Lederflaschen, in denen er Essenzen aufbewahrte. Er löste die Wickeln der Aussätzigen und betupfte die Schwären mit seiner alkoholischen Lösung. Ein übler Geruch verströmte. Die zweite Flasche enthielt Alkohol minderer Konzentration und war zum Genuß bestimmt. Wir zottelten mit unserem Wagen langsam voraus. Bei der nächsten Rast holten die beiden Mönche uns wieder ein.

„Hast Du gesehen, wie die feuchten Wunden mit dem feuchten Agens behandelt wurde? Behandele immer feucht auf feucht und trocken auf trocken. Die Fortschritte der Medizin sind mit Gottes Hilfe doch schon kolossal!“ Ich überlegte inzwischen, welchen Charakter ein Mensch hat, der einen Überschuß an Blut aufweist und fragte dies Bruder Gisbert. „Ja,“ sagte er, „wir sind ja unterbrochen worden. Es ist ein schwermütiger, gefühlsbetonter Mensch, ein Sanguiniker.“ Merkwürdige Begriffe waren das für mich, und obwohl Gisbert weiter dozierte, bekam ich von seinen Worten nicht mehr das meiste mit. Ansgar hantierte von Zeit zu Zeit mit einer handtellergroßen, metallenen Tafel, die mit allerlei Feldern und Löchern versehen war und erweckte dadurch meine Neugier. Manchmal nahm er einen Stift und führte ihn von der Rückseite durch ein Loch der Tafel und hielt diese der Sonne entgegen. Er zog Gisbert am Ärmel und sagte zu ihm: „Es ist Zeit für die Nona, die neunte Stunde ist genau erreicht.“ Mit den Mönchen legten wir eine Rast ein und feierten eine Kurzmesse unter freiem Himmel. Nach der Messe faßte Ansgar in einen tiefen Eingriff seiner Kutte und zog einen langen Lederbeutel hervor. Zu meiner Überraschung ließ er sich aufklappen, denn er enthielt ein kleines, ahornblattgroßes Buch. Ich konnte Bilder in den herrlichsten Farben und sogar golden unterlegte Buchstaben erkennen. Ansgar nannte es Psalter und las mit Wohlgefallen darin.

Glücklicherweise hielten die anderen Räder, und wir ließen zur späten Nachmittagsstunde Schwelm hinter uns. Nach einem mühseligen, anstrengenden Aufstieg kehrten wir, wie geplant auf der Burg Neuenberge ein, die Erzbischof Engelbert gerade ausbauen und renovieren ließ.

Nach Köln

Die Nacht verbrachte ich unruhig. Zu viel Neues war auf mich eingestürzt. In fremder Umgebung und auf einem fremden Lager konnte ich zunächst keine Ruhe finden, ich warf mich hin und her. Immer wieder schreckte ich aus dem Schlaf. Sobald ich den einen Floh mit meiner rauhen Decke zerdrückt hatte, dauerte es gar nicht lange, bis der nächste mich quälte und stach. Dann hatte ich einen merkwürdigen Traum: Ich befand mich auf einer Burg, so wie ich es ja am vorherigen Tag tatsächlich erlebt hatte. Uns war eine Schlafkammer zugewiesen worden, die wir mit vielen anderen Gästen teilen mußten. Zu diesen gehörte der prahlerische Kaufmann, der nur von seinen Gewürzen erzählte, und die Gruppe von Wallfahrern, die auf dem Weg nach Rom waren und die so fromm waren, daß sie die halbe Nacht über beteten und Exerzitien abhielten. Da mich in dieser Nacht ein menschliches Bedürfnis plagte, wies ein Burgmann mir den Weg zu einem Abort, der in einer Ringmauer untergebracht und nur durch enge Zugänge zu erreichen war. Das „heymlich Gemach" wurde durch einen schmalen Fensterschlitz erhellt. Als es gerade zur Erleichterung kommen sollte, wurde ich plötzlich von einem Schwarm Wespen umzingelt. Die verdammten Wespen sind das Werk des Teufels. Als der liebe Gott die nützlichen Bienen erschaffen hatte, wollte es ihm der Teufel nachtun, aber ihm gelangen nur die unnützen Wespen. Wenn ich mich recht entsinne, hörte ich von meiner Großmutter diese Legende von der Gottesfürchtigkeit der Bienen: Als eine Bienenzüchterin mit ihren Bienen Pech hatte, da sie zu Hauf eingingen, kam sie auf die Idee, bei einem Abendmahl die ihr gereichte Hostie nicht zu schlucken, sondern sie nahm sie aus dem Mund und trug sie nach Hause. Dort legte sie die Hostie in einen der Bienenkörbe. Tatsächlich hörte das Bienensterben auf. Als die Frau nach einiger Zeit den Bienenkorb öffnete, staunte sie nicht schlecht, denn die Bienen hatten aus dem Wachs um die Hostie herum ein kunstvolles, reich verziertes Gotteshaus gebaut. Da erschrak die

Züchterin sehr und beichtete den Mißbrauch der heiligen Hostie. Ein Priester kam herbei, sah sich das besondere Bauwerk mit seinen Türmen, Fenstern und dem Altar an und trug unter Lobpreisungen die Hostie in die Kirche zurück.

In meinem Traum half kein Bannspruch gegen die Wespen, dafür gelang es mir, mich ganz klein zu machen und durch den Fensterspalt nach außen zu gelangen. Welch ein befreiendes Gefühl! Ich konnte fliegen. Lustvoll flog ich durch die Lüfte. Da bemerkte ich, daß die Flügelschläge immer schwerer wurden und so sehr ich mich anstrengte, es war unmöglich, weiter aufzusteigen. Allmählich erfaßten den Oberkörper, Kopf und Beine ein bleiernes Schweregefühl, daß ich wie ein Stein herabstürzte.

Bevor ich auf den Boden aufschlug, sah ich einen Mann, der mir seine kardinalsrote Soutane weit geöffnet entgegenhielt und mich auffangen wollte. Als ich näher kam, sah ich, daß dieser Mann von unzähligen Wunden übersät war, ähnlich wie der heilige Sebastian. Seine Soutane war blutgetränkt. So sehr ich mich auch anstrengte, ich konnte sein Gesicht nicht erkennen. In diesem Moment wurde ich durch einen Griff an meinen rechten großen Zeh von meinem Vater geweckt. Damals ahnte ich nicht, daß mein Traum einen Hinweis auf eine bittere Wahrheit gab, und so behielt ich die schrecklichen Bilder dieser Nacht für mich.

Am Morgen nahmen wir die Einladung der Mönche, an der Prima teilzunehmen, an und wurden anschließend zum Frühstück gebeten. Dabei lernte ich zum ersten Mal einen mit einem weißen Pelz besetzten Weichkäse kennen, der als kleines Törtchen serviert wurde. Er mundete mir ausgezeichnet. Als die Sonne den Sieg über die Dunkelheit errungen hatte, brachen wir auf und setzten unseren Weg nach Köln fort. Der Himmel hatte sich bewölkt, und es war im Vergleich zum Vortag empfindlich kühl geworden. Die mangelnde Nachtruhe ließ mich die Frische des Morgens stärker spüren. Meinem Vater ging es ähnlich, trotz des ausgezeichneten Frühstücks, das die Mönche uns gereicht hatten, sah er ungewöhnlich blaß aus. Er beklagte sich nicht, aber er tastete in seiner Tasche nach Roßkastanien. Da wußte ich, daß ihn wieder Gelenkschmerzen plagten.

Gisbert und Ansgar hingegen sahen frisch und munter dem neuen Tag entgegen. Wieder war es Gisbert, der das Bedürfnis verspürte, sich mitzuteilen. Er belehrte mich über die Buße und die Gnade, die wir durch die Vermittlung der heiligen Jungfrau Maria, der Gottesmutter, erfahren dürfen. Wie er persönlich von Caesarius von Heisterbach gehört hatte, erzählte er uns die folgende Geschichte von der Heimsuchung Frieslands: Erst vor kurzem, im Jahre des Herrn 1218, gab es in Friesland eine schlimme Sturmflut. Die Fluten des Meeres schwollen turmhoch an, Sturmbö folgte auf Sturmbö, und eine Sturmflut ließ das Land untergehen. Das Unglück hatten sich die Friesen aber selbst eingebrockt. Wie bekannt ist, sind die Friesen ein sehr rauhes Volk. Einer von ihnen löste das Unglück aus. Er war Trinker, und sooft er aus dem Wirtshaus kam, wurde er gewalttätig und konnte sich nicht mäßigen. Dann schlug er seine Frau. Endlich war sie die Schläge leid und stellte sich krank. Sie legte sich in ihr Bett und ließ den Priester kommen, damit er ihr die Absolution erteile. Als der Priester das Haus betrat, ging der Trinker ihm mit einem Glas Bier entgegen und forderte ihn mit lautstarken Worten auf, mit ihm zu trinken. Der Gottesmann lehnte dies ab. Da zerschlug der Betrunkene die Dose mit den heiligen Hostien, so daß diese auf dem Boden zerstreut herumlagen. Seufzend und jammernd suchte der Priester die heiligen Hostien wieder auf. Zur Strafe wurde der Trinker vor den Dekan des Landes gerufen und mit dem Bann belegt, er kümmerte sich aber nicht darum. Daher zwang man ihn, das Kreuz zu nehmen und nach Rom zu pilgern. Dort legte der Papst ihm als Buße die Teilnahme am Kreuzzug auf.

Dem Volk der Friesen war bis dahin allerdings die Ursache ihres Unglücks verborgen geblieben. Da erschien der Tante des Abtes von St. Bernhard, die Gott dem Herrn mit Fasten, Beten, Wachen und Almosen diente, die selige Jungfrau Maria und sagte: „Wegen der Kränkung, die meinem Sohn und seinem heiligen Leibe angetan wurde, ist Friesland überschwemmt worden. Es wird weiterhin heimgesucht werden, wenn nicht genügend Buße geübt wird.“

Die heilige Jungfrau Maria verlangte: „Das ist der Leib meines Sohnes. An dem Orte, wo er zerstreut worden ist, muß eine Kirche gebaut werden, und dieser muß so viel Ehre erwiesen werden wie dem Grab Christi selbst."

Sie ergänzte: „Der Trinker, der ohne Reue inzwischen sein Leben gelassen hat, schmort in der Hölle." Als diese Offenbarung bekannt wurde, legte Dietrich, Bischof von Münster, zu dessen Sprengel Friesland gehört, dem Lande eine feierliche Buße auf. Daß diese aber nicht genügt hat, zeigt sich darin, daß im vergangenen Jahr Friesland von neuem bestraft worden ist, wobei viele Tausende durch eine erneute Überschwemmung ihren Tod fanden. Eine reiche Frau hat inzwischen an der Stelle, wo das Haus des Trinkers stand, die Kirche gebaut.

Seitdem herrscht Ruhe an der Küste.

Ansgar taute nun auf, das Stichwort war gefallen. Mit schüchternen Worten gestand er mir seine Liebe zur Jungfrau Maria ein, zu der er durch sein Mönchstum berechtigt war. Er wurde gesprächig: „Niemand gebührt mehr Minne als der heiligen Jungfrau Maria. Sie verkörpert das Vorbild an Reinheit, Keuschheit und Güte, an Schönheit und Vollkommenheit. Sie ist von edlen Geblüt. Sie entstammte dem Geschlecht König Davids. Ihre Vollkommenheit genügte sogar Gottvater."

Ansgars Augen leuchteten, wie man es sonst nur bei Verliebten sieht, und seine Wangen waren von einem rosigen Schimmer überzogen. Er fuhr fort: „Nach der Legende waren Marias Eltern, Joachim und Anna, lange Jahre kinderlos geblieben. Der greise Joachim ging, von der Sehnsucht getrieben, endlich Vater zu werden, für 40 Tage in die Wüste. Als er heimkehrte, hatte seine Frau Anna ein Kind geboren, das nicht in irdischer Erbsünde gezeugt worden war, sondern sein Leben Gottes unergründlichem Ratschluß verdankte. Im Alter von drei Jahren wurde Maria in den Tempel gebracht, wo sie als Tempelmädchen Gott, dem Schöpfer, diente. Im heiratsfähigen Alter wurde sie von dem Hohenpriester Zacharias mit dem Greis Josef, dessen hohes Alter ihn über jeden Zweifel erhaben machte, vermählt. Der Erzengel Gabriel erschien ihr und verkündete ihr die Geburt des Messias, der Gottes Sohn genannt wird, und es geschah, wie der Engel es prophezeit hatte. Auf Grund ihrer außergewöhnlichen Herkunft und als Mutter des Erlösers wird sie von uns Franziskanern als Himmelskönigin und höchste Fürsprecherin der Menschen bei Gott, die über allen anderen Heiligen steht, verehrt. Unser Kloster hat keinen anderen Schmuck als einzig und allein die feingliedrige, zart gestaltete Statue der heiligen Maria, die uns unseren grauen Klosteralltag in erbaulicher Weise versüßt." Ansgars Augen glänzten, er war wirklich in sein Wunschbild der heiligen Jungfrau Maria verliebt. Zu meinem Erstaunen erzählte er, daß er einmal im Monat zu Ehren der Jungfrau Maria in Gedenken an ihre monatliche Regelblutung einen Aderlass an sich durchführte. Das Sternzeichen bestimmte, welche Ader von welchem Körperteil für den Aderlass bestimmt war: Im Zeichen des Widders zum Beispiel wurde das Blut vom rechten Unterschenkel abgezogen, im Zeichen des Schützen war der linke Oberschenkel an der Reihe. So wie er aufgetaut war, ging er nach seinen schwärmerischen Ausführungen wieder in sich. Ich kann nicht mehr sagen, wie sich unser Gespräch weiter entwickelte, jedenfalls kamen wir, wie man in Westfalen sagt, vom Hölzken aufs Stöcksken, und das war an diesem Tag das himmlische Jerusalem. Vom Sündenfall Adams und Evas über den Totschlag des Kain an Abel, über Moses, Noah, Abraham und Joseph erzählte Gisbert. Nur selten steuerte Ansgar Anmerkungen bei, er machte seinem Beinamen „der Schweiger" alle Ehre. Solange Gisbert über das Fegefeuer und über die Qualen der Verdammten erzählte, lief es mir heiß und kalt den Rücken herunter. In dem Moment, als Gisbert merkte, daß es mir immer unbehaglicher wurde und Ansgar zum wiederholten Male die Augen verdrehte, wechselte er das Thema und schwärmte in den höchsten Tönen vom himmlischen Jerusalem. „Ja," sagte er, „daß Jerusalem der Mittelpunkt der drei Erdteile ist, das weiß wohl jedes Kind. Aber von dem himmlischen Jerusalem, da wissen die meisten nichts."

Mir ging es ebenso. Wer gebeichtet hatte, dem wurden die Sünden vergeben, das wußte ich. Der kam in den Himmel, das wußte ich. Im Himmel war der Verstorbene bei Gott-Vater, Gott-Sohn und dem Heiligen Geist, das wußte ich. Als Fürsprecher gab es noch die Heiligen - mehr wußte ich nicht. Gisbert schwärmte: „Das Vergehen der alten Erde schafft Raum für das Herabkommen des himmlischen Jerusalem von Gott auf die neue Erde. Das Streben nach dieser Stadt ist unvereinbar mit innerweltlichen Zielen oder Zwischenzielen, denn die Bürger dieser Stadt stehen auf der alten Erde unter Fremdenrecht, heimatlos wie Israel auf dem Weg durch die Wüste. Dort wird Gottes Volk ewig in Gemeinschaft mit ihm und Christus leben, der Stadt des Friedens durch Ausschluß aller Ungerechten." Gisberts Augen leuchteten. „Ist das nicht wunderbar? Uns erwartet ein ewiges Leben in Gemeinschaft mit der heiligen Dreifaltigkeit, bedürfnislos werden wir sein ohne Hunger und Not, ohne Sorgen, in ewigem Frieden!"

Inzwischen hatten wir Odenthal passiert und waren über Paffrath nach Dellbrück gelangt. Der Weg führte durch sanft ansteigende und abfallende, dicht bewaldete Höhen und Täler, die nur vereinzelt von verstreut liegenden Feldern in den Bodensenken aufgelockert wurden. Nur selten kamen wir an einsamen Katen vorbei.

Die Wolkendecke hatte sich verdichtet, es begann zu nieseln, später setzten böige Schauer ein. Der aufweichende Boden ließ uns nur schwer vorankommen, und unser Gespräch verstummte. Die Mönche hatten ihre Kapuzen tief ins Gesicht gezogen. Ich merkte, wie die kalte Feuchtigkeit durch meine Schuhe drang und meine Füße unbehaglich abkühlte. Unter einer uralten, ausladenden Eiche warteten wir den ärgsten Regen ab. Es hatte keinen Zweck, länger auszuharren, wir mußten unsere Reise unter erschwerten Bedingungen im aufgeweichten Morast der lehmigen Straße fortsetzten. Am späten Nachmittag erreichten wir einen mächtigen Fluß, den Rhein. Wir wählten den Übergang über die alte, hölzerne, aber immer noch stabile Römerbrücke, die die einzige Verbindung zwischen dem linken und dem rechten Rheinufer zwischen Köln und Deutz bildete. Mein Vater stöhnte auf, als er den Preis für den Brückenzoll hörte. Seitdem mein Vater vor langer Zeit als junger Mann einmal mit seinem Karren gekentert war, als er den Zoll sparen wollte, und wie viele andere ein Floß benutzte, hatte das Domkapitel ihm diese Art der Stromüberquerung verboten. Über den Rhein waren unterarmdicke Taue gespannt, die in Hüfthöhe über das Wasser führten. An ihnen zogen sich die Fährleute mit ihren klobigen Flößen herüber und setzten die ärmeren Übersetzungswilligen über. Nicht selten waren diese Flöße überladen und kenterten.

Am gegenüberliegenden Ufer erwartete uns die Reichsstadt Köln mit ihren wehrbereiten Mauern und Türmen.

Die Stadt unterstand dem Schutz des heiligen Petrus und war seit alters her ein geschätzter Wallfahrtsort. Sie wurde seit der Schenkung der Reliquien der Heiligen Drei Könige noch fleißiger von Pilgern besucht. Vor der Stadt lagerten Bettler und viele Aussätzige, die unseren Mönchen Gelegenheit gaben, sich pflegend um sie zu kümmern. Am Ufer mühten sich zwei Kaltblüter, die einen großen Treidelkahn hinter sich her schleppten. Ich sah, daß Unmengen von Gütern, riesige Stoffballen, Fässer und Kisten hier von einem Schiff auf ein anderes umgeladen wurden.

Vor dem riesigen Stadttor, das doppelt so hoch und so breit war wie unser Haus, drängelten sich mehrere Fuhrwerke. Jedes wurde von der Stadtwache sorgfältig überprüft. Einer der Stadtwächter kam mit einer langen Stange auf uns zu und maß mit dieser die Breite unseres Wagens aus. Da dieser den Bestimmungen entsprach, durften wir nach Zahlung eines Wegezolls passieren. Welch einen Unterschied bot die Residenz des Erzbischofs, die Stadt, die unter dem Patronat des heiligen Petrus stand, zu unserer bescheidenen Nachbarstadt Loen. Hier in Köln waren die meisten Häuser aus Stein gebaut und die Straßen gepflastert. Die Straßen machten einen reinlichen Eindruck, es stank nicht so sehr, und längst nicht so viel Mist und Unrat war vor den Häusern zu sehen. Wie wir später erfuhren, hatte dies seinen Grund darin, daß vor dem Fest die Stadt gründlich gereinigt worden war. Manche der Gebäude hatten Glasscheiben, manche enthielten sogar, für mich unglaublich, Glasbilder! Direkt hinter dem rheinwärts gelegenen Stadttor war das mächtige Tor zum Domkloster zu sehen. Wir hatten unser Ziel erreicht.

Lärmend empfing uns die Stadt. Unweit der Stadtmauer lag der Dom: ein überwältigender Bau, der mir die Macht und

Größe Gottes vor Augen führte. Eine Schar zerlumpter Bettler hatte sich vor dem Dom breitgemacht.

Wir hatten Mühe, mit unserem Wagen an das Domportal vorzudringen. Endlich hatten wir es geschafft und Bruder Georg begrüßte uns. Er verneigte sich in Demut, dann ließ er uns ein. Er wandte uns sein freundliches Gesicht zu, erhob segnend seine Arme und sprach uns an: „Im Namen der heiligen Dreifaltigkeit, Amen. Wir danken Gott, dem Vater, dem Sohn und dem heiligen Geist samt der heiligen Jungfrau Maria und allen Heiligen, daß ihr die lange, anstrengende und gefahrvolle Reise unbeschadet an Leib, Geist und Seele überstanden habt! Wir heißen Euch herzlich willkommen und wünschen Euch einen angenehmen, gesegneten Aufenthalt in unserem Domkloster." Als Begrüßungstrunk reichte er uns ein mit Honig gesüßtes Glas Ziegenmilch.

Wir kamen in einen zu beiden Seiten von einem Wandelgang gesäumten Innenhof. Hier verstummte der städtische, profane Alltagslärm. Inmitten der größten Stadt des Reiches herrschte unnatürliche Ruhe, selbst die Bewegungen der hier tätigen Mönche strahlten eine besänftigende Ruhe aus. Saftig grüner, sehr gepflegter Rasen breitete sich im Atrium aus. Krokusse reckten sich vorwitzig hervor. Zwei Mönche waren damit beschäftigt, die Randkanten zu stechen. Im Zentrum des Atriums lag ein großer Brunnen, der im Durchmesser gut und gerne zwei Klafter maß. Der weiträumige Innenhof lenkte den Blick auf die mächtige, turmbewehrte Westfassade des Domes. Das Bauwerk war aus klotzigen Sandsteinquadern erbaut.

Es dauerte eine Weile, bis wir von dem Kellerarius Albert in Empfang genommen wurden. Nach Überprüfung der Ladung und Einlagerung der mitgebrachten Waren in den Zehntkeller wurde uns eine kleine Kammer im Westflügel des Domes zugewiesen, die - welch unbeschreibliches Glück - nur für uns bestimmt war. Eine reichhaltige, freundliche Bewirtung sorgte für unser leibliches Wohl. Wir hatten Gelegenheit, bei der Komplet Gott dem Herrn für die unversehrte Reise zu danken.

Ich war erstaunt, wie dunkel die Eingangshalle des Domes war. Das Mittelschiff glich einer riesigen Halle und lockte uns durch seine Helligkeit. Um ein Haar wäre ich fast gestolpert, denn ich hatte die Stufe, die das Mittelschiff abhob, fast übersehen. Im letzten Moment konnte ich mich, schon strauchelnd, fangen. Zu beiden Seiten des Kirchenschiffes standen in langen Reihen Säulen und Rundbögen, rechts und links davon schlossen sich zwei niedrigere Seitenschiffe an. In zwei Etagen konnte so durch die Seiten- und Mittelschiffe das Licht einfluten. Dadurch kam die besonders farbenfroh gestaltete Decke prächtig zur Geltung. In gemessener Entfernung konnte ich den erhöhten Chor mit dem Altar und einem riesigen hängenden Kreuz erkennen, das auf wunderbare Weise in noch hellerem Licht erschien. Über die besondere Symbolik klärte uns später Bruder Johannes auf. Er erläuterte uns folgendermaßen den tieferen Sinn der Bauweise. Der Zugang zum Dom liegt in westlicher Richtung, die Dunkelheit symbolisiert das düstere sündige Dasein des Menschen. Er steigt um eine Stufe höher, wenn er den christlichen Glauben annimmt, versinnbildlicht in der Gemeinschaft der Heiligen, der Christengemeinde, die sich im Kirchenschiff versammelt. Die Erleuchtung wird durch die Helligkeit im Mittelschiff offenbar. Die sieben Stufen zum Chor symbolisieren die sieben Schöpfungstage. Das Ziel, das der Christ zeitlebens vor Augen haben soll, ist das Streben nach Seligkeit. Dafür steht das im hellsten Licht erstrahlende Kreuz. Wichtiger als die körperliche Unversehrtheit ist aber das Seelenheil. Hierfür gab mir der Gottesdienst ein beklemmendes Beispiel.

In den ersten Reihen vor dem Altar hatten sich offensichtlich reiche Kaufleute in ihren farbenprächtigen Gewändern versammelt. Sie machten aber allesamt trotz ihres offen zur Schau gestellten Reichtums einen verstörten und traurigen Eindruck, ich sah, daß einige Frauen und Kinder weinten. In gebührendem Abstand von ihnen saß ein vornehm gekleideter Patrizier mit seinem pelzbesetzten Mantel in sich gesunken in stark gebeugter Haltung. Er starrte regungslos auf den Boden. Als er zwischenzeitlich angesprochen wurde, sah ich sein entleertes, ausdrucksloses Gesicht, das grau und fleckig war. Als das Wort „Lepra“ ausgesprochen wurde, war Vater und mir klar, daß wir an einer Totenmesse teilnahmen - an einer Totenmesse für einen noch unter den Lebenden weilenden, dessen Schicksal besiegelt war.

Die Ärzte konnten ihm nicht mehr helfen, nach der Totenmesse wurde er aus der Gemeinschaft der Städter und der Freunde und sogar seiner Familie ausgestoßen. Er war von jetzt an ein lebendig Begrabener, ein Hoffnungsloser, wie wir sie auf der Hinreise und vor den Toren der Stadt gesehen hatten. Ihn erwartete Siechtum, langsame, grausame, unaufhaltsame Marter. Er erleidet sehenden Auges seinen körperlichen Verfall.

Stetig, aber unaufhaltsam über leichte, trügerischen Hautrötungen, die noch Hoffnung lassen über knotige Hautverdickungen verschlimmert sich sein Krankheitsbild bis die ersten Zerstörungen im Gesicht, an der Nase oder an den Fingerspitzen auftreten. Eitriger Ausfluß aus Nase, Mund und Ohren verbreiten einen infernalischen Gestank, aber der Kranke kann nicht vor sich selbst davonlaufen. Er muß seinen weiteren Verfall ertragen, er verfault bei lebendigem Leibe.

Ungeduldig zog mein Vater mich am Ärmel und deutete mit einer vielsagenden Kopfbewegung auf den Ausgang.

Stadtluft

Vater war neugierig auf die Stadt. Wir lenkten unsere Schritte auf den Roßmarkt. Die Pferde standen in langen Reihen. So viele edle Rösser auf einen Schlag hatte ich noch nicht gesehen: Braune, Füchse, Schimmel, Rappen unterschiedlicher Größe und Temperament warteten auf Käufer. Einige von ihnen beobachteten scheinbar interessiert mit wachen Augen und gespitzten Ohren das Treiben um sie herum, andere ließen gelangweilt ihre Köpfe hängen, als erwarteten sie nichts Hoffnungsvolles mehr in ihrem Leben. Sie standen mit ausdrucksleeren Augen in der Sonne. Wir gingen durch die Reihen, um die Pferde aus der Nähe besser betrachten zu können.

Mir fiel ein Hengst auf, der aufgeregt mit dem rechten Vorderhuf scharrte. Es war ein besonders schönes Pferd, sein ebenholzschwarzes Fell glänzte seidig in der Sonne. Der Hengst war schlank, hochbeinig und hatte einen harmonischen Körperbau. Vor allem gefiel mir sein fein modellierter Kopf mit seinen großen lebhaften Augen und geblähten Nüstern. Ein augenscheinlich reicher Herr im pelzbesetzten Mantel war aufmerksam auf das edle Tier geworden. Er trat näher und tastete zunächst alle vier Beine des Hengstes ab, danach überprüfte er die Hufe. Das Pferd war die Prozedur gewohnt und hielt gutmütig still. Zuletzt besah er sich das Gebiß des Pferdes. Hieran läßt sich das Alter des Tieres feststellen, das sich anhand der Stellung, Form und Abnutzung der Zähne zeigt. Nach einem kurzen Handel kam es zur Einigung und der Kauf wurde besiegelt, indem sie ihre Hände mehrmals abklatschten. Per Handschlag wechselte das edle Tier den Besitzer. Der Käufer strahlte, auf dem Gesicht des Verkäufers bemerkte ich ein hintergründiges Lächeln.

Weiter ging es entlang von Ständen, Krambuden und Tischreihen. Eine unübersehbare Auswahl an Waren und Tand war ausgelegt. Wir schoben uns durch das Gewühl von Fremden und trafen auf einen Menschenpulk. Der Lärm nahm zu, unterbrochen von Gelächter und Gejohle. Neugierig wollten auch wir den Grund der guten Laune erfahren. Ein Gaukler schlug Rad und führte mehrere Geschicklichkeitsübungen vor. Unter anderem jonglierte er mit drei Bällen, steigerte auf vier, danach auf fünf Bälle. Ein anderer Gaukler führte ein Zauberkunststück vor. Er legte fünf Nägel auf ein Brett und fuhr mit einem Stab darüber. Zum Beweis dafür, daß es wirklich metallene Nägel waren, forderte er einen kräftigen, muskelbepackten jungen Mann auf, sich einen beliebigen Nagel auszusuchen und in ein bereitliegendes Holzstück einzuschlagen. Als er mit seinem Zauberstab über die restlichen vor ihm liegenden Nägel fuhr, brachte er es fertig, daß die Nägel ihre Köpfe erhoben. Der Gaukler vollführte sein Kunststück mit einem angestrengten Gesichtsausdruck. Mit zierlichsten Bewegungen schaffte er es, die Nägel tanzen zu lassen. Dann führte er seinen Zauberstab wieder über die Nägel. Es sah so aus, als ob der Stab sie ansaugte. So hob er einen nach dem anderen an. Das Beste kam zum Schluß: wie von Geisterhand geführt hielten sich die Nägel wie von selbst und bildeten eine in der Luft hängende Kette. Glotzend und staunend, mit offenen Mündern, stand das Volk da.

Ich sah aus meinen Augenwinkeln, zwei farbenfroh gekleidete junge Männer, die sich in fremdländischem Tonfall unterhielten und uns im Vorübergehen geringschätzig musterten. Sie trugen die vornehme Kleidung, wie sie in Brabant Mode ist. Sie dachten, wir hätten sie nicht wahrgenommen und offenkundig machten sie sich über unsere einfache, mausgraue Kleidung lustig. Mir schwoll der Kamm und am liebsten hätte ich den aufgeblasenen Pinkeln eine ordentliche Tracht Prügel zukommen lassen, aber Vater besänftigte mich und hielt mich zurück.

Uns kam eine Gruppe vornehmer Frauen entgegen. Sie unterhielten sich angeregt, als sie von einem Blinden angerufen wurden: „Diejenige, die soeben gesprochen hat, soll noch einmal sprechen!“ Verwundert sahen sich die Frauen an. Sie taten dem Blinden den Gefallen und sprachen eine nach der anderen einzeln vor. Als die Reihe an eine hochaufgeschossene, blonde Frau mit einer zierlichen Nase kam, erkannte der Blinde ihre

Stimme. Er prophezeite ihr: „Diese mit ihrem ganzen Haus wird sich zu Christus bekehren. Sie wird mit Mann, Sohn und Tochter, Knecht und Magd in einen Orden eintreten." Die Frauen sahen sich erstaunt an, sie konnten nicht glauben, was sie soeben gehört hatten. Nebenan raunte eine einfach gekleidete Frau einer zweiten mit wichtiger Miene zu: „Das ist der blinde Theobald, er hat die Gnade des Sehens!"

Herüber klang Schalmeienmusik. Das Publikum klatschte. Immer wieder staunten wir über die kunstvolle Ausstattung der Stadthäuser und die vornehme, farbenfrohe Kleidung der Stadtbewohner. Als Zeichen der Wunder der Schöpfung Gottes zeigten Mönche in einem abgeteilten Gartenstück ein Stachelschwein. In manchen Auslagen fanden sich Geräte und Kleinwaren, deren Sinn uns manchmal nicht bekannt war. Bisweilen getraute mein Vater sich, die Auslagen zu prüfen und nahm sie in seine Hände, um sie genauer sehen zu können. Allerlei Spezereien wie Maronen, Brezeln oder Pfannkuchen wurden angeboten. Hier versammelten sich immer Hungrige.

An unser Ohr drang Sackpfeifengedudel. Der Schritt führte uns weiter am Gänse- und Schweinemarkt vorbei. Mir fiel ein Stand mit Töpferwaren auf. Wir hatten zu Hause selbstgetöpferte Schüsseln und Krüge aus Ton. Ich wunderte mich sehr, als ich hier lachsfarbene Töpfe sah. Andere waren ganz glatt und wunderbar glänzend. Ich fragte: „Sind diese Keramiken mit Bienenwachs überzogen?" Die Verkäuferin mußte herzlich lachen. Sie war eine rundliche Frau mittleren Alters mit dem Ansatz eines Doppelkinns. Mir fielen ihre Augen auf, deren Farbe eine Mischung zwischen grün und blau war. An einer Stelle wurde die Grundfarbe jedoch von einem Teilstück von dunkelbrauner Farbe ersetzt. Sie antwortete: „Beim heiligen Gereon, welch eine Einfalt! Unsere neuen Töpferwaren sind mit einer Glasur überzogen, wie mit einer dünnen Glasschicht. Faß ruhig mal einen Krug an," dann sah sie zu Vater und sagte: „Ihr dürft ihn auch kaufen, er ist gar nicht teuer". Wir hatten etwas gefunden, was wir Mutter als Geschenk mit nach Sümmern bringen konnten. Eine weitere Kuriosität ist mir in Erinnerung geblieben. Ein Bauchredner hatte eine beträchtliche Schar um sich gesammelt und erregte die allgemeine Aufmerksamkeit. Zunächst war für uns nicht erkennbar, was sich abspielte, aber die Menschentraube zog uns an.

Allmählich gelang es uns, weiter nach vorne zu kommen. Der Bauchredner sprach einen buntgefiederten Vogel an und fragte ihn: „Wie heißt der Kaiser?“ Zum Erstaunen aller antwortete dieser: „Galgenstrick der Zweite“. Das Volk johlte und bog sich vor Lachen. Der Bauchredner verlangte von dem Tier eine Entschuldigung, doch der Vogel entgegnete: „Fällt mir nicht ein, nein, nein!“ „Dann wirst Du verurteilt und gehängt,“ drohte der Bauchredner. „Paß auf, daß Dir Dein Hals nicht zu eng wird,“ antwortete der Vogel. So ging es hin und her; das Volk hatte viel Kurzweil.

Ehe wir uns versahen, gelangten wir in eine Seitengasse. Dort standen keine Patrizierhäuser mit Sandsteinfassaden und kunstvoll gearbeiteten Erkern oder Glasfenstern. Hier reihten sich kleine windschiefe, mannshohe, schmuddelige Katen und Hütten aneinander. Die Gegend wirkte auf einmal bedrohlich, die Bewohner verhielten sich ablehnend und unfreundlich.

Hier lebten die Unehrlichen, der Abschaum - Menschen, die es vom Land in die Stadt getrieben hatte, wo sie es aber zu nichts gebracht hatten, sondern nur geduldet waren. Ich sah, wie ein Mann hinter seiner Frau herlief, sie bedrohte und versuchte, sie zu fangen. Vor den Häusern lagen Müll und Unrat. Der Gestank nahm uns den Atem.

Rasch kehrten wir um und verließen die ungastliche Gasse. Geschrei eines geschlagenen Kindes und das Gekeife einer alten Vettel verfolgten uns. Das war der Stadtteil, in dem Schelme, Diebe und Lumpengesindel zu Hause waren. Hier lebten die Ehrlosen, die Dirnen und Zuhälter, Frauenwirte, Knochensammler, Kloakenreiniger, Schinder, Totengräber und auch die Henker und Scharfrichter. Ich war froh, wieder unter ehrbaren Leuten in geordneten Verhältnissen zu sein. Ein hübsches Mädchen mit einem roten Kopftuch blickte mich kess und auffordernd an, stemmte ihre Hände in die Hüften und wiegte ihr Becken hin und her. Dabei sah sie mich aufmunternd an. Ich konnte aber dem lockenden Angebot der Hübscherin nicht folgen, da ich mich durch die Anwesenheit meines Vaters gehemmt fühlte.

Wir hatten für den Moment genug gesehen und erlebt. So lenkten wir unsere Schritte zurück zu unserer Unterkunft. Für die Mönche wurde es bereits am frühen Abend Zeit zur Nachtruhe, meinen Vater drängte es dagegen nochmals in die Innenstadt. Vielsagend zwinkerte er mir zu: „Dietrich, nach der seelischen Reinigung gehe ich jetzt, mir den Staub vom Pelz waschen zu lassen. Kommst Du mit?“ Ich konnte mit der Frage nicht viel anfangen, war aber doch so neugierig, daß ich zusagte. Zielgerichtet lenkte mein Vater seine Schritte in ein Badehaus, das glücklicherweise noch zwei große Zuber freihatte. Der Boden war dick mit Birkenblättern ausgelegt, um Ungeziefer und Läuse zu vertreiben.

In dem völlig mit farbenfrohen Kacheln ausgelegten Raum lagen schwere Dunstschwaden, die das Kichern und die lebhaften, zum Teil girrenden Geräusche dämpften. Männlein und Weiblein saßen gemeinsam in den Zubern, in denen nicht nur gebadet, sondern auch gegessen und getrunken wurde. Ein dicker Mann mit Tonsur sang aus voller Kehle. Sein Gesang wurde unterbrochen, wenn er von zwei hübschen, jungen Mädchen mit mundgerechten Häppchen gefüttert wurde. Er erzählte einen Witz: Was haben Glühwein und Busen gemeinsam? - Einer ist zu wenig, drei sind zuviel! Am lautesten von allen lachte er selbst. „Ich kenne noch einen,“ drängte er sich vor, „Welches Tier wechselt in Sekundenschnelle das Geschlecht?“ Niemand kam darauf. „Es ist die Filzlaus.“ Jetzt war er in Fahrt: „Warum haben Hennen keine Brüste?“ Niemand wußte es. „Weil Hähne keine Hände haben.“

Zustimmendes Gejohle untermalte den Redeschwall des Dicken.

Aus dem Nachbarraum erweckte ein klatschendes Geräusch meine Neugier. Ich staunte, als ich sah, daß sich zwei völlig nackte Männer mit Badequesten aus belaubten Birkenzweigen, die sie auf glühend heißen Steinen erhitzt und anschließend mit Wasser übergossen hatten, peitschten. Als ihre Rücken puterrot geschlagen waren, erfrischten sie sich in einem Bottich mit kaltem Wasser. In unserer Badestube lagen große Bündel Birkenreiser zum Anfeuern. Auf uns warteten riesige Zuber mit warmem Wasser. Wir hatten die Wahl, gemeinsam oder getrennt zu baden, was natürlich den doppelten Preis verlangte. Ich erwartete, daß mein sparsamer Vater sich für einen gemeinsamen Zuber entscheiden würde, doch ich täuschte mich. „Nach der langen Reise und dem erfolgreichen letzten Jahr, haben wir es uns verdient, daß wir ruhig etwas behaglich entspannen können. „Es dauerte nicht lange, da mahnte mein Vater heißes Wasser an. Ursula und Gretel beeilten sich, zwei frische Kannen herbeizuschleppen.

Während Ursula sich zu meinem Vater herabbeugte, gewährte sie Vater Einblicke auf ihre üppige Busenpracht, die ihm den Himmel auf Erden versprach. Als sie ihm etwas ins Ohr flüsterte, fragte Gretel, ein hübsches Mädchen mit feingeschnittenem Gesicht und brünetten, gewellten, halblangen Haaren, ob ich ebenfalls heißes Wasser benötigte. Vom Nachbarzuber klang ein unterdrücktes Lachen zu mir herüber. Ursula legte mit flinken Bewegungen ihre Bluse und ihr Kleid ab und gesellte sich gegenüber sitzend zu meinem Vater in das heiße Bad.

Die Stimmung stieg zu meiner Überraschung, eine vertraute Zweisamkeit wurde offenkundig. Unter Hinweis auf die Vorgänge im Nachbarzuber bot sich Gretel an, zu mir zu steigen. Ich war völlig überrascht, als mein Vater mich ermunterte, dem freundlichen Angebot zu folgen. Immer noch verschüchtert gab ich meine Zustimmung.

Gretel schaffte es, mit raffinierten Mitteln, mich spüren zu lassen, wo ein Mann am meisten ein Mann ist...

Erzbischof Engelberts Wunschtraum

Das Wochenende durften wir als Gäste des Kölner Domkapitels in Köln verleben. Am Sonnabend verschliefen wir die Laudes, aber an der Prima nahmen wir beide teil. Erzbischof Engelbert zelebrierte das Hochamt. Nach dem Gottesdienst richtete mein Vater es so ein, daß er sich dem Subdekan Hermann näherte. Als Hermann meinen Vater erblickte, sprach er ihn freundlich an. „Mein lieber Gerlach, ist es wieder Zeit für die Zinsen? Ich hoffe, daß es Euch mit Gottes Hilfe im letzten Jahr wohlergangen ist und daß die Gesundheit Euch weiterhin erhalten blieb.“ Er wartete keine Antwort ab, sondern fuhr fort: „Sicher wollt Ihr Seine Eminenz, den Erzbischof, sehen.

Wenn es die Staatsgeschäfte zulassen, werde ich mich für einen Termin für Euch verwenden.“ Huldvoll lächelte er meinem Vater zu. Er wies auf mich: „Sicher Euer Sohn, die Ähnlichkeit läßt sich nicht verleugnen.“ Vater bestätigte; ich verneigte mich.

Tatsächlich kam es zu einer Audienz. Wir hatten Glück. Erzbischof Engelbert war nicht durch Staatsgeschäfte gezwungen, durch das Reich zu reisen, sondern verweilte in Köln. Die Audienz lief anders ab, als ich es mir vorgestellt hatte. Vor Aufregung und Respekt wurden meine Knie weich und meine Hände feucht. In meiner Kehle bildete sich ein schwerer Kloß. In meiner Vorstellung hatte solch eine hochgestellte Persönlichkeit wie der mächtigste Mann im Reich eine unnahbare Aura und war über alles Profane erhaben. Meine Vorstellung schien sich zu bestätigen: in seinem geräumigen, reichgeschmücktem Audienzzimmer saß der Erzbischof in gebührender Entfernung zum Portal auf einem Podest und strahlte mit seinem vornehmen roten Mantel eine unbeschreibliche Pracht und Würde aus. Wir näherten uns mit langsamen, bedachten Schritten. Als Lehensmann hatte Vater zum Zeichen seiner Untergebenheit die Hände gefaltet. Dies ist ein Zeichen des Bekenntnisses der Knechtschaft unserem Herrn gegenüber. Als wir ihn erreicht hatten, sah ich über seinen weißen Handschuhen einen schweren, edelsteinbesetzten Ring, den er meinem Vater zum Gruß entgegenstreckte. Ich hielt mich zwei Schritte hinter meinem Vater, der sich tief hinab beugte und den Ring küßte. Ich bemerkte einen lieblichen Duft im Raum. Nach dem Begrüßungszeremoniell ergriff Erzbischof Engelbert das Wort: „Mein lieber Bruder in Christo, was gibt es Neues aus dem schönen Sümmern?" Meinem Vater war eine innere Spannung deutlich anzumerken. Verlegen trat er von einem Bein aufs andere und sagte: „Eminenz, ich freue mich sehr, daß ich Euch wiedersehe, Laßt mich zunächst dieses Geschenk überreichen. Es ist eine große Freude für mich, Euch ein besonders schönes Hermelinfell aus den Wäldern des Sauerlandes überreichen zu können." Erzbischof Engelbert nahm das Fell huldvoll entgegen, legte seinen rechten Handschuh ab und strich mit den Fingerspitzen darüber. Er lächelte versonnen. Vater fuhr fort: „Um Eure Frage zu beantworten: Mit Mühe und Not und Gottes Hilfe sind wir über den Winter gekommen, ohne zu verhungern. Ich bin nicht sicher, ob wir den Pachtzins dieses Mal zusammenbekommen hätten, wenn Ihr die Pacht nicht von Euch aus verringert hättet. Dafür bedanken wir uns. Seit den letzten Jahren setzen wir unsere Metallpflüge ein, dadurch sind die Erträge deutlich gestiegen. Vielleicht haben wir es den zusätzlichen Überschüssen zu verdanken, daß wir im vergangenen Winter gerettet wurden. Auch die Arbeit fällt uns jetzt wesentlich leichter - die vielen Reparaturen der alten Holzpflüge waren schon sehr zeitraubend. Meistens gingen sie zu Bruch, wenn man schon mit den Gedanken auf dem Heimweg war."

Der Erzbischof war bestens informiert. „Was ist eigentlich aus der entwendeten Meßkelch geworden?" Mein Vater mußte leicht schlucken.

„Eure Eminenz, es tut mir leid, Euch mitteilen zu müssen, daß wir keine neuen Angaben machen können. Es besteht weiterhin der Hauptverdacht gegen zwei junge Burschen aus dem Dorf, aber auch Juden kommen als Täter in Betracht." Der Erzbischof wehrte ab. „Zuzutrauen wäre es ja den Christusmördern, aber, bei Licht besehen, muß man schon sagen, daß dieser Verdacht doch weit hergeholt ist." Um das peinliche Thema zu umgehen, stellte mein Vater folgende Frage: „Eminenz, wie war denn der Winter in Köln?“ Erzbischof Engelbert verstand das Ansinnen meines Vaters und hakte nicht weiter nach. Er sah ihn wohlwollend an und stellte klar: „Gerlach, wir kennen uns schon so lange, wir wollen vertraulich miteinander reden, es spricht sich leichter. Auch wir in Köln hatten ein karges Leben, vielleicht wollte Gott uns prüfen. Mit Gottes Hilfe und Segen wird das kommende Jahr besser. Wir wollen den zeitgemäßen Entwicklungen freie Bahn verschaffen. Habt Ihr eine Vorstellung oder einen Vorschlag, wer eine Mühle in Sümmern aufbauen und betreiben könnte?“ Vater fiel niemand ein. „Hier in Köln tut sich einiges. Die Franziskaner sind inzwischen bei uns heimisch geworden und haben ihr Kloster am entgegengesetzten Ende der Stadt bezogen. Ich bin froh, daß die Mönche nach Köln gekommen sind. Sie sind gebildet, bescheiden und arbeitsam. Die Benediktiner haben sich in den letzten dreihundert Jahren ihre Verdienste erworben, als sie die Zivilisation auch nach Westfalen gebracht haben. Damit haben sie sich den Respekt und bleibenden Ruhm für alle Zeiten gesichert. Sie prägten die mitteleuropäische Kultur durch ihren Wahlspruch „ora et labora“, doch inzwischen sind sie müde, träge und faul geworden. Wir setzen unsere Hoffnung auf die Zisterzienser, sie werden jetzt die Antreiber des technischen Fortschritts sein. Im Gegensatz zu den verweltlichten Orden gilt für die Franziskaner das Armutsgelübde und strenge Askese.“

Er wandte sich an mich: „Und wie gefällt es Dir, mein junger Freund, in Köln?“ „Es ist alles so massiv, so wehrhaft, alles aus Stein. Die Häuser sind so hoch, einige von ihnen haben sogar Scheiben aus Glas. Und die Verzierungen an den Fassaden!“ Um ihm eine Freude zu bereiten, sagte ich: „Am meisten beeindruckt mich der Dom, aber die Dreikönigsreliquien habe ich noch nicht gesehen.“ Ein leichtes Lächeln flog über Engelberts Gesicht. „Ihr habt sicher noch nicht alle Ecken Kölns gesehen, längst nicht alle Häuser sind aus Stein. Und“ - er machte eine Pause: „Der Dom wird nicht mehr lange sein altes Gesicht behalten.“ Bestürzt sah ich Vater an, der ebenfalls ziemlich hilflos dreinsah.

Unbewußt hatte ich Engelberts Lieblingsthema angeschnitten. Der Erzbischof hatte die Wunschvorstellung eines gotischen Domes nach dem Vorbild der neu erschaffenen Kathedralen von Paris und Reims. Er konnte sich an der Architektur der Versinnbildlichung des Himmlischen Jerusalem in den lebhaftesten Worten und schillerndsten Vorstellungen begeistern. „Worte reichen nicht aus, diese herrlichen Bauwerke zum Ruhme und zur Ehre Gottes auszumalen. Türme und Tore des Domes mit ihrem gedrechselten Aussehen stellen die Türme und Tore des himmlischen Jerusalem dar. Der lichtdurchflutete Kirchenraum soll die Vorstellung vom Glanz des Himmels wecken. Der Grundriß des neuen Domes wird sich grundlegend ändern, er wird in Form eines Kreuzes, dem Symbol des Sieges über Tod und Teufel, angelegt. Bereits am Portal werden die Gläubigen von den heiligen Aposteln, aber auch von Adam und Eva oder König David und Salomon empfangen werden.

Ich habe mir überlegt, daß der Gegensatz zu irdischem Dasein und göttlicher Höhe seinen Ausdruck im Dom durch die Fußbodengestaltung finden sollte. Auf dem Boden zeigt sich all das, was wir dereinst im Paradies hinter uns lassen werden, denn wir werden keiner Leuchte oder des Lichts der Sonne bedürfen, sondern Gott der Herr wird uns erleuchten. Das Universelle der neuen Kathedrale zeigt sich darin, daß alle menschlichen Lebensbereiche Erwähnung finden: Es beginnt am Eingang mit dem Kosmos. Sonne und Mond inmitten der Tierkreiszeichen und der vier Himmelsrichtungen, bei dem die Robbe den Norden, das Gürteltier den Süden, der Widder den Westen und das Dromedar den Osten versinnbildlichen. In der nächsten Abteilung folgt die bildliche Darstellung des menschliche Lebens: die Zeit, dargestellt im Jahreswechsel, ein Glücksrad als Symbol für das Schicksal. Das Leben des Menschen ist eine Folge von Lebensabschnitten: Säugling, Schulzeit, Lehrzeit, Jugend und Liebe, Mannesalter, Reifes Alter, Greisentum. Die Beziehung der Planeten wird beispielhaft dargestellt: die Sonne als Zeichen der Gottesverehrung und Menschenliebe, Mars als blutrünstiger, kriegbringender Planet, Saturn stellvertretend für Ackerbau, Jupiter für die Jagd, Venus für Musik, Merkur für Handwerk und

Künste - und schließlich der gute alte Mond, den Fischfang repräsentierend.

Die nächste Abteilung soll in meiner Vorstellung die räumlich-weltliche Ordnung der christlichen Welt darstellen, den Kaiser und die sieben Freien Künste: Grammatik, Arithmetik, Musik, Rhetorik, Geometrie, Dialektik und Astronomie. Im Gegensatz dazu erscheint in der nächsten Abteilung die geistlich-ständische Ordnung mit dem Papst an der Spitze, weiterhin stelle ich mir die Darstellung eines Einsiedlers, Mönches, Priesters, Kanonikers, Kardinals und auch eines Erzbischofs vor." Dabei mußte er leicht schmunzeln und zwinkerte mir ein Auge zu. „Letztendlich sollte auch die Historie des Erzbistums Köln gebührend gewürdigt werden. Wir werden uns schon etwas dazu einfallen lassen."

Der Kanonikus Rüdiger, der diese Abhandlung seiner Gestik nach zu folgern bereits des Öfteren gehört hatte, sah den Moment gekommen, sich zu Wort zu melden. „Eminenz, ist es in Ihrem Sinne, wenn ich jetzt die Pläne hole?" Engelbert stimmte freundlich zu. Dann hielt er kurz inne, wies auf eine kleine Amphore und sagte: „Rüdiger,verteilt bitte noch etwas von dem Rosenöl!" Rüdiger tat wie ihm geheißen, er nahm die Amphore, schüttete vorsichtig einen Tropfen auf den Verschluß, der tellerförmig geformt war und in dessen Rand sich das kostbare Öl verteilte. Dann machte er sich auf den Weg, und nach kurzer Zeit erschien er mit riesigen Pergamentrollen unter dem Arm. Auf der Arbeitsplatte von Engelberts Schreibtisch wurde Platz geschaffen und die erste Rolle geöffnet. Ein merkwürdiges Gewirr von breiten und schmalen Tintenstrichen und Schnörkeln wurde offenbar. Als Engelbert Vater und mich ratlos sah, erklärte er: „Es handelt sich um den angesprochenen Grundriß. Die breiten Felder und Kästchen sind tragende Mauern oder Pfeiler." Ich konnte keine Kreuzform erkennen. Mein Vater hatte die gleiche Mühe. Als ob Rüdiger unsere Schwierigkeit erkannt hatte, wendete er die Zeichnung und erleichterte unseren Blickwinkel. Tatsächlich, die Kreuzform wurde erkennbar. Das nächste Blatt ließ uns ein erstauntes „Ah" ausrufen. Engelberts Worte hatten nicht vermocht, unsere Phantasie im Entferntesten an die vollkommene Schönheit denken zu lassen, die der Plan jetzt vor unseren Augen preisgab. Ein wunderbares Bauwerk von herrlichster Feinarbeit zur Ehre Gottes, mit Türmen, Türmchen, unzähligen Pfeilern und Fenstern, Standbildern, Figuren und rosettenartigen, verglasten Fenstern war da aufgemalt.

„Wir sehen hier einen Entwurf der Kathedrale in Reims", sagte Engelbert und fügte stolz hinzu: „er soll als Vorbild dienen, der Kölner Dom soll die Reimser Kathedrale aber noch an Größe, Eleganz, Perfektion und Schönheit übertreffen - wir arbeiten ständig daran ..." Er lächelte Rüdiger zu. „Ich kann den Baubeginn des neuen Domes zu Ehren des heiligen Apostels Petrus kaum erwarten, ich möchte ihn nach allen Kräften fördern. Ich bin bereit, 500 Mark sofort zu stiften und danach den Bau mit weiteren 500 Mark aus meiner Privatschatulle jährlich zu unterstützen."

Für mich war die Begegnung mit dem Erzbischof Engelbert die beeindruckendste Begegnung in meinem Leben. Die tiefgründige Bildung, gepaart mit herzlicher Güte und Wärme trotz seines immer noch jugendlich wirkenden Alters, hinterließen bei mir einen prägenden Eindruck. Obwohl wir nur Bauern waren und tief unter ihm standen, ließ er uns nie seine hohe Stellung spüren und unterhielt sich mit uns wie mit seinesgleichen. Man erzählte sich sogar, daß er seinen goldenen Becher mit Bettlern und den Ärmsten der Armen teilte und sie daraus trinken ließ. Dünkel waren ihm unbekannt. Der von Gott in seiner Stellung auserwählte Erzbischof hatte sich die Zeit genommen und sich ausgiebig mit uns befaßt. Er hatte sogar seine persönlichen Gedanken und Wunschvorstellungen vor uns ausgesprochen. Die Erinnerung an diese Zusammenkunft mit ihm zerreißt mir das Herz, wenn ich an sein trauriges Ende denke ...

Am nächsten Tag, am Sonntag, nahmen Vater und ich an den Laudes und dem Hochamt teil. Danach trat Rüdiger an meine Seite." Das Schönste, was wir hier haben, habt ihr noch nicht gesehen. Folgt mir!" Er führte uns zum Hochaltar. Hier erstrahlte der gerade neu fertig gestellte Dreikönigsschrein, der als Reliquien die Gebeine der heiligen Dreikönige enthielt. Der Schrein war aus purem Gold und reich verziert. An der Stirnseite sah man unseren Erlöser, Jesus Christus, thronend, die rechte Hand segnend erhoben, in der linken Hand das Buch des Lebens geöffnet haltend. Er war dargestellt als Weltenrichter. Zu beiden Seiten wurde er flankiert von zwei Erzengeln. Arkadenförmig spannte sich ein dreigeteilter Bogen, reich edelsteinverziert, über ihn. Rüdiger ermahnte uns: „Laßt Euch nicht blenden! Der eigentliche Schatz ist nicht Tand und Gold und Edelstein, sondern die Reliquie. Immerhin haben die drei Weisen aus dem Morgenland unseren Heiland von Angesicht zu Angesicht gesehen - und an ihn geglaubt." Anschließend führte er uns zur Krypta. Eine massive, eisenbeschlagene Tür versperrte die Schatzkammer. Geheimnisvoll winkte er uns: „Tretet ruhig ein. Der Erzbischof hat persönlich seine Erlaubnis erteilt." Hier waren fein säuberlich Kreuze, Kelche, Meßkelchen, Gewänder, Bücher und sogar Kronen ausgestellt. Alles war von erhabenster Qualität und bestem Gold und Silber gefertigt." Aber seht mal hier!" Stolz zeigte er uns drei angerostete Kettenglieder aus schnödem Eisen. „Es sind Glieder der Gefangenschaftskette des heiligen Petrus. Sie wurde von Erzbischof Bruno I., Bruder Kaiser Ottos des Großen, Kanzler des Reiches und Erzkaplan des Kaisers, nach Köln geholt. Auch den Petrusstab in Form eines antiken Kugelzepters verdanken wir Bruno. Nach der Legende wird berichtet, daß Petrus seine Schüler Eucharius, Valerius und Maternus nach Gallien und Germanien zur Mission geschickt habe. Auf dem Wege dorthin starb Maternus. Valerius und Eucharius kehrten zu Petrus zurück. In Rom gab Petrus den beiden diesen Bischofsstab. Mit dem Stab wurde Maternus, obwohl er schon vierzig Tage im Grab gelegen hatte, zum Leben wiedererweckt."

Heilige Schauer liefen über unsere Rücken.

Doppeltes Spiel

Herenbert war in Gedanken versunken, er dachte über die vergangenen Jahre nach: Wie sehr hatte sich sein Leben verändert. Es hatte eine nicht vorausgeahnte Wendung genommen. In den Diensten des Grafen Friedrich von Isenberg war es ihm gut ergangen. Hunger war ihm fremd, und an Beziehungen zu Mädchen hatte es auf der Burg nicht gemangelt. Susanne, Martha, Eva, Judith - jede hatte ihren eigenen Reiz. Am besten gefiel ihm die kleine Schwarzhaarige, die pfiffige Barbara aus der Küche mit ihren agilen Bewegungen. Ihre dunklen Augen, mit ihrer unergründlichen Tiefe eines stillen Waldsees, zogen ihn besonders an. Wann immer sich die Gelegenheit ergab, suchte er ihre Nähe. Sie ließ ihn ihren Widerstand spüren, doch dieser war nicht so groß, daß er ihn abgestoßen hätte, doch groß genug, seinen Jagdeifer auf das schöne Geschlecht gehörig anzustacheln. In seinen Gedanken war sie wie eine Nuß, eine verdammt harte Nuß, die er knacken wollte, jedoch dieses Mal sollte es gelingen, ohne die Schale zu zerstören. Er wußte nur noch nicht, wie er das anstellen sollte.

Nur zu dumm, daß er damals behauptet hatte, sein Weg hätte ihn aus Werden hierher geführt. Natürlich hatte Graf Friedrich von Isenberg seine Angaben überprüfen lassen, was leicht gefallen war, da er ja als Vogt der Essener Abtei beste Beziehungen dorthin hatte. Aber zu Herenberts Glück war seine Erklärung über seine Herkunft nicht widerlegt worden. Vielleicht hatten die Essener ihn mit einem Doppelgänger verwechselt, oder die Beschreibung seiner Person war zu ungenau gewesen, jedenfalls wurde das Mißtrauen des gnädigen Grafen durch Kunde aus Werden ihm gegenüber nicht genährt. Seit dem ersten Tag am Hof Graf Friedrich von Isenbergs lebte Herenbert in dauernder Verunsicherung.

Der Graf war mißtrauisch und launisch - da mußte man immer auf der Hut sein. Um so mehr erfüllte es Herenbert mit Stolz, daß er sich als Jüngster von Graf Friedrichs Burgmännern gegen die Alteingesessenen durchgesetzt hatte und dabei die Aufmerksamkeit und das Wohlwollen Graf Friedrichs erworben hatte.

Wenn bloß Egbert nicht wäre. Dieser alte Hund ließ sich nicht ausstechen oder übertrumpfen. Ganz im Gegenteil, dieser Drecksack teilte kräftig aus, um seine Stellung am Hof zu behaupten. Als Egbert erfaßt hatte, daß Herenbert in der Gunst Graf Friedrichs stieg, hatte er es doch vor zwei Jahren bei den täglichen Kampfübungen so eingerichtet, daß sie gegeneinander Fechtübungen ausführten. In einem Moment der Unachtsamkeit schlug er dann unvermittelt mit aller Kraft gezielt auf Herenberts rechte Schulter ein. Wochen-, ja monatelang, konnte Herenbert damals seinen Arm nicht gebrauchen. Jede Bewegung schmerzte zum Gotterbarmen. Wenn er schlechteres Heilfleisch hätte, wer weiß? Vielleicht müßte er sich jetzt, wie so viele Andere, auf den Straßen herumtreiben und betteln. Aber er biss sich durch und so blieb es ihm erspart, als Räuber oder Wegelagerer zu enden.

Das Glück im Unglück stand auf Herenberts Seite. Obwohl Graf Friedrich Pfaffen, Kleriker und Mönche verachtete, hatte er es zugelassen, daß ein fahrender heilkundiger Mönch, namens Konrad, Herenbert in regelmäßigen Abständen auf der Burg besuchte und pflegte. Der Mönch richtete seine Besuche stets so ein, daß er abends eintraf. So hatte er über Nacht ein festes Dach über dem Kopf.

Als die Heilung der Schulterwunde Fortschritte machte und kein Sekret mehr absonderte, hielt der Mönch Herenbert dazu an, die Beweglichkeit der Schulter auch gegen seine Schmerzen zu üben. Inzwischen hatte sich eine freundschaftliche Vertrautheit zwischen Herenbert und Konrad ausgebildet. Nachdem Konrad ihn als seinen letzten Kranken versorgt hatte, blieb Zeit, daß die beiden sich zusammensetzten. Herenbert hörte begierig, was der Mönch von der großen weiten Welt und seinen Erlebnissen zu berichten wußte. Manchmal vertrieben sie sich die Langeweile bis zum Einsetzten der Dunkelheit mit Spielen, was dem Mönch auf Dauer aber zu eintönig wurde. Deshalb kam Konrad irgendwann auf die Idee und machte Herenbert den Vorschlag, die Zeit zu nutzen, ihm das Lesen und Schreiben beizubringen. Darüber schämte Herenbert sich, denn Lesen und Schreiben ist etwas für unritterliche Schwächlinge.

Doch Konrad weckte die Neugier, als er Herenberts Namen auf dem Lehmboden einritzte und ihm den Klang der Buchstaben langsam vorsprach. Je schneller er die Einzeltöne aneinanderreihte, desto genauer erklang der Name.

Nun wurde das Lernen der Buchstaben für Herenbert zum Spiel, er wollte wissen, wie man Graf Friedrich oder Roderich oder Philipp schrieb. Herenbert hatte eine rasche Auffassungsgabe, er begriff schnell und behielt das Erlernte. Auch so merkwürdige Buchstaben wie X oder das griechische I lernte er. Das Ganze mußte aber im Geheimen geschehen - niemand durfte wissen, daß er auf dem Weg war, zu einem memmenhaften Schreiberling zu verkommen.

Herenberts Befürchtung bestätigte sich nicht. Die Schulter heilte aus und er konnte seine Stellung unter den Burgmännern rasch wieder behaupten. Graf Friedrich von Isenberg konnte sich wie zuvor auf ihn verlassen.

Sein Groll gegen seinen Rivalen Egbert behielt Herenbert für sich, es würde sich schon eine Gelegenheit ergeben, sich zu rächen, mindestens zwei Zähne aus seinem lückenhaften Maul sollte ihn das kosten.

Eines Tages schnappte Herenbert ein paar Brocken eines Gesprächs auf, die Graf Friedrich und seine Frau Sophie über Erzbischof Engelbert und die Abtei Werden im Zorn fallen ließen. Als die beiden ihren ungewollten Zuhörer bemerkten, sprach Graf Friedrich mit seiner Frau auf lateinisch weiter. Herenbert ließ sich nichts anmerken und tat so, als hätte er nichts gehört oder mitbekommen. Er konnte sich zusammenreimen, daß etwas gegen den Erzbischof im Gange war. Gewißheit erhielt er, als Graf Friedrich ihn unvermittelt beim gemeinsamen abendlichen Schachspiel ansprach: „Ich habe Euch geprüft, Ihr seid von meinen Getreuen der Treueste! Ich muß mich gegen die ständigen Bevormundungen meines Vetters um die Vogteirechte in Essen wehren. Dafür brauche ich Eure Hilfe. Es soll auch zu Eurem Vorteil sein, wenn unser Vorhaben gelingt. Genaueres erfahrt Ihr später. Richtet Euch auf einen vernichtenden Schlag gegen den Pfaffen ein, stärkt Eure Muskeln und übt Eure Kampfkraft - zu meinem Schutz."

Herenbert witterte seinen Vorteil. Wenn er sich rückhaltlos für die Belange seines Herrn, des Grafen Friedrich von Isenberg, einsetzte und dessen Willen zur völligen Zufriedenheit ausführte und wenn er den Versprechungen Glauben schenken konnte, sollte dann nicht der Weg zu seiner Adelung frei sein? Er frohlockte, in Gedanken sah er sich bereits als Graf Friedrichs Ministerialer.

Andererseits, wenn Graf Friedrichs Angriff auf den Reichsverweser, den stets von einer starken Leibwache umgebenen Erzbischof, scheitern sollte, wäre ihm der Tod gewiß. Ein hohes Risiko, das er eingehen sollte. Aber er war hungrig, er wollte auf jeden Fall seinen Gewinn aus dem Komplott ziehen. Wenn er den Erzbischof warnte, könnte er dann nicht bei einem Mißlingen des Unternehmens Dank und Belohnung vom Erzbischof erwarten?

So verfiel er auf die Idee, in ungelenker Schrift einen Brief an den mächtigsten Mann des Reiches nördlich der Alpen zu schreiben und ihn vor Verrat und Heimtücke zu warnen.

Der Fehdebrief

Graf Friedrich spürte deutlich, daß die Lage sich zuspitzte. Jahrelang schwelte der Streit um seinen Rechtsanspruch über die Kurien des Stiftes Essen nun schon. Zunächst war er sich seiner Sache sicher gewesen, daß den berechtigten Ansprüchen um seine Vogteirechte nichts anzuhaben war. Auch Erzbischof Engelbert hatte sein gutes Recht bislang nicht angetastet. Doch in letzter Zeit waren die Nonnen des Essener Stifts auf die Idee verfallen, sich nicht nur beim Kaiser, sondern auch beim Papst zu beklagen, daß sie unter ihm, ihrem Schutzherrn, dem Edelgrafen Friedrich, zu leiden hätten. Sie hatten ihn bei der Obrigkeit angeschwärzt und schlecht gemacht!

Sie hatten sich über seine gewalttätigen Übergriffe beschwert! Einfach lächerlich, er verlangte nicht mehr, als ihm ohnehin seit Urzeiten zustand!

Lambert, sein alter Freund aus gemeinsamen Tagen in der Domschule zu Köln, hatte ihm eine Nachricht zukommen lassen, die einer Warnung glich: Der Papst hatte die Weisung erteilt, die weltlichen Vögte ihrer Ämter zu entheben, wann immer sich eine günstige Gelegenheit für die Mutter Kirche ergab. Graf Friedrich spürte die Gefahr deutlich. Er könnte die Nonnen verfluchen. Diese verzogenen Adelstöchterlein! Was bildeten sie sich ein?

Waren es überhaupt Nonnen - oder vielleicht Hexen? Wenn sie es tatsächlich schafften, ihm sein angestammtes Erbrecht abzuerkennen, bedeutete dies die Aufgabe seines adligen Herrenrechts und seiner Unabhängigkeit. Wenn der schlimmste Fall einträte und er seiner ererbten Vogtei verlustig wäre, hätte ihm die Kirche in Person seines eigenen Onkels, des Erzbischofs Engelbert, auf einen Schlag die Hälfte seines Landbesitzes abgegaunert. Das durfte und konnte er auf keinen Fall zulassen! Um seine weitreichenden Ansprüche und die seiner Erben zu wahren, kam Graf Friedrich von Isenberg der Gedanke, seine Besitzungen der 36 Vogteihöfe in den über 900 dazugehörigen Orten niederzuschreiben und aufzulisten. Hierdurch sicherte er sich, der akribische Sachwalter und Federfuchser, seine Position gegenüber seinen Gegnern. Die Vogteirolle diente ihm als Unterlage gegen unberechtigte Ansprüche, hierin waren sorgfältig seine Besitztümer zusammengefaßt. Er zählte sie nach Kurien geordnet auf und diktierte seinem Schreiber: „Ne aliquis possit iniuriari comiti, vel suis heredibus, ista sic fecit inscribi." (Damit niemand dem Grafen oder seinen Erben Unrecht tun könne, hat er dieses aufschreiben lassen.)

Danach diktierte er die genaue Aufstellung der Unter- und Oberhöfe, die unter seiner vogteilichen Obhut standen und die zu jährlichen steuerlichen Abgaben verpflichtet waren:

Swerte	IX marc.
Huckerde	XXXV marc.
Wentrode	XIIII marc.
Ludinchusen	XVII marc.
Curia Herbetde	X marc.

So diktierte er Seiten um Seiten. Unversöhnlicher Haß loderte in seiner Brust.

Dann kam der Tag, den Graf Friedrich schon so lange in bestimmter Gewißheit erwartet und gefürchtet hatte, aber den er nicht so recht wahrhaben wollte. Er hatte die Nase gestrichen voll. Seine schlechte Laune und eine unbändige Wut mußte sich Luft verschaffen. Am meisten bekam dies im Moment sein Knappe Ulrich zu spüren.

Wegen nichtiger, sogenannter Verfehlungen wurde er unvermittelt mit Schlägen bedacht, ja, er wurde sogar getreten. Friedrich wußte sich in seinem Zorn nicht allein. Auf seiner Seite standen seine Brüder, die Bischofe von Osnabrück und Münster sowie andere westfälische Grafen, wie der Tecklenburger, der Arnsberger und der Lipper. Ihnen mißhagte die wachsende Herzogsgewalt des Kölner Erzbischofs. Nach jahrelangen, ständigen Ermahnungen und Zurechtweisungen durch Erzbischof Engelbert hatte dieser es gewagt, ihm die Vogteirechte über das Werdener Nonnenkloster zu entziehen. Daher sah Graf Friedrich von Isenberg sich gezwungen, folgenden Fehdebrief zu verfassen:

„Unwürdiger Pfaff, Erbschleicher und Heuchler, wisset, daß meine Geduld ein Ende hat. Nicht nur, daß Ihr Eure gesamte Verwandtschaft des Altenaer Zweiges nach dem Tod Eures Bruders, des wackeren und ehrlichen Kreuzfahrers Adolf von Berg, der 1218 sein Blut für das heilige Grab vor Damiette vergoß, um den ihr anstehenden Teil des Erbes betrogen habt, nein, nun beraubtet ihr mich auch noch meiner Vogtei, des Frauenstifts in Essen. Damit seid Ihr für alle Zeiten meines Zorns gewiß. Ihr habt Euer wahres habgieriges Gesicht für alle Welt offenbart Nicht ich, sondern Ihr seid wegen Untreue exkommuniziert worden. Nicht ich, sondern Ihr seid abgesetzt worden und habt das Fähnchen nach dem Winde gedreht. Ich habe mir keine Verfehlung vorzuwerfen und mich stets an althergebrachtes Recht gehalten, wie es sich für einen reichstreuen, kaiserverpflichteten Ritter geziemt. Daher gibt es keinen Anlaß für Eure Bevormundung und verwerfliche Taten. Unrecht gebiert neues Unrecht, ich werde mir mein Recht auf eigene Weise wiederbeschaffen. Nehmt diesen Brief als Warnung und Euch selbst in Acht."

Friedrich Graf von Isenberg

Er ließ Herenbert, der sich inzwischen zu seinem Vertrauten heraufgedient hatte, zu sich rufen. In knappen Worten erteilte er ihm den Auftrag: „ Hurtig, mach er sich auf den Weg nach Köln, bring er dieses Sendschreiben an den angemaßten Erzbischof, aber kehre nicht eher zurück, bis er Antwort erhalten hat." Kleeblattsäuerlich grinste er, dann hielt er inne und kratzte sich am Bart.

„Nein, es ist besser, wenn er einen Mann mitnimmt, aber spute er sich. Es handelt sich um eine Angelegenheit äußerster Dringlichkeit, Herenbert, ich weiß mein Anliegen bei ihm in besten Händen."

Dorfschönheiten und Eselsohren zu Ostern

Auf unserem Rückweg von Köln nach Sümmern gab es keine besonderen Zwischenfälle, außer einer merkwürdigen Begegnung. In der Nähe von Hilgen sprengten zwei Reiter an uns vorbei. Ich hatte den Eindruck, als ob einer von den Beiden seine Hand zum Gruß erheben wollte, diese Bewegung aber nicht vollständig ausführte und sein Gesicht von uns abwandte, als er uns entgegenkommend passierte. Für einen Moment glaubte ich meinen alten Freund Roderich zu erkennen. In meiner Erinnerung tauchten die Bilder meiner Kindheit auf. Wir hatten nie erfahren, wie damals Roderich und Philipp die Flucht aus unserem Kellerverlies gelungen war. Erst nach Jahren tauchten andeutungsweise Gerüchte auf, die in Philipp verliebte Magd Gunhild hätte es geschafft, in einem unbeobachteten Moment, die beiden zu befreien. Mein Vater war in Gedanken versunken und hatte die beiden Reiter nur flüchtig wahrgenommen und ihnen keine Bedeutung beigemessen. Trotzdem sollten sie nicht nur unser Leben grundlegend verändern, sondern das ganze Land für Jahre und Jahrzehnte in Unfrieden und Verderben stürzen.

Nach glücklicher Heimkehr in Sümmern hatten wir natürlich jede Menge zu erzählen. Vater lobte die Volksverbundenheit und Bescheidenheit des Erzbischofs; mir lag mehr daran, von den Schätzen und Reliquien zu berichten. Am meisten hierfür interessierte sich meine kleinste Schwester Marie. Sie meldete jetzt schon den Anspruch an, das nächste Jahr mit nach Köln zu reisen. Die Zusage konnte und wollte Vater ihr natürlich nicht geben, wahrscheinlich eingedenk der Badespiele mit Gretel und Ursula - aber dies nur am Rande...

Im Dorf wurden die Vorbereitungen für das bevorstehende Osterfest getroffen. Nach dem heiteren Wetter der letzten Woche war es wechselhaft und deutlich kühler geworden. Die Befürchtungen meiner Mutter, daß eine Menge der vorbereiteten Nahrungsmittel verderben könnte, wie es so oft im Hochsommer der Fall war, bestätigten sich nicht. Es kam der Gründonnerstag, der in diesem Jahr auf den Namenstag der heiligen Waltraud fiel. Nach alt überlieferter Weise bereitete meine Mutter an diesem Tag ein Linsengericht, dazu wurde frisches Gemüse und Salat gereicht. Dem allgemeinen Glauben folgend, nahm man hiermit die Kraft des Frühlings in sich auf und sicherte sich den Wohlstand für das ganze Jahr. Mutter forderte uns auf, bei den Nesselkrapfen kräftig zuzulangen, denn diese schützen uns im kommenden Jahr vor Fieber. Bekannt waren auch die Gründonnerstagseier, die genossen, vor Hexenschuß schützten und in eingegrabener Form Haus, Hof und Felder sichern sollten. Als mein Großvater noch lebte, versäumte er es nicht, auf jeden Fall am Gründonnerstag Honig zu essen. Er versprach sich hierdurch Schutz vor dem Biß giftiger Tiere und toller Hunde. Er sagte immer: „Wer an diesem Tag keinen Honig ißt, wird zum Esel oder bekommt Eselsohren.“

Wie in jeder frommen Familie durften wir am Karfreitag in Gedenken an Jesus Leiden und Dürsten am Kreuz nichts trinken. Wer trotzdem tagsüber Wasser trank, dem wurde für das ganze Jahr Durst prophezeit. An diesem Tag durfte kein Tier getötet werden, nicht einmal eine Fliege, weil man sonst das ganze Jahr über von solchen Tieren übermäßig geplagt würde. Meine Mutter untersagte uns, Fleisch zu essen, weil man dann Warzen bekäme. Außerdem sollten denjenigen, der sich nicht an das Verbot hielt, im Sommer die Mücken stechen.

Am Ostermorgen, bereits vor Sonnenaufgang, schöpften die Mägde schweigend Wasser aus dem heiligen Reginenbrunnen, der nach der Himmelskönigin benannt ist. Auch auf dem Weg nach Hause durfte kein Wort gesprochen werden, denn Plapperwasser verliert seine heilende Wirkung. Andere Mägde, die den langen Weg scheuten oder etwas für ihre Schönheit tun wollten, schöpften gegen die Stromrichtung Wasser aus dem Baarbach und badeten sogar im kalten Wasser des Bachs. Mein Freund Gero nahm sich jedes Jahr vor, die Dorfschönheiten beim Bad zu belauschen, aber entweder verschlief er oder er konnte in der Dämmerung nicht das erkennen, was er sehen wollte.

Dem Osterwasser wurde besondere Heilkraft gegen alle

Krankheiten, vornehmlich der Augen, Flechten und Ausschlag nachgerühmt. Wir hielten, wie alle anderen im Dorf auch, einen gewissen Vorrat über das ganze Jahr parat. Im Haus versprüht, vertreibt es alles Ungeziefer.

Die Frauen hatten es in den Wintermonaten unter größter Geheimhaltung geschafft, für jeden auf unserem Hof ein neues Kleidungsstück herzustellen. Es hatte damit folgende Bewandnis: Genauso wie die Natur, die sich ein neues Gewand überstreift, legt sich auch der Mensch ein neues Kleidungsstück zu. Dem Träger verspricht die neue Kleidung Glück für das neue Jahr. Zur Einstimmung auf das Fest wurden im HausUltersträuße aus Palmkätzchen und ausgeblasenen Eiern aufgestellt. Sie schützen vor Hexen. Dieses Jahr hatte meine Mutter mit den Mägden zum Fest ein Osterlamm zubereitet.

Politische Konstellationen

An jenem neblig trüben Spätherbsttag spitzte sich der Streit zwischen Erzbischof Engelbert und seinem Vetter, Graf Friedrich von Isenberg, zu.

Erzbischof Engelbert bestätigte gerade den Kauf des Gutes Berge im Kirchspiel Menden durch das Kloster Oelinghausen und siegelte die Urkunde. Er behielt sich dabei aber ausdrücklich die Rechte seines Hofes in Menden vor, da dieser eine weitreichende Bedeutung hatte. Dabei vertrat er persönliche Interessen, denn seine Schwester Gisela und andere Verwandte lebten in diesem Kloster. Mit einem für andere nicht hörbarem Seufzer wandte er sich der Reichspolitik zu. Er vertrat unerschütterlich die Partei der Staufer. Der Thronstreit zwischen dem Welfen Otto IV. und dem Staufer Friedrich II. war seinerzeit am 27. Juli 1214 in der Schlacht von Bouvines durch den französischen König Philipp II. August zu Gunsten der Staufer entschieden worden, obwohl die Staufer zu dem Sieg nichts beigetragen hatten. Auf Betreiben des Papstes Innozenz III. übertrug Philipp II. August dem jugendlichen Friedrich II. die Herrschaft über das Römische Reich Deutscher Nation und übersandte ihm als Reichsinsignie den erbeuteten goldenen Reichsadler.

Seither verloren die Deutschen ihr Ansehen bei den Franzosen, der französische König führte von nun an den vom Papst verliehenen Ehrentitel „Allerchristlichste Majestät" und hob sich so von dem deutschen, wie auch den anderen europäischen Königen ab.

Seine „Allerchristlichste Majestät" Philipp II. August empfand sich selbst als wahrhaften, echten Ritter. Über ihn erfahren wir glaubhaft, er habe sein Leben damit verbracht, „zu plündern, Kirchen zu zerstören, Pilger anzufallen, Witwen und Waisen zu unterdrücken. Er gefiel sich besonders darin, Unschuldige zu verstümmeln.

In einem einzigen Kloster, dem der schwarzen Mönche von Sarlat, fanden sich mindestens 150 Frauen und Männer, denen er die Hände abgeschlagen oder die Augen ausgedrückt hat. Seine Frau, die Königin, war ebenso grausam. Sie half ihm bei seinen Schandtaten. Ihr machte es selbst Vergnügen, arme Frauen zu martern. Sie ließ ihnen beispielsweise die Nägel ausreißen oder die Brüste abhauen.

In der erwähnten Schlacht von Bouvines wurde die Grundlage für die unumstrittene Herrschaft des jungen Friedrich II. von Gottes und des Papstes Gnaden gelegt. Autorität erlangte er durch die von Philipp II. August übersandte Reichsinsignie , den erbeuteten goldenen Reichsadler. Kaiser Friedrich hielt während seiner gesamten Herrschaft an der Treue zu Frankreich fest, wohingegen sein Stellvertreter, der Reichsverweser, Erzbischof Engelbert, sich von dem Bourbonen distanzierte und versuchte, eigene politische Ziele zu entwickeln. Er führte gerade ein Gespräch mit seinem Mündel, Heinrich VII., den er 1222 in Aachen im Alter von elf Jahren zum deutschen König gekrönt hatte. „Es wird Zeit, daß Ihr Euch verheiratet. Ich denke dabei an eine englische Prinzessin." König Heinrich war seit Kindesbeinen unter der Obhut Erzbischof Engelberts aufgewachsen und er fühlte sich unter seiner Vormundschaft wohl. Der junge König wurde von Erzbischof Engelbert wie ein Sohn aufgezogen, aber geehrt wie sein Herr. Der junge König Heinrich vertraute völlig seinem Vormund: „Ich weiß, Ihr wollt nur das Beste für mich. Die Heiratspläne meines Vaters, des Kaisers, sehen anders aus.

Nach seinen Vorstellungen soll eine bourbonische Prinzessin meine Braut sein. Gebt mir eine Antwort auf die Frage, wie sie aussehen mag. Welchen Vorteil verspricht eine Heirat mit dem englischen Königshaus?"

„Majestät, erinnert Euch daran, daß König Richard Löwenherz unrechtmäßig in einem deutschen Verlies auf der Reichsburg Trifels schmachtete und es die Engländer Unsummen Silber kostete, um ihn freizubekommen. Dieses unrechtmäßige, horrende Lösegeld war einer freundlichen Gesinnung der Engländer den Staufern gegenüber nicht gerade förderlich. Die Ächtung Heinrichs des Löwen verstärkte die Feindschaft der Engländer mit den Staufern, denn Heinrich der Löwe war der

Schwiegersohn des englischen Königs.

Andererseits würde eine Verbindung mit den Bourbonen dazu führen, die Mißachtung gegenüber den Staufern und dem Reich weiter zu verfestigen. Das Ende vom Lied wäre eine Begünstigung der Vormachtstellung der Franzosen.

Dies würden sich die Welfen und ihre Anhänger und schon gar nicht die Engländer gefallen lassen. Diese Verbindung würde mit Sicherheit zu Unfrieden führen. Wichtiger jedoch sind unsere Handelsinteressen, die wir vertreten. Unser wirtschaftliches Wohl in Köln ist verbunden durch Beziehungen mit Flandern und England. Es liegt in unserem natürlichen Interesse, diese Verbindungen aufrecht zu erhalten und zu allseitigem Vorteil zu verteifen. Nach den Jahren der Verwüstung und des Krieges können wir den Wohlstand in unserer Heimat nicht besser fördern, als durch unsere wertvollen Handelsbeziehungen zu England."

Erzbischof Engelbert vermittelte einen angespannten Eindruck, sein Gesicht wirkte schmal und blaß und seine Stimme bekam einen belegten Unterton, als er fortfuhr: „Gegenüber Frankreich haben wir eine schwache Stellung. Unser Reich ist zerstückelt und zersplittert, ein festgefügtes, einheitliches Reich gibt es nicht, noch nicht einmal unser Herzogtum Westfalen stellt eine Einheit dar. Wollen wir Frankreichs Übermacht trotzen, sollten wir uns rechtzeitig um eine Sicherung unserer Grenze im Westen bemühen. Wenn wir Frieden stiften wollen, sollte der zukünftige Kaiser des Reiches ausgleichend einwirken und eine englische Prinzessin heiraten."

In diesem Moment wurde das Gespräch durch die Botschaft zweier von der Isenburg eintreffenden Boten gestört und schließlich unterbrochen. Da diese ihr Anliegen sehr wichtig machten und es sich um die Belange eines Verwandten handelte, bat der Erzbischof König Heinrich, die Besprechung unterbrechen zu dürfen, damit er sich um Reichsgeschäfte kümmern konnte. Als er den Fehdebrief gelesen hatte, besprach er sich mit dem Subdekan Hermann. „Ihr wißt, ich habe meinem Vetter Friedrich die Vogtei des Frauenstifts Essen entzogen, weil die Nonnen schwer unter ihm zu leiden hatten, wenn er rücksichtslos das Kloster ausbeutete." „Nach jahrelanger Drangsal wurde es auch höchste Zeit", bestätigte Hermann. „Nach den schlechten Ernten und dem harten Winter hätte er auf die heiligen Schwestern Rücksicht nehmen müssen. Er hat den Bogen überspannt, als er den goldenen Meßkelch und das Feiertagsgeschirr der heiligen Schwestern als Pfand nahm. Macht Euch keine Vorwürfe, Ihr habt Friedrich ja oft genug ermahnt, die Abtei künftig zu schonen." „Ja, ja, schon gut", antwortete Engelbert. „Mein Vetter hat die Isenburg erneuern und verstärken lassen, deshalb ist er auf alle ihm zustehenden Einkünfte angewiesen. Er ist zwar jähzornig, aber er beruhigt sich rasch wieder. Wenn ihm etwas nicht passt, hält er mit seiner Meinung nicht hinterm Berg. Mir ist es lieber, ich kann mir ein klares Bild über den Charakter eines Menschen machen, als wenn er sich wie die Schlange im Paradies verstellte. Von allen meinen Verwandten ist er mir dennoch einer der liebsten. Nur traurig, daß er unsere heilige Mutter Kirche haßt und verabscheut! Dennoch – ich möchte keinen Streit mit ihm." Hermann vertrat seinen Standpunkt: „Bedenkt, Ihr seid im Recht, schließlich ist Friedrich Euer Vasall und nicht umgekehrt. Ich bin der Meinung, Ihr solltet auf keinen Fall nachgiebig sein. Wenn Ihr jetzt Nachgiebigkeit zeigt, werden auch andere Vasallen, die sich ungerecht behandelt fühlen, aufsässig und ebenfalls auf ihren angestammten Rechten beharren und Forderungen geltend machen." „Die beiden Boten warten auf unsere Antwort, ich möchte sie nicht weiter warten lassen. Meine Antwort ist klar, ich will den Ausgleich. Auf der anderen Seite kann ich mich nicht, auch wenn es sich um meinen Vetter handelt, unter Druck setzen lassen. Wir schreiben ihm, daß er hier vorstellig werden und seine Sache vortragen soll - unter Gewährung freien Geleites. Das ist im Moment alles, es bleibt bei meiner Entscheidung, und wir gewinnen Zeit."

Herenbert und sein Begleiter ritten so rasch sie konnten, zurück zur Isenburg. Sie waren in schlechtes Wetter geraten - und so schön das Wetter auf dem Hinweg sich gezeigt hatte, so unwirtlich war es auf dem Rückweg. Schneeschauer wechselten mit herrlichstem Sonnenschein, aber die Kälte überwog. Die

Pferde hatten zeitweise Mühe, durch den tiefen morastigen Boden voranzukommen. So verzögerte sich die Ankunft der beiden bis nach dem Sonnenuntergang. Der Burghof war notdürftig mit Fackeln erleuchtet. Friedrich von Isenberg hielt sich im Rittersaal auf. Sein Knappe war gerade damit beschäftigt, die Glut im Kamin mit einem unförmigen Blasebalg anzufachen und Holzscheite aufzulegen. Der Raum war eingeräuchert. Herenbert mußte sich die Augen wischen, der Qualm biß. Da es keine Fensterscheiben gab, mußten die Fenster mit riesigen Strohballen verschlossen werden. Darüber wurden großflächige Ochsenfelle gehängt. Trotzdem zog ein kalter, ungemütlicher Wind durch alle Ecken und Ritzen. Damit er wenigstens innerlich etwas aufgewärmt wurde, hatten Friedrich und seine Edelherren so manchen Krug Wein geleert. Es herrschte gedämpfte Stimmung. Als Graf Friedrich seinen Boten Herenbert sah, erstarrten seine Gesichtszüge. „Komm rein, spann uns nicht auf die Folter. Laß mich nicht dumm sterben. Welche Nachricht überbringt Ihr aus Köln?“ Herenbert schüttelte in der Tür stehend den Regen ab, dann trat er ins Zimmer und überreichte das gesiegelte Schreiben. Nachdem Friedrich die Zeilen gelesen hatte, ließ er das Papier sinken, führte es nochmals vor die Augen und rief: „Solch einen schlechten Knappen habe ich noch nie gehabt, komm gefälligst mit einer Kerze und leuchte mir.“

Dann las er das Schreiben nochmals. „Das könnte diesem Herrn so passen - ich soll zu ihm nach Köln kommen. Da kann er lange warten!“ Unruhig durchquerte er den Raum und stampfte mit der rechten Ferse auf. Nervös biß er sich auf die Unterlippe, seine Augen bekamen einen stechenden Blick. „Verdammter Pfaffe, Du sollst mich kennenlernen!“

Der harte Winter 1224

Als der Winter 1224 einsetzte, ahnten wir noch nicht, welches Schicksal er für uns bereit hielt. Dieses Jahr setzte der Schneefall früh ein. So mancher im Dorf erinnerte sich an die Bauernweisheit: „Die Erde muß ein Bettuch haben, soll sie der Winter laben!", und die Kinder im Dorf freuten sich über die Abwechslung. Unser Dorf wurde in eine weiße Landschaft verwandelt. Schon im November war der Weiher hinter unserem Hause mit einer dicken Eisschicht zugefroren und verlockte die Kinder, darauf zu schlindern; auf den steilsten Hängen wurde gerodelt. Übermütig bewarfen sich die Kinder mit Schnee. Auch der alte Otto wurde von einem Schneeball getroffen. Er hatte an diesem Tag schlechte Laune, drohte den Werfern und schimpfte griesgrämig vor sich hin: „Das ganze Land liegt unter einem riesigen Leichentuch." Lachend liefen die Übeltäter davon.

Der Schneefall hielt wochenlang an, schließlich war unser Dorf von der Umwelt abgeschnitten. Sogar die ältesten Dorfbewohner konnten sich an solche Schneemassen nicht entsinnen. Als es endlich aufhörte zu schneien und der Himmel blau und klar wurde, setzte erneut starker Frost ein, selbst fließende Gewässer froren zu. Wir konnten uns nicht mehr waschen, statt dessen rieben wir uns mit Schnee ab. Nach einigen Tagen trockenen Wetters mit Sonnenschein, während derer in uns die Hoffnung aufkeimte, der Winter verlöre seinen Schrecken, traten erneut heftige Schneestürme auf. Vaters Gelenkschmerzen wurden unerträglich. Er klagte: „Unsere Sommer sind so kurz und die Winter so lang!"

Um die Fenster unseres Hauses abzudichten, hängten wir die Felle unserer Nachtlager doppelt und dreifach vor die Fensterluken. Diese Maßnahme reichte nicht aus, den Winter vor der Tür zu lassen. Die Feuerstelle brannte Tag und Nacht, sie vermochte aber nicht, das ganze Haus zu heizen. Rauchschwaden griffen unsere Augen an und führten zu ständigen Hustenattacken.

Die Stimmung bei den Erwachsenen wurde immer sorgenvoller und gedrückter. Nachdem das Vieh versorgt war, ließ sich nicht viel Sinnvolles im Haus unternehmen. Eine gedehnte Langeweile machte sich breit.

Als kein Ende des strengen und harten Winters abzusehen war, meldeten sich die ersten Kötter bei meinem Vater und berichteten ihm, daß ihr Brennmaterial und die Nahrungsvorräte zur Neige gingen. Für den alten Otto bewahrheitete sich sein Omen: Erfroren und starr wurde er eines morgens tot aufgefunden. Vater entschied, daß die ärmste Familie des Kötters Hermann von Wulfringsen mit ihren Habseligkeiten bei uns unterkommen sollte.

In den Zeiten der ärgsten Not waren die alltäglichen Streitereien und Querelen auf einmal vergessen und nichtig, selten herrschte solch ein Verständnis und solch eine Eintracht wie jetzt. Auch andere wohlhabende Bauern nahmen bedürftigere Familien bei sich auf. Trotzdem starben in diesem Winter mehr Dorfmitglieder als gewöhnlich in einem ganzen Jahr. Die Tiere auf dem Hof litten ebenfalls an Mangel, die Kühe gaben wenig Milch, und die Hühner konnten keine Eier mehr legen. Nach und nach wurden Notschlachtungen vorgenommen. Zum Schluß war die Not so groß, daß die ganze Hausgemeinschaft sich wochenlang nur von Rüben ernähren mußte.

Mancher wäre froh gewesen, wenn er das Fleisch einer Ratte oder eines Igels hätte verzehren können. Der Winter blieb hartnäckig, unsere bescheidenen Hafer- und Hirsevorräte neigten sich dem Ende. Schon längst waren wir dazu übergegangen, die Mahlzeiten mit Bucheckern zu strecken. Die Kühe und Schweine waren so abgemagert, daß man die Rippen unter Fell und Schwarte zählen konnte. Auch der dicke Arnold sah ganz schmal und verändert aus; hätte ich ihn lange Zeit nicht gesehen, hätte ich ihn kaum wiedererkannt. Wie wir später hörten, waren in diesem Winter die Wölfe bis vor die Mauern Mendens gekommen, sie sollen sogar ein kleines Mädchen gerissen haben. Die Umstände hierfür ließen sich später nicht mehr klären.

In der gesamten Diözese wurde das Getreide knapp. Dies führte zu einer Teuerung und, was noch schlimmer war, irgendwann kam der Verkauf völlig zum Erliegen. Das Volk mußte Hunger leiden.

Da faßte der weitsichtige Erzbischof Engelbert den Entschluß, Getreide einzuführen. Er ließ es aus dem Maingau holen und schickte Schiffe den Rhein bis nach Mainz herab, um die Klöster, die am meisten Mangel litten, mit Korn zu beliefern.

Zugleich verbot er in seinem ganzen Erzbistum und in der Stadt Köln Bier zu brauen, um dem Land zu helfen.

Damit verzichtete er lieber auf seine hohen Einkünfte, die er von den Brauern erhielt, als das Volk um seines persönlichen Gewinnes wegen an Hunger sterben zu lassen.

Das Schicksalsjahr 1225

Dann kam das Jahr 1225. Es verlief in Sümmern in seinen gewohnten Bahnen. Von den Querelen und der Fehde Friedrichs von Isenberg mit dem Erzbischof Engelbert von Köln bekamen wir nichts mit. Wir wunderten uns nur darüber, wie feindselig man uns begegnete, wenn wir über Graf Friedrichs Hoheitsgebiet nach Loen oder Köln reisen mußten. Es gab bei uns im Dorf immer noch einige Kötter, die zeitlebens den Umkreis des Dorfes nicht verlassen hatten. In besonderer Weise traf dies natürlich auf die Frauen zu. Erwähnenswert ist allerdings, daß ein Kötter namens Josef mit seiner Familie bei meinem Vater vorsprach und sich die Erlaubnis einholte, in die neu zu besiedelnden Ostgebiete auswandern zu dürfen. Kaiser Friedrich II. hatte den Großmeister des deutschen Ritterordens, Hermann von Salza, mit der Unterwerfung und Christianisierung der heidnischen Pruzzen beauftragt. Nun wurden Siedlungswillige gesucht, die keine Angst vor Abenteuern hatten. Wie ausgerechnet unser Josef, ein umständlicher, linkischer Jungbauer an diese Information gekommen war, wird immer rätselhaft bleiben.

Auf alle Fälle machte er sich nach der Erlaubnis meines Vaters mit seiner Familie auf den Weg nach Werl, wo ein Treck zusammengestellt werden sollte. Wir haben nie wieder von ihm gehört.

Unsere ehemalige Magd Änne war inzwischen verheiratet und hatte am Johannistag bereits ihrem vierten Kind, einem Jungen namens Jakob, das Leben geschenkt. Als wir wieder einmal nach Loen kamen, besuchten wir Änne in ihrem windschiefen engen Haus am Stadtrand. Die Kinder erfüllten das Heim mit Leben, sie kreischten und schrien durcheinander. Im selben Raum war auch ein Schwein untergebracht. Es sollte die blutgierigen Wanzen von den Kindern ablenken und auf sich ziehen. Die gutmütige Änne, die inzwischen rundlich geworden war, behielt die Ruhe. Sie erklärte: „Unser Mäxchen bekommt gerade Zähne und ist etwas quengelig.“

Das kleine Mäxchen hatte kugelrunde, rote Pustebacken und faßte sich dauernd mit seinem Händchen in den Mund. Er versuchte, seine Schmerzen abzulenken. „Er hat schon Unmengen von Veilchenwurzeln zerbissen, so viele Umstände hatten wir beim Zahnen noch bei keinem unserer Kinder." Mein Vater hatte eine Idee: „Habt Ihr nicht ein Stück Speck von einer fetten, alten Sau im Haus?" Änne legte ihre Stirn in Falten und wurde ärgerlich: „Ihr wollt mich doch wohl nicht utzen? Ich kann doch dem Kind keinen fetten Speck geben." „Das sollst Du ja auch nicht. Der Speck hat doch bestimmt eine dicke widerstandsfähige Schwarte. Das nächste Mal, wenn Du eine nahrhafte Linsensuppe bereitest, kochst Du eine Speckschwarte mit. Dann kann das Kind nach Herzenslust darauf herumbeißen und kauen und Du hast Deine Ruhe."

Mein Freund Gero trat in diesem Jahr in den heiligen Stand der Ehe und heiratete unsere Magd Carola. An einem Dienstag im Mai, dem Gedenktag des heiligen Florian, fand die Feier statt. Der Dienstag wurde als Wochentag gewählt, weil nach den drei enthaltsamen Tobiasnächten der erste Beischlaf auf einen Freitag, den Tag der Göttin der Schönheit und Liebe, Freia, fiel. Als glücklicher Umstand für die Ehe wurde gewertet, daß die Hochzeit zur Zeit des zunehmenden Mondes geschlossen wurde. Das jungvermählte Paar steckte nach der Trauung einen Rosmarinzweig in die Erde. Das Anwurzeln wurde ebenfalls als Vorzeichen für eine glückliche Ehe gesehen.

Wie Zucht und Sitte es geboten, wurde der Ritus des Ringwechsels nach der Trauungszeremonie des Kaplans vollzogen. Dabei bildeten die Angehörigen einen Kreis um das Brautpaar, um die Eheschließung zu bezeugen.

Gero war darauf bedacht, bei der Trauungszeremonie unauffällig den Rocksaum seiner Braut unter seine Knie zu zwängen. Damit wollte er zum Ausdruck bringen, daß die Frau aus der Munt ihres Vaters in die seine übergegangen war. Die Braut ihrerseits steckte sich Dill mit Salz in ihre Tasche, um das Regiment in der Ehe zu erlangen. Ihre Beschwörungsformel lautete: Ich habe Salz und habe Dill, mein Mann muß tun, wie ich will.

Die Gäste leerten beim Hochzeitsmahl viele Schüsseln und

große Humpen; Gesottenes und Gebratenes verzehrten sie in großen Mengen. Dabei wurden die Tischdienste wie seinerzeit beim Reichstag in Mainz nachvollzogen. Als Truchseß diente Martin, der Bruder der Braut. Mundschenk war Ortwin, ein Neffe des Bräutigams. Zwar kam es nicht wie so häufig auf Hochzeiten zu einer Rauferei, aber der Festablauf wurde trotzdem empfindlich gestört, als zuerst der alte Jakob, dann Alwine und Maria über Durchfall klagten. Zu fortgeschrittener Stunde hatte es die ganze Hochzeitsgesellschaft erwischt. Da die Bauchkrämpfe und Eruptionen immer heftiger wurden und die Abstände der Durchfälle kürzer, versammelte sich nach und nach die gesamte Hochzeitsgesellschaft, nach Männlein und Weiblein getrennt, auf beiden Seiten des Misthaufens, von Schwärmen unzähliger Fliegen umgeben. Ob dies als besonderes Glücksomen zu werten ist, vermag ich nicht zu beurteilen.

Die Vorladung zum Reichstag

Auf der Isenburg traf eine Nachricht von Erzbischof Engelbert ein. Graf Friedrich von Isenberg hatte an diesem unfreundlichen, regnerischen Herbsttag, dem Tag des heiligen Severin, eine Inspektion im Altbau der Burg vorgenommen. Baumeister Johann mußte ihm viele Fragen beantworten und Vorstellungen zur Renovierung unterbreiten. So wie die Dinge sich darstellten, würde die Erneuerung viel teurer und aufwendiger, als Friedrich befürchtet hatte. Das Schreiben Engelberts war nicht dazu angetan, seine mürrische Stimmung zu heben, zumal er, wie in letzter Zeit so oft, an Kopfschmerzen litt. Tausende kleine Kobolde hatten sich in seinem Schädel versammelt und peinigten ihn bisweilen so, daß er meinte, die Augen müßten aus dem Kopf springen. In dem Schreiben hatte Engelbert sich zum ersten Mal nicht diplomatisch vielsagend, sondern eindeutig geäußert. Er lud Friedrich genau so wie seine Brüder, die Bischöfe von Münster und Osnabrück, zum diesjährigen Reichtstag nach Soest, wo ihre Anliegen verhandelt werden sollten, und wo - wie Engelbert hoffte - eine gerechte Übereinkunft erzielt werden konnte. „Wenn ich das schon höre, Gerechtigkeit! Ich glaube seiner Eminenz kein Wort. Eher fließt das Wasser der Ruhr bergauf! Eine Scheuer voll Stroh reicht nicht aus, dieses Lügenmaul zu stopfen!“, schimpfte Graf Friedrich von Isenberg. Er strich sich über seine Stirn, als wollte er seine Schmerzen abstreifen.

Gundolf, einer seiner Edelleute, hatte Graf Friedrichs Zornausbruch miterlebt. Beschwichtigend hob er beide Hände. „Ich weiß gar nicht, was Ihr wollt, das ist doch ein guter Anfang, im Verein mit Euren Brüdern Eure Ansprüche durchzusetzen. Wenn Ihr jetzt dem Aufruf des Herzogs nicht folgt, setzt Ihr Euch endgültig und für alle Welt sichtbar ins Unrecht.“

Friedrich hatte sich gefaßt, er zupfte sich am Kinn. Schweigend starrte er zu Boden und strich mit seinen Fingern durch den Bart. Er sah angestrengt aus, sein Gesicht war immer noch zorngerötet, die Adern über den Schläfen pulsierten. Er mahlte auf seinen Backenzähnen. „Nun, gut, so soll es sein. Wir reiten zum Reichstag nach Soest - jedoch, mir ist nicht wohl dabei..." Versonnen drehte er seinen Ring, der ihn als Ritter auswies.

Kain erkennt Abel nicht

Nach Allerheiligen 1225 zog Erzbischof Engelbert zum Reichstag nach Soest. Das Treffen mit den Großen und Erlauchten des Reiches sollte genutzt werden, um unter anderem auch Frieden mit seinen Verwandten zu stiften.

Die Verhandlungen mit Graf Friedrich von Isenberg und seinen Brüdern, den Bischöfen von Münster und Osnabrück, dauerten drei Tage. Es war zu einer gütlichen Einigung gekommen, Engelbert hatte sich Friedrich gegenüber als Ersatz für die Vogtei Werden zu jährlichen Ausgleichszahlungen aus seiner Privatschatulle verpflichtet.

Am kommenden Freitag, dem Abreisetag, legte Erzbischof Engelbert morgens nach der Frühmesse eine Generalbeichte bei Erzbischof Konrad von Soest ab. Wie so oft, fastete der Erzbischof am Freitag, dem Tag, der an das Martyrium Christi gemahnt. Der Morgen war neblig-trüb und sehr kühl, als die Abreise begann.

Auf halber Strecke sollte Engelbert am darauffolgenden Tag eine neue Kirche in Schwelm weihen. Graf Friedrich von Isenberg hatte das Friedensangebot angenommen. Da beide einen gemeinsamen Weg zu reisen hatten, brachen Erzbischof Engelbert und Graf Friedrich mit ihren Trupps zusammen aus Soest auf.

Der morastige Boden ließ die Reiter nur schleppend vorankommen. Im Nieselregen ging es gemessenen Schrittes durch die hügelige westfälische Landschaft, durch die Soester Börde mit ihren brach und verlassen liegenden Feldern und Wiesen, vorbei an den sumpfigen Niederungen der Ruhr. Die einst üppig begrünten Berge waren kahl geworden. Die Reise verlief harmonisch, Graf Friedrich gab sich freundschaftlich.

Erzbischof Engelbert war glücklich: „Ich bin froh, daß endlich ein Ausgleich zu aller Zufriedenheit gefunden wurde. Ich freue mich sehr, daß wir eine gute Lösung für einen dauerhaften Frieden erstritten haben. Unsere Auseinandersetzungen sollen ein für alle Mal ein Ende haben. Es soll zu unser beider Vorteil sein! Vetter, mit großer Freude sehe ich dem Ende des Monats entgegen, wenn wir beide zum feierlichen Hoftag ziehen, den König Heinrich anläßlich seiner Hochzeit in drei Wochen in Nürnberg halten wird." Graf Friedrich strahlte Engelbert an: „Ja, es soll endlich Friede sein, die Fehde ist beendet. Warum sollen wir uns sinnlos zerfleischen, das überlassen wir anderen." Er klopfte Engelbert auf die Schulter: „Wenn wir uns einig sind, werden wir auf den kommenden Reichstagen unseren Einfluß in jeder Reichsangelegenheit geltend machen können. Wir sehen glücklichen Zeiten entgegen."

Friedrich von Isenberg war Erzbischof Engelbert der Liebste unter seinen Verwandten. Sie kannten und verstanden sich seit den gemeinsamen Tagen in Köln, bevor Graf Friedrich unverhofft das Erbe seines Bruders Eberhard angetreten hatte. Er bemühte sich, seinem Vetter ein unterhaltsamer Reisebegleiter zu sein.

Er verstand es, mit seinem Witz, Erzbischof Engelbert die Reise kurzweilig werden zu lassen. Das zänkische Krächzen von zwei Raben störte jäh die gute Stimmung. „Verdammte Biester, hoffentlich verkünden sie kein drohendes Unheil", knurrte Graf Konrad vor sich hin. Kurz bevor sie die Ruhr in Höhe der Stadt Schwerte erreicht hatten, wandte sich Graf Friedrich an Engelbert: „Jetzt muß ich mich entschuldigen, vor den großen Reichsgeschäften erwarten mich kleine Alltagshändel in Schwerte, dann kann ich mir in der nächsten Woche den Weg ersparen. Ich arbeite schon einmal vor, damit wir den Rücken frei haben für den Reichstag. Zu gerne komme ich mit Euch nach Nürnberg! Laßt mich jetzt gehen." Die Bitte wurde gewährt. Graf Friedrich verabschiedete sich mit den Worten: „Nehmt Vorlieb mit Joachim, meinem treuen Knappen. Er kennt sich hier bestens aus und wird Euch wohl geleiten!"

Als der Erzbischof allein weiterreiste, traf er unterwegs eine Witwe, die ihn beschwor, in zwei Rechtsangelegenheiten sein Urteil zu sprechen. Auf ihr Klagen hin stieg er vom Pferd, ließ einen Sitz unter freiem Himmel aufstellen, legte sein Schwert vor sich hin und saß als Herzog zu Gericht. In dem Rechtsstreit ging es um ein Lehen, das der Witwe abgesprochen und ihm selbst zugesprochen worden war. Als er hörte, daß das Urteil bereits gegen die Witwe gefällt worden war, hob er den Spruch auf und sprach: „Ich habe Mitleid mit Euch und Eurer Not. Um Gottes Willen trete ich Euch mein Recht ab. Die andere Klage fällt nicht in meine Zuständigkeit, laßt sie vor Ort klären."

In der Zwischenzeit traf Graf Friedrich sich mit seinen Spießgesellen, den Brüdern von Schwerte und setzte ihnen seinen Plan für den späten Nachmittag auseinander: „Ihr wißt, heute muß die Entscheidung fallen! Ich hab' ihn jetzt soweit, daß er Zutrauen zu mir gefaßt hat. Also, alles läuft wie besprochen nach unserem Plan ab. Herenbert steht mit den anderen an besagter Stelle bereit und wartet nur auf euer Zeichen!"

Zur Mittagsstunde dieses unglückseligen Freitags stieß Graf Friedrich wieder zu Engelbert. Freundlich erkundigte er sich nach dem Vorankommen und erbot sich, beim Überschreiten der Ruhr behilflich zu sein.

Engelbert war so sehr von ihm und seinem ritterlichen Verhalten angetan, daß er ihn einlud, bei ihm zu übernachten. „Tut mir leid, ich habe heute noch dringende Angelegenheiten zu regeln, ein Graf hat eben nicht ein so ruhiges Leben wie ein Mann der Kirche!" Er lachte.

Auch Engelbert mußte darüber lachen. „Vielleicht sehen wir uns heute ja doch noch wieder!" Freundlich winkend sprengte er davon. Der weitere Weg führte zunächst in gemessenem Abstand an der Ruhr entlang, bis die Richtung gewechselt wurde und es durch das Ennepetal ging. Als der Pfad anstieg und der Zug die Volmeauen mit ihrem verschilftem Grund und dem Dauernebel verließ, stieg das Gelände wieder leicht hügelig an. Der Boden wurde nun karger, aber fester. In gleichmäßigem eintönigem Schritt zog der Trupp voran.

Zeitweise ging der Ritt durch Heide, dann durch entlaubte Hügel und Haine. Manchmal wurde das stetige Vorankommen durch undurchdringliches Dickicht behindert, dann mußten Breschen geschlagen werden. So verrann die Zeit, es dämmerte bereits. Aus dem gegenüber liegenden Waldstück stieg Nebel auf.

Nach dem Vespergebet hatte Erzbischof Engelbert schon einen großen Teil des Gefolges mit dem Küchenpersonal voraus geschickt, um das Quartier in Schwelm herzurichten. Nur zwei bewaffnete, wehrfähige Ritter, drei Äbte und zwei Edelknaben waren bei Engelbert geblieben. Da erblickte der treue Graf Konrad von Dortmund Graf Friedrich von Isenberg in der Ferne. Zu seiner Überraschung saß Graf Friedrich jetzt auf einem Streitroß. Er sprach Erzbischof Engelbert an: „Das häufige Erscheinen und Gehen des Grafen macht mir Sorge, es kommt mir verdächtig vor.“ Engelbert war inzwischen auch verunsichert. Dachte er an Herenberts Warnung, die er erhalten, aber nicht befolgt hatte, weil er seinen Verwandten keinen Anlaß zu neuen Streitereien geben wollte? Als Graf Friedrich eintraf, begrüßte er ihn mit ausgesuchter Freundlichkeit und sprach ihn mit den Worten an: „Lieber Vetter, ich wußte ja, daß wir uns heute noch einmal sehen würden und daß Ihr doch bei mir bleibt.“ Friedrich sah zu Boden und verkniff sich darauf eine Antwort. Er sah blaß und angestrengt aus. Die Leichtigkeit der Unterhaltung des Vormittags war geschwunden. Auch Engelbert war die Anstrengung der letzten Tage anzusehen. So ritten sie schweigend einher, ein jeder in seine Gedanken versunken. An einer Gabelung wies Graf Friedrich dem Erzbischof, seinem Vetter und Herrn den Weg: „Folgt der linken Abzweigung, es ist eine Abkürzung.“

Hinter einer Bergkuppe verjüngte sich der Weg. Hier stiegen die Berghänge steil an. Die Sicht wurde durch einen dunklen Tann versperrt. Das Ziel war nicht mehr weit. Nun führte der Hohlweg durch einen Lindenhain.

Engelbert war mit seinen Gedanken bereits in Schwelm und vollführte die Einsegnungszeremonie der neuen Kirche. Als der Trupp des Erzbischofs das letzte Drittel des Anstiegs erreicht hatte, ertönte ein kurzer gellender Pfiff, wie der Schrei eines getroffenen verendenden Ebers, und von beiden Seiten brachen die bewaffneten Reiter Friedrichs hervor. Erschreckt durch den plötzlichen Lärm waren die Pferde der Vorhut Engelberts nicht zu halten und stürmten panikartig davon. Die Äbte suchten ihr Heil in der Flucht, da das Gelände sich inzwischen geöffnet hatte. Die Edelknaben wurden in ein Scheingefecht verwickelt. Nur der alte Graf Konrad von Dortmund und Gerhard von Lennep standen der erdrückenden Übermacht Graf Friedrichs gegenüber.

Erzbischof Engelbert war von seinen Verteidigern getrennt und stand nun allein gegen die Angreifer. Es gelang ihm im letzten Moment, sein Schlachtroß zu besteigen, das ihm während der Reise nachgeführt worden war. Zwei Übeltäter erfassten das Pferd am Zügel und rissen daran mit solcher Wucht, daß der Erzbischof ihn nicht halten konnte. Deshalb sprang Engelbert wieder ab und versuchte zu fliehen. Aber einer der Angreifer schnitt ihm mit seinem Pferd den Weg ab und stürzte sich auf ihn. Gerhard von Lennep war inzwischen kampfunfähig. Der einzige, der den Erzbischof jetzt noch verteidigte, war Konrad von Dortmund. Er stand Herenbert gegenüber, der mit wuchtigen Hieben auf ihn einschlug. Konrad ließ unter den Schlägen sein Leben für Erzbischof Engelbert.

Der Erzbischof war zunächst stärker als sein Gegner und konnte sich losreißen. Als er jedoch erkannte, daß er ohne Hilfe blieb, stellte er sich mit dem Rücken gegen einen mächtigen Eichenstamm. Verzweifelt kämpfte er gegen die Meute der gottlosen Angreifer. Unglücklicherweise wurde ihm das Schwert mit einem mächtigen Streich aus der Hand geschlagen. Graf Friedrichs Gesicht nahm dunkle Züge an, seine stechenden Augen blitzten böse. Er verhöhnte seinen Vetter: „Habt Ihr so vielen geholfen, so helft Euch jetzt selbst! Männer nehmt ihn fest - und keine Zurückhaltung! Ihr wißt, wie Ihro Gnaden beliebte, mit mir umzuspringen. Damit ist jetzt Schluß!“ Engelbert wehrte sich weiter, so gut er konnte. Friedrichs Geduld war zu Ende. „Gebt dem Hund endlich, was er verdient! Tötet den Räuber, tötet ihn, der die Adligen enterbt und keinen schont!“

Engelbert sah Friedrich entkräftet an: „Heiliger Petrus, was werft ihr mit vor? Mäßigt Euch, wir sind doch ein Blut.“

Friedrichs Kopf glühte zornrot unter seiner Rüstung. Ein Adliger namens Giselher stieg eilends vom Pferd und schlug den wehrlosen Erzbischof mit dem Schwert auf den Kopf, mit einem zweiten Streich schlug er Engelbert eine Hand ab. Danach stach er auf sein Opfer ein. In diesem Moment kam Jordan hinzu, den der Erzbischof vor Jahren wegen schwerer Verfehlungen verbannt hatte. Er schlug nochmals auf den Kopf des Erzbischofs ein. Schließlich zog der hinzueilende Herenbert einen Hirschfänger und stieß mit aller Kraft und wütender Wucht auf Graf Friedrichs Geheiß auf den Wehrlosen ein. Getroffen sank der Erzbischof zusammen.

„Herenbert, überprüfe, ob er endlich tot ist." Dienstbeflissen nahm Herenbert nochmals das Messer und schnitt seinem Opfer die Fußsohle ein.

„Wir müssen jetzt die anderen von Engelberts Begleitern aufspüren und unschädlich machen, schwärmt aus und sucht sie!" befahl Graf Friedrich seinen Männern. In verschiedenen Richtungen verteilten sich Graf Friedrichs Schergen, aber die Suche in der Dunkelheit blieb erfolglos. „Die Angsthasen haben das Weite gesucht!" rief Herenbert. „Und gefunden", schallte es zurück. „Sammeln, wir reiten nach Hause, es wird Zeit abzuziehen!" rief Graf Friedrich. Die Mörder verließen den Ort des Grauens und sprengten davon.

Ludger von Hemmersbach, einer der beiden Edelknaben, war zurückgekehrt und hatte sich im dunklen Tann versteckt gehalten. Dicht an ihm ritt der Mörder des Erzbischofs vorbei. Er hatte im Aufspringen auf sein Pferd den linken Handschuh verloren und Ludger hatte in der Abenddämmerung den Eindruck, als seien seine Finger der linken Hand zusammengewachsen, sicher war er sich aber nicht. Als er endlich beim Erzbischof angekommen war, sah er, daß keine Aussicht auf Rettung mehr bestand. Engelbert hielt noch seine Hand auf der blutenden Stichwunde, aber sein Blick war bereits gebrochen. Ludger brauchte eine Weile, bis er verstanden und verarbeitet hatte, was er soeben erlebt hatte und was geschehen war. Er mußte sich schütteln, er kniff sich selbst, aber es war kein Traum. Er konnte den Alp nicht abschütteln. Er überwand Ehrfurcht und Grauen und berührte vorsichtig den blutüberströmten Leichnam Engelberts. Kälte stieg in ihm auf. Er war zu keiner Gefühlsregung fähig und bekreuzigte sich lediglich mit ausdrucksleerem Gesicht und hohlen Augen. Er kniete nieder, senkte sein Haupt und betete für das Seelenheil des ermordeten Erzbischofs. Die Dämmerung war inzwischen fortgeschritten, Nieselregen hatte eingesetzt und wurde stärker. Nur Erzbischof Engelberts Pferd war als einziges von dem ganzen Trupp treu an Ort und Stelle geblieben. Es scharrte mit dem rechten Vorderhuf. Ludger getraute sich, das Pferd am Zügel zu nehmen, er saß auf und entfernte sich vom Ort des schrecklichen Geschehens. Er ritt nach Schwelm und bat den Pfarrer, den Leichnam zu bergen.

Der Pfarrer war bereits durch die eingetroffenen Flüchtigen über das Verbrechen unterrichtet. Die Gewißheit über Engelberts Tod schockierte alle. Aus Furcht vor den Mördern weigerte sich der Pfarrer, die sichere Stadt in der Dunkelheit zu verlassen. Er lehnte es ab, den ermordeten Erzbischof in seiner Kirche aufzubahren, da sie hierdurch entweiht würde. Abt Roger von Halver überwand seine Furcht und führte einen entmutigten, traurigen Haufen an die schaurige Stätte der Untat. In Ermangelung eines anderen Gefährts mußte der Tote auf einem Mistkarren zum Pfarrhaus gebracht werden, wo er aufgebahrt wurde. Vor seinen Füßen und dem schwerverwundeten Kopf wurde eine Kerze aufgestellt.

Am nächsten Tag wurde er zur Burg Neuenberge, dem Stammsitz seiner Ahnen gebracht, doch die feige Besatzung verwehrte dem Toten den Einlaß. Deshalb entschloß sich Randulf, der Prior des Klosters Altenberg, den Leichnam in seine Abtei zu geleiten. Dankbar erinnerte sich Randulf, daß Erzbischof Engelbert sich oftmals fördernd und helfend für sein Kloster eingesetzt hatte. Besonders nach dem Erdbeben des Jahres 1222, als im Kloster an der Kirche und anderen Bauten Gebäudeschäden aufgetreten waren, hatte Erzbischof Engelbert hier großzügige Hilfe gewährt.

Die heilige Zahl 47

In unserem Dorf wurde die Nachricht von Erzbischof Engelberts Tod, unseres Förderers und Gönners, mit größter Bestürzung und Trauer aufgenommen. Lähmendes Entsetzen erfaßte uns. Wir hatten unseren schützenden Schild verloren, die segensreiche Friedenszeit war zu Ende. Unser Wohlstand war gefährdet.

Angst vor erneuten Zeiten der Willkür und Ungerechtigkeit machte sich breit.

Sprachlosigkeit legte sich wie ein Schleier über die Häuser. Mein Vater war völlig verstört, er fühlte sich, als hätte er zum zweiten Mal seinen eigenen Vater verloren. Zum ersten und einzigen Mal in meinem Leben sah ich ihn weinen. Voller Trauer dachte ich an mein großes Vorbild und erinnerte mich an die Tage in Köln. Ein schmerzhafter Kloß steckte in meiner Kehle. Noch nie war die Vergänglichkeit allen irdischen Seins so brutal in mein Bewußtsein getreten. Ich verstand die Welt nicht mehr: Wie konnten nur der liebe Gott und alle seine Engel und Heiligen diese Schandtat zulassen? Mein Vater spendete Kerzen für die Kirche. Der Pfarrer verhängte den Altar mit schwarzen Tüchern und ließ bei Tag und Nacht bis zur Ergreifung der Verbrecher eine Kerze brennen. Jeden Sonntag nach der Messe wurde die Bannung Graf Friedrichs durch den Papst verkündet.

Doch der Pfarrer tröstete uns: „Wir sind zuversichtlich, daß unser guter Erzbischof Engelbert ohne Fehl und Sünde in den Tod gegangen ist.“ Uns war bekannt geworden, daß er am Morgen seines Todes die Absolution erhalten hatte. Er ist als Märtyrer in den Tod gegangen, es wurde erzählt, daß er durch 47 große Wunden verletzt worden sei.

Der Pfarrer belehrte uns: „47 ist eine heilige Zahl mit einer geheimnisvollen Bedeutung: 40 ist die Zahl der Reue, sieben bezeichnet die Gaben der geistlichen Gnade. Erzbischof Engelbert ging in den Tod und erhielt 47 schwere Wunden als Zeichen dafür, daß er durch die Reue des Herzens und der Beichte des

Mundes die siebenfache Gnade des Heiligen Geistes empfing." Wie wir hoffen, hat er alle Sünden, die er nach der Wassertaufe begangen hatte, durch die Bluttaufe vollständig getilgt.

Der ganze Körper war mit Wunden übersät, sein Kopf war blutüberströmt. Der Pfarrer sagte: „Die Bluttaufe hat alle Organe getroffen, mit denen der Erzbischof Zeit Lebens Schuld auf sich geladen haben könnte, sei es durch Übermut, Sehen, Hören, Riechen, Schmecken, Denken, Ausschweifen, Wirken, Berühren, Schreiten oder andere Leichtfertigkeiten, Unterlassungen oder Nachlässigkeiten gegen die Zucht."

Überall standen die Leute zusammen und sprachen über den verwerflichen Mord und die bekannt gewordenen Umstände. Viele verglichen das Leiden und Sterben des Erzbischofs mit der Leidensgeschichte Christi. Sie steckten die Köpfe zusammen und tuschelten. Sie mutmaßten: „Hat dieser Judas, der Graf Friedrich von Isenberg, unseren Erzbischof nicht in Sicherheit gewiegt und ihm bei seinem Abschied den Friedenskuß gegeben? War es Engelbert nicht ergangen wie Jesus, als alle Getreuen ihn vor seiner Gefangennahme im Garten Gethsemane verlassen hatten? Und war der treue Konrad nicht mit Petrus zu vergleichen, als er sein Schwert zog, um den Erzbischof zu verteidigen?" Diese Ähnlichkeiten beschäftigten viele. Vielleicht aber lag eine besondere Mystik und Gnade Gottes darin, daß er den Erzbischof dadurch auszeichnete, daß er die Passion Christi in vollem Ausmaß erleiden durfte. Alle waren sich einig, daß der Erzbischof im Tod Gott ganz nahe war. Für das Volk war klar, daß durch den Ablauf der Ereignisse Gott zu ihnen gesprochen hatte. Viele glaubten auch, dieses Zeichen weise auf das bevorstehende Weltende hin.

Der Zorn im ganzen Dorf richtete sich gegen die Übeltäter. Keine Marter reichte in meiner Vorstellung aus, ihr Verbrechen zu sühnen. Keine Strafe war für die Mordgesellen zu grausam. Die allgemeine Meinung einigte sich auf Schleifen, Rädern und Verbrennen. Ihre Asche sollte im Meer versenkt werden, so hätten die Attentäter im Tode die Rache aller vier göttlichen Elemente Feuer, Wasser, Luft und Erde zu spüren. Ein christliches Begräbnis würde ihnen ohnehin verweigert. Mein Vater war der einzige, der das Wort Vergebung in den Mund nahm: „Erst wenn der Löwe Angst vor dem Lamm hat, soll den Tätern vergeben werden, in der Zwischenzeit sollen sie im Höllenschlund schmoren und all ihre Sünden büßen."

Mein Vater suchte seine Urkunde hervor, die ihm im Jahr 1205 vom Kölner Domkapitel verliehen worden war. Er ließ sich von unserem Pfarrer, die Stelle zeigen, wo Engelbert seinerzeit unterzeichnet hatte und starrte gedankenverloren auf die Unterschrift.

Auch in Loen gaben die Ereignisse Anlaß für reichlichen, nimmer endenden Gesprächsstoff. Wir wurden auf einen Herenbert aus Sümmern angesprochen, aber wir kannten ihn nicht. Bei der Beschreibung des jungen Mannes kam der Verdacht in mir auf, daß es Roderich sein könnte. Als sein Geburtsfehler erwähnt wurde, war mir klar, ja, das ist er! Mehrmals wurden wir auf dem Markt in Loen nach dem flüchtigen Roderich gefragt, und so erfuhr ich, daß er sich Herenbert genannt und als Burgmann bei Graf Friedrich gedient hatte.

Welch ein grausiges Entsetzen packte mich, als ich hörte, daß es mein ehemaliger Blutsbruder gewesen sein sollte, der dem Kleinod der Fürsten des Römischen Reiches Deutscher Nation den Todesstoß versetzt hatte.

Traurige Heimkehr

Wie wir später erfuhren, wurde am Montag nach dem Unglück, der Leichnam des ermordeten Erzbischofs nach Köln überführt. Die ganze Stadt war mit schwarzen Tüchern verhangen und schwarze Fahnen wehten. Die Straßen der Stadt waren für den Zug sorgfältig gereinigt worden, kein Schmutz sollte dem Erschlagenen entgegenstarren. Trotz des regnerischen und kalten Wetters säumte die trauernde Stadtbevölkerung den Straßenrand. Jeder wollte einen Blick auf den Leichenzug werfen.

Der mit schwarzen Tüchern verhüllte Sarg wurde auf einer Lafette zur Stiftskirche St. Mariengraden an die Ostseite des Domes geleitet. Der Bahre voraus wurden Erzbischof Engelberts blutgetränkte Kleider getragen.

So konnte sich jeder ein Bild von der unrühmlichen Freveltat Graf Friedrichs von Isenberg und der Rohheit seiner Mittäter machen. Schluchzend und weinend, händeringend und schreckensbleich sah das Volk auf die stummen Zeugen der Gewalttat. Ein dumpfer, mächtiger Alpdruck lastete auf den Zuschauern. Von allen Kirchtürmen der Stadt läuteten hilflose, verzweifelte Totenglöckchen. Das Mitleid mit dem Schicksal des mächtigsten Mann des Reiches mischte sich bei manchem mit der Angst vor dem eigenen Schicksal und dem eigenen Tod.

Männer und Frauen, Greise und Kinder waren von Trauer und Schmerz überwältigt; Trauer hat viele Gesichter.

Anschließend wurden die sterblichen Überreste des Erzbischofs in den benachbarten Dom überführt. Der Leichenzug wurde vom Dekan angeführt, der ein reichverziertes, ellengroßes, goldenes Kreuz mit beiden Händen vor sich trug. Es folgte eine große Anzahl von Domherren und Klerikern, die Weihrauch schwenkend einherschritten. Der Subdekan Hermann war so sehr von Schmerz und Leid überwältigt, daß er mehrmals von Weinkrämpfen geschüttelt, gestützt werden mußte. Nach dem Leichenwagen folgten in ihren braunen Kutten mit gesenkten Häuptern die Franziskaner, jeder mit einer brennenden Kerze in der Hand, ihre Kapuzen weit ins Gesicht gezogen. Der Leichnam wurde feierlich vor dem Hochaltar aufgebahrt, zu jeder Seite brannten sechs Kerzen, die die heiligen Apostel symbolisierten.

Zwei Mönche, Pater Rüdiger und Pater Benedikt, steckten ihre Köpfe zusammen: „Beim heiligen Gereon, die Wege des Herrn sind manchmal unbegreiflich, unser Erzbischof wollte doch in Kürze sein Amt als Reichsverweser aufgeben. Wenn der junge König Ende dieses Monats heiratet, setzt er ohnehin seinen eigenen Kopf durch." - „Und denke an den schönen Palas und wie er seine Burg Berge erst vor kurzem ausgebaut hat. Dort wollte er seine wohlverdiente Ruhe in angenehmer Umgebung auf der Stammburg seiner Vorfahren genießen. Aber es kam anders, nicht einmal als Leichnam ließ man ihn auf seine Burg", antwortete Pater Benedikt. Rüdiger wußte zu berichten: „Er war ja gewarnt worden. Aber er hat um des lieben Friedens Willen sein Schicksal angenommen. Er vertraute auf Gottes Schutz, doch sein Kelch war überreichlich gefüllt." „Ja, wen Gott liebt, den züchtigt er!" bestätigte Benedikt. Rüdiger jammerte: „Wie oft hörten wir von ihm, daß unser aller Schicksal in Gottes Hand liegt. Als er damals die Warnung über seinen bevorstehenden Tod erhielt, empfahl er seinen Körper und seinen Geist von dieser Stunde an der göttlichen Vorsehung." „Ja, ja, aber jetzt – aus und vorbei, der Mensch denkt – und Gott lenkt." Benedikt vergrub sein Gesicht in beide Hände.

Noch wochenlang wurde Erzbischof Engelbert mit Ehrungen überhäuft. Dankbar rief sich so mancher Kölner in Erinnerung, wie der Erzbischof den Handel und den Wohlstand zu Gunsten der Stadt förderte. Die Durchsetzung des Rechts für Jedermann und die Förderung des Landfriedens begriffen die Trauernden als Schutz der Schwachen gegen willkürliche Übergriffe der Mächtigen.

Hervorgehoben wurde, daß er zeitlebens zur Ehre des Klerus gereicht hatte und die stärkste Säule der Kirche gewesen war. Die Stadt Köln, die Stadt des heiligen Petrus, der heiligen Ursula mit ihren 11.000 Jungfrauen und den heiligen drei Königen, hatte ihren mächtigsten Hirten verloren. Er wurde als der

Berühmteste unter den Edlen des Reiches, als Vater des Vaterlandes und als besondere Zier seiner Zeit gelobt. Seine ausgezeichnete Stellung wurde zurückgeführt auf den Segen und die Fügung Gottes. Aus allen Gegenden des Herzogtums kamen Gesandte, um ihren Herrn zu betrauern. Städte wie Rüthen, Brilon, Medebach und Attendorn, denen der Erzbischof ihre städtischen Freiheiten bestätigt hatte, schickten ihre Abordnungen.

Häufig wurde in seinem Nachruf darauf hingewiesen, daß er vorrangig den Nutzen des Reiches im Sinn hatte und dabei weder Anstrengungen noch Ausgaben scheute, wenn er dem Allgemeinwohl dienen konnte.

Zwei Wochen nach der Bluttat traf die anmutige Äbtissin Gertrud der Reichsabtei Herford zu den Trauerfeierlichkeiten ein. Äbtissin Gertrud erinnerte sich gern an die Tage, die sie gemeinsam mit Erzbischof Engelbert verlebt hatte, als er 1218 in Herford auf dem Fürstentag weilte und ihr Gast war.

Damals war auf ihr und Erzbischof Engelberts Betreiben der alte Streit zwischen Welfen und Staufern vor dem König beigelegt worden. Die letzten Welfenanhänger, darunter Gertruds Verwandte, waren gekommen, um den jungen Staufer Friedrich II. als König anzuerkennen und zu huldigen. Damit fand der jahrzehntelange Streit zwischen Welfen und Staufern ein friedliches Ende. Auch im Jahre des Herrn 1221 hatte die Äbtissin Gertrud Erzbischof Engelbert um Hilfe gebeten. Die Äbtissin als seine Untergebene im Bereich des Herzogtums Westfalen und die Grafen von Ravensburg, als kölnische Lehensmänner, einigten sich darauf, verschiedene langjährige Streitfragen der Entscheidung ihres gemeinsamen Herrn zu überlassen. So waren sie sicher, daß keine der Parteien einseitig bevorteilt und der Grundstock für eine dauerhafte Befriedung gelegt wurde.

Die Äbtissin hatte das Bild eines ritterlichen Herzogs in Erinnerung, der seine Mitmenschen um Haupteslänge überragte. In ihrer Erinnerung sah sie ihn vor sich: einen selbstbewußten, stattlichen Mann mit freundlichem Gesicht und gewinnendem Wesen. Merkwürdig - jetzt, als sie versuchte, sich Engelberts Antlitz vorzustellen, schaffte sie es nicht, es vor ihrem inneren Auge erscheinen zu lassen. Statt dessen tauchten seine ausdrucksvollen Augen mit den sie umgebenden Lachfältchen sowie sein Kinngrübchen vor ihrem inneren Auge auf, das seinem Gesicht Lebensfreude und Güte, aber auch eine gewisse Verschmitztheit verlieh.

Auf ihrer Reise nach Köln hatte die Äbtissin den Weg so gewählt, daß sie auch an die Stelle gelangte, wo Erzbischof Engelbert in Gevelsberg sein Leben im ungleichen Kampf verloren hatte. Hier sank sie auf die Knie und betete für Erzbischof Engelberts Seelenheil. Damals in Herford hatte Engelbert ihr Herz gewonnen, ob sie in ihn verliebt war, wollte sie sich bis zu seinem unerwarteten Tod nicht eingestehen. Jetzt war ihr jedoch schmerzlich bewußt geworden, daß sie ihre geheimsten, tiefsten Gefühle zu Engelbert stets unterdrückt hatte.

Auch die Grafen von Ravensberg erwiesen Erzbischof Engelbert die letzte Ehre. Sie schuldeten ihrem Lehnsherrn Dank und Anerkennung. Auf demselben Fürstentag 1218 in Herford hatte Erzbischof Engelbert friedenstiftend gewirkt und zur vollen Zufriedenheit aller Beteiligten ihren langjährigen Streit mit dem Reichsstift Herford beigelegt. Damals wurde der Grundstein für eine dauerhafte, gute Nachbarschaft zwischen den Ravensbergern und den Herfordern gelegt.

Die Kirche pries seine Hingabe, sein Leben zu Ehren des heiligen Petrus und der Gemeinschaft der Heiligen zu weihen. Zum Gedenken des toten Erzbischofs wurden tagelang Messen gelesen und Psalmgebete gesprochen. Kaiser Friedrich bezeugte und dankte für die reine Treue, die löbliche Ergebenheit, die sehr willkommenen und dankbar empfundenen Dienste, die der Erzbischof dem Kaiser und dem Reich stets geleistet habe. Das Volk rief sich die Güte und Rechtschaffenheit Erzbischof Engelberts in Erinnerung. Seine Fürsorge während der letzten Hungersnot war noch jedem lebhaft in Erinnerung, und so mancher mußte heftig schluchzen. Eine verzweifelte Mutter drückte eines ihrer zahlreichen Kinder an ihre Brust. „Die Hungersnot des letzten Jahres ist noch nicht überwunden, und das vergangene Jahr war auch nicht ertragreich. Wer soll uns jetzt über den kommenden Winter helfen?“

Niemand vermochte die vielen Tränen zu zählen, die an diesen Tagen flossen, und viele Flüche und Verwünschungen wurden gegen Graf Friedrich von Isenberg laut. Der Volkszorn hielt tausend Tode für ihn bereit. Die Angst vor erneuter Willkür und Rechtsunsicherheit kroch im Nacken vieler Menschen hoch.

Schließlich brachten die Prioren und Ministerialen den Fall Erzbischof Engelberts vor den Königshof.

Erzbischof Engelberts Nachfolger, Heinrich von Molenark, reiste nach Frankfurt zum Reichstag und erhob Klage vor König Heinrich.

Wie es Sitte war, hielt der Erzbischof zum Zeichen der Anklage sein Schwert gezogen, jedoch gesenkt vor sich. Er legte dem jungen König die blutdurchtränkten Kleider, Hemd, Wams und Hut vor. König Heinrich sah die Gebeine seines Vormundes, den er wie einen Vater kennengelernt und geliebt hatte. Noch vor wenigen Wochen hatte der Erzbischof ihn beraten und seine liebende, väterliche Hand schützend über ihn gehalten.

Sie hatten gemeinsam die Hochzeit mit Margarete von Österreich abgesprochen. Alle wichtigen Entscheidungen in seinem jungen Leben hatte der König bis zu seiner Hochzeit nach Beratung und in Übereinkunft mit dem Erzbischof getroffen.

Er erinnerte sich an die vielen gemeinsamen Reisen, die beide durch das Reich geführt hatte. Wie viele Reichstage mochten es wohl gewesen sein, die sie gemeinsam erlebt hatten? Ein Bild der Erinnerung tauchte auf: Er sah sich anläßlich seiner Krönung zum König im Aachener Dom auf den Erzbischof zuschreiten, als die höchsten Würdenträger des Reiches sich zu beiden Seiten erhoben hatten und jeder der Anwesenden keinen Augenblick der nun folgenden Zeremonie verpassen wollte. Als hätte es soeben stattgefunden, sah er, wie der Erzbischof sein reich verziertes, goldenes Prunkschwert vor sich hielt. Den Schwertknauf mit dem eingelassenen Wappen sah er genau in Augenhöhe. Daß man sich solche Nebensächlichkeiten merkt!

So schnell die Erinnerung lebendig wurde, so schnell entrückte sie wieder und ließ sich nicht mehr einholen.

Wie oft hatte er sich vorgenommen, dem Erzbischof seine Zuneigung und Verehrung freimütig darzulegen, aber er war immer verschlossen geblieben, weil ein König seine Gemütsverfassung nicht preisgibt. Er erinnerte sich, daß er schon seit frühester Kindheit von seinem Vormund zuvorkommend und als ebenbürtig behandelt worden war. Erschüttert sah er den Schädel seines geliebten Vorbildes, der von unzähligen mächtigen Schlägen zertrümmert worden war. Dieser Anblick ließ ihn sein Herz zerreißen, und er weinte wie ein Kind.

Triumph der bösen Tat

Graf Friedrich von Isenberg hatte die Weisung gegeben, sich nach der abscheulichen Mordtat auf der Burg Isenberg, hoch über der Ruhr gelegen, zu treffen. Von den Mördern war niemand ernsthaft verletzt worden.

Sie hatten sich noch am Tatort gesammelt und waren gemeinsam zur Burg geritten. Auf dem Ritt brüstete sich jeder mit seinen Anteil an der Mordtat. Giselher prahlte: „Ich schlug dem Pfaffen eine Hand ab und hätte ihn um ein Haar enthauptet, wenn Gottfried mich nicht in diesem Moment davon abgehalten hätte."

Jordan ereiferte sich: „Das hat mir zum Glück die Gelegenheit gegeben, mich gebührend zu rächen, laut genug geschrien hat er ja."

Auch die Brüder von Schwerte stellten ihren Anteil an dem fluchwürdigen Vergehen lautstark heraus.

„Am lautesten schrie er unter meinen Hieben, er flehte mich sogar an, einzuhalten", brüstete sich Herenbert selbstsicher. Als sie ihr Ziel erreichten, war es stockdunkel. Nachdem sie sich gereinigt und frisch gemacht hatten, bat Graf Friedrich seine Mitverschwöre zu einem Umtrunk in den Palas. Zur Feier des Tages gab es Wildschweinbraten, Wachteleier, Rebhühner und Pfifferlinge. Es wurde reichlich Wein ausgeschenkt. Die Bischöfe von Münster und Osnabrück und der Graf von Arnsberg saßen auch an der Tafel und wollten alle Einzelheiten des Tages erfahren.

Graf Friedrich gab bereitwillig Auskunft und gefiel sich darin, wie er den Erzbischof in Sicherheit gewiegt und ihn auf die falsche Fährte gelockt hatte. Der Beifall seiner Zuhörer war ihm gewiß. Dietrich, sein Bruder, lenkte das Gespräch auf die kommenden Schwierigkeiten: „Friedrich, Du bist Dir doch im Klaren darüber, daß Du Dir den Zorn Kaiser Friedrichs und König Heinrichs zuziehen wirst. Du mußt in jedem Fall mit der Ächtung rechnen." „Kaiser Friedrich ist weit weg und sein halbgarer Sohn hat zur Zeit etwas Wichtigeres im Sinn; er ist gegenwärtig mit seiner Hochzeit beschäftigt. Engelbert wollte mich sogar zu seiner Hochzeitsfeier nach Nürnberg mitnehmen!" Er machte eine wegwerfende Geste. „Bis in Köln ein neuer Erzbischof gewählt worden ist, sind wir sicher. Auf meine Männer kann ich mich verlassen." Die Brüder von Schwerte nickten und stimmten Graf Friedrich zu. „Meine Grenzen und Burgen sind gesichert. Sollen sie doch kommen! Wir haben uns mit Geschützen, Pech und Schwefel eingedeckt. Wir müssen geschlossen zusammenhalten, dann droht uns allen keine Gefahr." Der Abend wurde unter gegenseitigen Treuebekundungen und Treueschwüren beendet. Am nächsten Tag reisten Friedrichs Brüder und der Graf von Arnsberg ab. Die Wogen der Erregung glätteten sich, Alltag zog wieder auf der Burg ein.

Graf Friedrich von Isenberg wurde es auf Dauer zu langweilig. Nach zehn Tagen des Wartens und der Langeweile wollte er endlich wieder etwas unternehmen: „Komm, Herenbert, wir wollen zur Jagd gehen, heute Nacht, in aller Frühe geht es los." Noch vor dem Morgengrauen machten sie sich auf den Weg. Es war ein kühler Morgen. Der Weg ins Jagdrevier war nicht weit, Friedrich kannte hier jeden Stein. Sie ritten auf eine kleine Lichtung, wo sie einen Moment innehielten. Friedrich hatte die Treiber von der Gegenseite des Waldes durch das Unterholz geschickt, um ihnen das Schwarzwild zuzutreiben. Lange Zeit blieb es ruhig, nichts geschah. Friedrich wurde allmählich ungeduldig, doch dann wurde das Warten belohnt. Eine Rotte Wildschweine setzte an, die Lichtung zu kreuzen. Friedrich gab Herenbert eine kurze Anweisung: „Da vorne, der Keiler! Schneide ihm den Weg ab, ich komme von der Seite und gebe ihm mit meinem Speer den Todesstoß." Herenbert ritt auf die Rotte zu, die sich augenblicklich auflöste und davoneilte. Nur der Keiler hielt die Stellung, verharrte kurz, grunzte und stürmte auf Herenberts Pferd zu. Dabei verletzte der Keiler mit seinen Hauern die Vorderhand des Pferdes. Mit Mühe konnte Herenbert sich im Sattel halten, sein Pferd scheute. Er konnte es aber im Zaum halten und dem Keiler ausweichen. Bevor dieser sich versah, war Graf Friedrich an seiner Seite und stach zielgenau auf das Schwarzwild ein. Das Borstenvieh ließ von Herenberts Pferd ab. Der Keiler zögerte kurz zwischen Flucht und Angriff, das wurde ihm zum Verhängnis. Ein zweiter tödlicher Stoß beendete sein Leben.

Herenberts Pferd lahmte. Es hatte keinen Zweck zu reiten, Herenbert nahm das Pferd am Zügel und machte sich zu Fuß auf den kurzen Weg zur Burg zurück. Die Treiber bekamen den Auftrag, die Beute zur Burg zu bringen.

Graf Friedrich ritt zufrieden im Schrittempo neben Herenbert her, der sich zum Vertrauten Friedrichs heraufgedient hatte und durch seine eifrige Mittäterschaft seine Vertrauensstellung festigen konnte. Die beiden freuten sich auf ihr gemeinsames Schachspiel; Herenbert war für Friedrich ein ernstzunehmender Gegner im Spiel geworden.

Wolken verdunkelten den Himmel und ein unangenehm kalter Wind zog auf. Graf Friedrich fröstelte, er saß ab.

Gemeinsam legten sie den Rest des Weges zu Fuß zurück. Nur noch eine Wegbiegung, dann ging es schon bergauf zur Burg.

„Das sind die Farben des Isenbergers", erscholl es plötzlich aus der Gegenrichtung. „Ergreift sie!" Graf Friedrich und Herenbert versuchten noch aufzusitzen, als eine Gruppe gewappneter und bewaffneter Ritter auf sie zustürmte. Herenberts Pferd war durch seine Verletzung unsicher, die rechte Vorderhand knickte weg und Herenbert strauchelte. Schon waren zwei Ritter an seiner Seite und ergriffen ihn, seine Gegenwehr half ihm nicht.

Graf Friedrich war flinker, flugs gelang es ihm, aufzusitzen. Er gab seinem Pferd die Sporen und schmiegte sich an dessen Hals. Sein Rappen war ausgeruht und galoppierte in Richtung des Waldes davon. So entzog Graf Friedrich sich dem Zugriff. Seine guten Ortskenntnisse ermöglichten ihm die Flucht.

Ein ehrloser Tod

Graf Friedrichs Burgmann Herenbert war der erste der Täter, der ergriffen wurde. Er wurde nach Köln überführt und verurteilt. Sein Körpermal hatte ihn eindeutig verraten. Die verwachsenen Finger seiner linken, der bösen Hand, wurden als Mal des Teufels gedeutet. Bei der Urteilsfindung wurde ihm dieser Umstand erschwerend zur Last gelegt. Er wurde wegen der Ruchlosigkeit seines Verbrechens gerädert. Zuvor wurde Herenbert gefesselt, auf ein Holzbrett gebunden und zur Richtstätte geschleift. Unterwegs wurde er mit glühenden Zangen versengt. Dieser Tod gilt als schimpflichste und ehrloseste Strafe. Als sie an der Richtstätte, vor den Toren der Stadt angekommen waren, wurde er mit ausgestreckten Armen und Beinen auf den Boden gezwungen. Dazu waren auf jeder Seite zwei starke Männer notwendig, da Herenbert sich wehrte und strampelte. Seine Hände und Füße wurden aufgepflockt, so daß Glieder und Körper völlig hohl zu liegen kamen.

Herenbert zerrte weiter an seinen Gliedern, so gut er konnte. Doch der Scharfrichter zerstieß ihm mit dem Rad kaltblütig zunächst beide Arme, danach die Beine und die Rippen. Alles Schreien und Zetern half ihm nicht mehr. Unbarmherzig führte der Scharfrichter sein Amt aus. Anschließend wurde sein Rückgrat zerstoßen. Ein letzter viehischer Schrei gellte auf, dann war es still. Der Torso wurde auf das Rad geflochten, wobei die Glieder einmal über und einmal unter die Radspeichen gebunden wurden. Zum Schluß wurde das Rad auf einen Pfosten vor den Mauern der Stadt auf einer Rheininsel aufgepflockt.

Über Graf Friedrich von Isenberg wurde die Reichsacht erklärt.

König Heinrich, der mit Erzbischof Engelbert seinen väterlichen Vormund verloren hatte, weinte um ihn wie ein Sohn um seinen Vater. Er erkannte Graf Friedrich von Isenberg Allode und Lehen ab, die Ministerialien und Vasallen wurden von dem ihm geleisteten Eid entbunden. Sein Weib wurde zur Witwe, seine Kinder zu Waisen erklärt, niemand durfte ihnen helfen.

Friedrich wurde auf Betreiben des neuen Erzbischofs von Köln, Heinrich von Molenark, exkommuniziert. In den Kirchen wurde jeden Sonntag nach dem Löschen der Kerzen die Bannung gegen ihn und seine Mordhelfer verkündet. Er irrte von Land zu Land. Graf Otto von Tecklenburg bot dem Verurteilten an, ihm Unterschlupf zu gewähren, doch er lehnte ab. Ein Jahr lang war er in verschiedenen Verkleidungen unstet auf der Flucht. Am 11. November 1226, fast auf den Tag genau ein Jahr nach der fluchwürdigen Tat, wurde der flüchtige Graf Friedrich in Brabant in Lüttich erkannt und festgenommen. Der klevische Ritter Balduin von Genepp überlistete ihn. Er erkannte den Gesuchten, der gehetzt von Ort zu Ort flüchtete, erschlich sich seine Freundschaft und lud ihn zu sich in sein Haus ein. Dort aber setzte er Friedrichs Flucht ein Ende. Er überwand und fesselte ihn und lieferte ihn gegen ein hohes Lösegeld von 2100 Mark an den Erzbischof von Köln, Heinrich I. von Molenark, aus.

Drei Tage später wurde Friedrich entehrt. Zunächst wurden ihm sein goldener Ring und seine Handschuhe abgenommen. Dann wurde er in seiner Ritterrüstung vor dem Severinstor von Köln auf ein Schafott gehißt. Der Scharfrichter nahm ihm seinen Wappenschild ab und pflanzte ihn verkehrt herum auf der Spitze eines Mastes auf. Mit unbeweglichen, erstarrten, ernsten Gesichtern sangen zwölf Priester die Totenvigilien. Nach jedem Psalm legten sie eine Pause ein, und einer von ihnen trat hervor und nahm dem Entehrten jeweils einen Teil seines Harnisches weg. Zum Schluß hatte er vom Helm bis zu den Sporen alle seine Rüstungsteile verloren.

Schließlich wurde ihm sein Wappenschild abgenommen und in drei Teile zerbrochen. Nun stimmten die Klagesänger den 109. Psalm Davids an, eine schreckliche Folge von Anklagen und Verwünschungen. Weder die Witwe noch die Kinder, und auch nicht die Ahnen Friedrichs entgingen den Verfluchungen. Friedrich war nun aus der Ritterschaft ausgestoßen und zählte weniger als ein gewöhnlicher Gemeiner. Mit starrem Blick und eingefallenen Gesichtszügen ließ er die Zeremonie über sich ergehen, bisweilen schüttelte er den Kopf, als wollte er den Vorgang nicht wahrhaben. Schwermütig erinnerte er sich daran, wie er als junger Mann unter Anrufung des heiligen Michael und des heiligen Georg zum Ritter geschlagen wurde. Und nun dies, welche Schande!

Seine wasserblauen Augen flackerten, sie hatten bereits ihren Glanz verloren.

In seinem Bart zeigten sich die ersten grauen Haare. Die Zuschauermenge gaffte und stieß derbe Verwünschungen aus: „Mörder! Elender Verbrecher, wir danken Gott, daß er an Dir seine Gerechtigkeit offenbar werden läßt. An Dir soll die verdiente Strafe ausgeführt werden.“ Nach einer Weile nahm der Wappenherold ein Becken voll Wasser und goß es über ihn aus. „Im Namen der heiligen unteilbaren Dreieinigkeit, Gott Vater, Sohn und heiliger Geist, im Namen des Kaisers und im Namen des Königs, Heinrich VII., gebe ich Dir hiermit das Wasser zurück, das Dich einst als Ritter rein gewaschen hatte.“

Friedrichs Frau Sophie stand hilflos zu Füßen des Schafotts. Sie zitterte vor innerer Erregung und konnte ihre Tränen nicht länger zurückhalten. Schmerzlich erinnerte sie sich an ihre frohen und unbeschwerten gemeinsamen Tage auf der Isenburg. Sie zog ihre verstörten Kinder an sich. Die Kleinen waren verunsichert und hielten einander bei den Händen. Auch den Angehörigen schlug der Haß des Volkes entgegen: „Satansbrut! Mörderpack! Lumpengesindel!“

Nun verlas der Herold den Urteilsspruch über Friedrich: „Unwürdigster, Geringster unter den Gemeinen, Du hast Schuld vor Gott, dem Herrn, dem Papst, dem Kaiser, dem König und allen Bewohnern des Reiches auf Dich geladen. Durch Deine Freveltat wurde unser Reichsverweser, Erzbischof und Herzog Engelbert grausam getötet. Zur Sühne sollst Du wie der Geringste aller Verbrecher gerädert werden.“

Zwei Büttel näherten sich Friedrich mit einem daumendicken, schweren Seil und zogen es unter seinen Achseln durch. An diesem Seil wurde er vom Schafott heruntergezerrt und in eine nahegelegene Kirche geführt. Dort wurde er mit einem Leichentuch bedeckt. In der Kirche hatte sich bereits eine Gruppe von Mönchen versammelt, die für das Opfer, Erzbischof Engelbert, beteten und die Vigilien verlasen. Nochmals trat der Herold vor. Mit grimmigem Gesicht sah er in Richtung der Frau und der Kinder des Verurteilten und verlas mit lauter Stimme: „Auf alle Ewigkeiten soll das Geschlecht des Isenbergers gezeichnet sein. Nicht nur seine Kinder, auch seine Kindeskinder sollen bis ins siebente Glied verflucht sein als Gezeugte eines Ehrlosen. Auch sie sind unedel und gemein, unwürdig zum Tragen von Waffen.“ Das Volk bekundete seine Zustimmung, es schrie und johlte: „Nieder mit ihm!“ Der Herold fuhr unbeirrt mit fester Stimme fort: „Sie dürfen nicht an Turnieren teilnehmen und sie auch nicht besuchen. Sie dürfen Versammlungen nicht beiwohnen. Sollten sie sich einen Verstoß zu Schulden kommen lassen, werden sie nackt ausgezogen und, wie es niederen Gemeinen zukommt, mit Zuchtruten geschlagen. Niemand darf ihnen und ihrer Mutter helfen oder Unterschlupf gewähren.“ Friedrich wurden zum Zeichen seiner Ehrlosigkeit die Haare geschoren. Für sein Verbrechen wurde er wie ein Gemeiner vor dem Severintor auf einer kleinen Rheininsel auf das Rad geflochten und sein Verbrechen mit dem Tode gesühnt. Das Rad, auf das er geflochten wurde, war bleiumgossen und glänzte trügerisch in der freundlichen Spätherbstsonne. Friedrich litt fürchterliche Qualen, aber er ließ sich seine Schmerzen nicht anmerken. Seine Frau Sophie stand ihm den ganzen Tag und die darauffolgende Nacht bei, bis er am nächsten Morgen starb.

Ihm wurde die kirchliche Beerdigung in geweihter Erde verweigert. - So war er noch im Tod ein Ausgestoßener. In der Nacht dieses schrecklichen Novembertages setzte starker Regen ein, und der Wind pfiff und heulte. So mancher Kölner erzählte am nächsten Tag mit Genugtuung, die Höllenhunde und Satansknechte seien vor den Stadtmauern unterwegs gewesen, die Seele Friedrichs abzuholen.

Doch auch diese harte Strafe bezeichnete Walther von der Vogelweide als zu gelinde. Er dichtete:

Des Leben ich gelobt, des Tod will ich nun klagen.
So weh ihm, der den werten Fürsten von Köln erschlagen hat!
O weh, daß ihn die Erde noch trägt!
Meine Vorstellung reicht für seine Marter nicht aus:

Zu sanft wär' ein Eichenstrick um seinen Kragen;
Ich will ihn auch nicht verbrennen, vierteilen oder schinden,
noch mit dem Rad zerbrechen oder auch darauf festbinden:
Ich warte immerfort, ob die Höll' ihn nicht lebend verschlingt.

Dunkelheit und Kälte

Jetzt sitze ich hier vor unserem Haus in Sümmern unter den mächtigen Kastanien wie einst mein Großvater und hänge meinen Gedanken und Erinnerungen nach. Es ist kalt und dunkel geworden im Reich und in unseren Herzen. Mir scheint, die Nacht mit ihren Kobolden, bösen Geistern und Teufeln hat die Oberhand gewonnen über das Licht. Die Hoffnung auf dauernde Gerechtigkeit, Wohlstand und Glück ist uns genommen worden.

Die meisten Attentäter sind mit Gottes Hilfe nach seinem weisen Ratschluß bereits ergriffen und abgeurteilt worden.

Wir hoffen auf die Festnahme und Verurteilung der letzten flüchtigen Übeltäter.

Vollstrecker der über Friedrich verhängten Reichsacht waren die Grafen von Geldern, von Kleve und von der Mark. Sie belagerten und zerstörten die festen Schlösser Isenberg und Nienbrügge und machten sie dem Erdboden gleich. Trotz der Reichsacht kam Friedrichs Frau mit ihren Kindern bei ihrem Bruder Heinrich, Herzog von Limburg, der auch Graf von Berg war, unter. Friedrichs Brüder, die Bischöfe von Münster und Osnabrück, wurden der Mitschuld überführt und ihrer Ämter enthoben. Schon kurze Zeit später starb auch Dietrich, der Bischof von Münster. Das Land versinkt wieder, wie vor Erzbischof Engelberts segensreicher Regierungszeit, in Fehden und Chaos, es wird zerrissen von Kriegswirren und Greueln. Die Bevölkerung trägt wieder, wie zu allen Zeiten, die Last dabei. Wer Ohren hat zu hören, der höre. Dies ist meine Geschichte, die ich nach meiner Erinnerung erzählt habe, ohne etwas hinzuzufügen oder zu verschweigen.

Nachwort

Spinnweben der Vergangenheit haben sich über eine Persönlichkeit gelegt, die heutzutage fast unbekannt ist: Erzbischof Engelbert II., der Heilige, von Köln. Dieses Buch soll dazu beitragen, diese bedeutende Persönlichkeit ins Bewußtsein der Öffentlichkeit zurückzuholen.

Seine Stellung im Heiligen Römischen Reich Deutscher Nation war einzigartig. Er stand als Erzbischof von Köln in der Rangfolge der geistlichen Fürsten direkt nach dem Papst an zweiter Stelle. In der weltlichen Ordnung nahm er als Stellvertreter des Kaisers, als Reichsverweser und Kurfürst ebenfalls die zweitmächtigste Stellung ein. Er genoß das besondere Vertrauen Kaiser Friedrichs II. Der älteste Kaisersohn, König Heinrich VII., war Engelberts Mündel. Seine Regierungszeit wird mit der Kaiser Augustus' auf eine Ebene gestellt, sein Gerechtigkeitssinn und die Friedensperiode unter seiner Amtsführung werden besonders hervorgehoben.

Walther von der Vogelweide, der bekannteste aller Minnesänger, bezeichnet Engelbert als Fürstenmeister getreuen Königspfleger, als des Kaisers Ehrentrost und als Kämmerer der 11.000 Jungfrauen und der Heiligen drei Könige.

Welche Persönlichkeit verbirgt sich hinter Erzbischof Engelbert II.? Weshalb wird er als Heiliger verehrt? Die politischen, kulturellen und religiösen Begleitumstände seines Lebens sind höchst interessant. Er gab den Bürgern der Stadt Köln Schutz, er hatte das Wohl der Allgemeinheit und des Reiches im Sinn, stellvertretend für den Kaiser vertrat er uneigennützig die Interessen des Reiches. Zahlreiche Städtegründungen sind ihm zu verdanken.

Um so erschütternder ist sein tragisches Ende, das durch einen seiner Verwandten, Graf Friedrich von Isenberg, heraufbeschworen wurde.

Mir lag daran, in diesem Buch die herrschenden Lebensumstände der damaligen Zeit lebendig werden zu lassen.

Banales tritt neben Staunenswertes, Alltägliches neben historisch bedeutsame Tatsachen. Hierzu gehört insbesondere auch die Beschreibung der Alltagsmühen, Krankheiten und der Lebenserwartung der damaligen Bevölkerung. Mein Anliegen war es, mich so dicht wie möglich an historische Persönlichkeiten und Fakten zu halten. Daß dies nicht immer gelingt, liegt daran, daß die Quellen aus jener Zeit zu diesem Thema doch ziemlich spärlich vorliegen. Exemplarisch werden sowohl das Alltagsleben der dörflichen als auch der städtischen Bevölkerung dargestellt, auch das Burgleben wird beleuchtet.

Das Spannungsfeld Christentum - Judentum - Ketzerei wird erhellt durch die originären Berichte des Caesarius von Heisterbach, der Erzbischof Engelbert von Köln persönlich gekannt hat. Die Darstellung des Glaubens im Mittelalter kommt nicht ohne das Eingehen auf den Mystizismus und den Aberglauben dieser Zeit aus. Neben dem damaligen Weltbild, das nur die drei Kontinente Europa, Afrika und Asien mit dem Zentrum Jerusalem kannte, kommt der Wunsch nach der Errichtung des Ewigen Jerusalem zur Sprache.

Am Rande wird auf die damalige Rechtsauffassung und Symbolik, die beginnende Mechanisierung und die Ostsiedlung eingegangen.

Zur Orientierung des Lesers gebe ich einen kurzen Abriß über den historischen Hintergrund des Romans.

Das Geschlecht der Grafen von der Mark läßt sich auf Kaiser Karl den Großen zurückführen. Im Hochmittelalter, um das Jahr 1000 nach Christi Geburt, wurde Graf Adolf I., Graf von Burg Berge, von Kaiser Otto mit dem Deutzgau belehnt. Er übernahm die alte Burg Berge bei Altenberg. Die Herrschaft über Westfalen gewann sein Sohn Adolf II., Graf von Berg, genannt „de Monte“, als er Adelheid, Gräfin von Laufen, die Erbin von West-Westfalen war, heiratete. Im Verlauf der folgenden Generationen dehnten die Grafen von Berg ihre Macht und ihr Herrschaftsgebiet weiter aus. 1174/75 wurde die Erbteilung in eine märkische und bergische Linie vollzogen.

Ein späterer Sproß der märkischen Linie, Graf Friedrich von Isenberg, erwarb sich durch Heirat Sophies, der Tochter Walrams, des Herzogs von Limburg (Linie der Grafen von Berg), einer entfernten Verwandten, Erbschaftsansprüche in beiden Linien. Graf Friedrich von Isenberg wurde 1194 geboren. Er war der Sohn des Grafen Arnold von Altena und seiner Frau Mechthild von Kleve. Die Grafen von Berg und von der Mark gehörten seit alters her zum Hochadel im Heiligen Römischen Reich deutscher Nation. Aus ihren Reihen gingen mehrere Erzbischöfe von Köln hervor. Die herausragende Stellung unter ihnen nahm Engelbert, gen. „Der Heilige", Graf von Berg ein, der nicht nur Erzbischof von Köln , Kurfürst und Herzog von Westfalen war, sondern auch als Reichsverweser fungierte. Als besonderen Vertrauensbeweis übertrug ihm der Kaiser, der im fernen Süditalien und Sizilien regierte, die Herrschaftsgewalt im Reich nördlich der Alpen und übertrug ihm die Erziehung seines erstgeborenen Sohnes, des Königs Heinrich VII.

Erzbischof Engelbert wurde um 1185 als Sohn Engelberts I., des Grafen von Berg und seiner Gemahlin, Gräfin Wichtrud von Geldern, geboren. Sein älterer Bruder Adolf V. Graf von Berg starb 1218 als Kreuzfahrer vor Damiette im Nildelta, als die Kreuzfahrer den Herrscher der islamischen Hauptmacht Ägypten, Sultan Al-Kamil, vor seiner Residenz Kairo angriffen. Wie damals bei Adligen üblich, war Engelbert als zweitgeborener Sohn für den geistlichen Stand bestimmt. Als er die Domschule in Köln besuchte, war sein Vetter Adolf Erzbischof von Köln. Durch familiäre Verbindungen begünstigt, erhielt er bereits 1198 als Kind die Würde eines Probstes an St. Georg, ein Jahr später wurde er bereits Domprobst.

Im selben Jahr 1198 wurden zwei mächtige deutsche Fürsten unabhängig voneinander zum König gewählt.

Voraussetzung der allgemeinen Anerkennung als König war die Salbung und Krönung, die am rechten Ort, nämlich in Aachen, und vom rechten Mann, nämlich dem Erzbischof von Köln, vorgenommen werden mußten.

Zunächst wurde der Welfe Otto von Braunschweig, Sohn Heinrichs des Löwen, am 9.6.1198 in Köln zum König erkoren und am 12.7.1198 vom Kölner Erzbischof Adolf I in Aachen gekrönt. Diese Krönung war allerdings mit einem Formfehler behaftet: Otto wurde zwar am rechten Ort vom rechten Geistlichen gekrönt, er trug aber nicht die rechte Krone, die Teil der Reichskleinodien war und der man eine besondere Weihekraft zusprach. Der Staufer Philipp von Schwaben hingegen wurde am 8.11.1198 mit der echten Krone, jedoch an falscher Stelle, nämlich in Mainz, und vom falschen Mann, vom zufällig anwesenden burgundischen Erzbischof von Tarantaise, gekrönt. Nach herkömmlichem Recht war man auf solch ein Schisma nicht eingestellt, und es ließ sich anhand der gültigen Rechtsnorm nicht ableiten, wer der beiden gekrönten Häupter der allgemein anerkannte König sein sollte. Die Machtfrage ließ sich nur mit Gewalt entscheiden. Die Entscheidung über Sieg und Niederlage wurde als Gottesurteil angesehen. Der Welfe Otto erwartete Unterstützung von seinem Verwandten, dem englischen König, der Staufer Philipp hingegen sicherte sich Hilfe auf französischer Seite. Die kriegerischen Auseinandersetzungen brachten über zwei Jahrzehnte Not und Tod, Leid, Verwüstungen und Unheil über das heilige Reich deutscher Nation. Engelbert erlebte diese Kriegswirren unmittelbar mit, denn Köln stand damals im machtpolitischen Zentrum und wurde am schlimmsten von den unheilbringenden Kriegsgreueln erfaßt. Nach jahrelangen Kämpfen fiel Engelbert wie sein Vetter Erzbischof Adolf I. von Otto dem Welfen ab und ergriff, durch Verleihung von Privilegien und Geldzahlungen verlockt, die Partei des Staufers Philipps von Schwaben, des jüngsten Sohnes Kaiser Barbarossas.

Papst Innozenz III. hingegen unterstützte den Welfen Otto IV., Sohn Heinrichs des Löwen. Wegen der Treulosigkeit und ihrer antipäpstlichen Politik enthob der Papst Erzbischof Adolf I. und seinen Neffen Engelbert ihrer Ämter und belegte beide mit dem Kirchenbann. Zum Nachfolger weihte Papst Innozenz III. den Propst des Bonner Cassiusstifts Bruno von Sayn, der sich nun Erzbischof Bruno IV. nannte. Sein Vorgänger Adolf I. war zu stolz und zu mächtig, um sich der Amtsenthebung des Papstes und der Neuwahl seines Nachfolgers zu beugen. Er eröffnete den bewaffneten Kampf in seinem ehemaligen Erzbistum und plünderte und vertrieb die Anhänger Brunos IV. Diese verloren ihre Pfründe, sie wurden gefangengenommen, mißhandelt oder verstümmelt. An dieser Stelle soll nicht verschwiegen werden, daß Engelbert sich an diesen kriegerischen Auseinandersetzungen tatkräftig beteiligte.

Als Otto Kaiser war, verfolgte er jedoch seine eigene, gegen den Papst gerichtete Politik und wurde ebenfalls vom Papst gebannt. Von nun an unterstützte Papst Innozenz III. die Staufer, und Erzbischof Adolf I. und Engelbert gehörten plötzlich der „richtigen" politischen Partei an. Sie waren klug genug gewesen, zu ihrer Buße dem Aufruf des Papstes zum Kreuzzug gegen die Katharer und Albigenser in Südfrankreich zu folgen.

Die endgültige machtpolitische Entscheidung fiel auf europäischer Ebene am 27.7.1214 zu Gunsten der Staufer.

Bei der Schlacht von Bouvines in Flandern schlugen die Franzosen unter Führung ihres Königs Philipp II. August die Engländer und den Welfen Otto IV. entscheidend. Die erbeutete Reichsinsignie, der goldene Reichsadler, wurde dem jungen Staufer Friedrich II., dem Enkel Barbarossas, symbolträchtig mit gebrochenen Flügeln übersandt. Der junge Staufer hatte nichts zum Sieg beigetragen.

Als sich 1216 die politischen Verhältnisse geändert hatten, wurde Engelbert unter Billigung des Papstes Innozenz III. am 29. Februar 1216 einstimmig zum Erzbischof von Köln gewählt.

Die moderne Geschichtsforschung stellt heraus, daß Erzbischof Engelbert sehr machtbewußt und darauf bedacht war, seinen Herrschaftsbereich auszudehnen. Dies gelang ihm umso leichter, da er seit 1220 Reichsverweser und Stellvertreter des Kaisers nördlich der Alpen war. Er war bestrebt, die Macht weltlicher und geistlicher Fürsten - auch rechtswidrig - einzuschränken. Den Hochadel versuchte er zu schwächen, indem er ihm, wenn sich ein Vorwand oder eine Gelegenheit ergab, die Kirchenvogteien entzog. Andererseits engte er ihre Expansionsbemühungen durch Burgenbau und Städtegründungen ein. Besonders deutlich wird dieses Vorgehen gegenüber seinem Hauptwidersacher, dem Bischof von Paderborn, über dessen Sprengel sich das Herzogtum Westfalen erstreckte und so zu Herrschaftsansprüchen Erzbischof Engelberts Anlaß gab. Da Kaiser Friedrich II. 1220 den geistlichen Reichsfürsten ihre volle Landeshoheit bestätigt hatte, ließ sich dieser Sprengel lehnsrechtlich nicht in das Herzogtum Westfalen eingliedern. Kirchenrechtlich war das Bistum Paderborn nicht dem Erzbischof von Köln, sondern dem Erzbischof von Mainz unterstellt. Aus diesem Grund verfolgte Erzbischof Engelbert eine Isolationspolitik gegenüber dem Bischof von Paderborn. Praktisch verwirklichte er sein Vorhaben, indem er 1217 die Partei der Bürger Paderborns bei einem Streit mit ihrem geistlichen Oberhaupt ergriff. Als der Bischof von Paderborn für fünf Jahre vertrieben wurde, stellte er sie während dieser Zeit unter seinen Schutz. Die Zeit der Abwesenheit seines Gegners nutzte er, um das Bistum Paderborn auf das Kerngebiet zu begrenzen, in dem seine herzoglichen Rechte und die kölnische Landeshoheit ihm ohnehin nicht durchsetzbar erschienen. Er schaffte vollendete Tatsachen, indem er einen Gürtel von Städten, Befestigungen und Burgen anlegen, von denen Brilon, Wiedenbrück und Herford am wichtigsten waren. Begründet durch seine exponierte Stellung mit der Ämterhäufung als Graf von Berg, Herzog von Westfalen, Erzbischof von Köln und Reichsverweser und Stellvertreter des Kaisers Friedrichs II. fühlte er sich als Souverän über den Adel und Hochadel des Reiches - und besonders den Westfalens. Die Verleihung der Herzogswürde ließ der Interpretation seiner gewonnenen Machtfülle freien Raum.

Die hieraus abgeleiteten und umgesetzten einseitigen Ansprüche Erzbischof Engelberts trugen ihm Feindschaft und Neid vieler Adliger Westfalens ein.

Über Jahrzehnte lag das Interesse der Kölner Erzbischöfe darin, ihr zerstückteltes Herrschaftsgebiet durch Erwerbungen von Gütern und Durchsetzung von alten Rechten zu vervollständigen. Es sollte eine durchgehende Landverbindung zwischen den getrennten rheinischen und westfälischen Besitzungen geschaffen werden.

Schwierige, äußerst schlechte Verkehrsverhältnisse und eine dünne Besiedlung erschwerten dieses Vorhaben. In diesem Zusammenhang strebte Erzbischof Engelbert 1222 eine Sicherung der Wegeverhältnisse von Köln nach Kassel an. Ein wichtiger Schritt zur Umsetzung dieses Zieles war die Gründung Schmallenbergs auf halber Strecke zwischen den befestigten Orten Attendorn im Westen und Medebach im Osten des Sauerlandes. Ein vorrangiges Ziel der Erzbischöfe von Köln war die Schaffung eines zusammenhängenden Territoriums zwischen Rhein und Weser. Nachdem Erzbischof Engelbert 1218 seinen Bruder Adolf Graf von Berg beerbt hatte, war er diesem Ziel beträchtlich näher gekommen. Ein Dekret des Papstes Honorius III., das bestimmte, daß der Schutz der Klöster den Erzbischöfen oblag, wurde von Erzbischof Engelbert dahingehend ausgenutzt, weltliche Vögte aus ihren Positionen zu drängen. Unter diesem Vorwand konnte er z.B. Graf Adolf von der Mark, den Grafen von Arnsberg, den Grafen von Tecklenburg oder den Herren von der Lippe ihre Vogteirechte streitig machen.

Auf wirtschaftlichem und moralisch-geistigem Gebiet zeichnete sich in dieser Zeit ein grundlegender Wandel ab.

Das alte archaische, gewalttätige Lebensprinzip der Unterdrückung des Schwächeren durch den Stärkeren begann, sich aufzuweichen. An die Stelle des groben, rauhen und rohen Lebens, das in den meisten Fällen ein Leben zum Überleben war, trat durch die fortschreitende Mechanisierung eine spürbare Verbesserung der Lebensumstände und -bedingungen ein. Durch die Einführung der metallenen Pflugscharen, der Verbesserung der Arbeitsgeräte, wie Sensen und Sicheln, dem Aufbau von Wind- und Wassermühlen sowie der Vervollkommnung vom Hand- zum Trittwebstuhl wurden deutliche Fortschritte im Lebensstandard und der Ernährungsversorgung breiter Bevölkerungsschichten erzielt. Die verbesserten Lebensbedingungen führten zu einem Bevölkerungswachstum und zu einer beginnenden Bevölkerungskonzentration in den neugegründeten Städten. Erstaunlicherweise erwarteten die Menschen damals trotz des wirtschaftlichen Aufschwungs das bevorstehende Weltende.

Hieraus resultierte in breiten Bevölkerungsschichten eine jenseitsorientierte Lebenseinstellung.

Glaubensabweichler wurden durch die neu einsetzende Inquisition, die sogar vom Kaiser Friedrich II. unterstützt wurde, verfolgt und bestraft. Auf diesem geistigen Hintergrund läßt sich erklären, daß zur Erlangung des Seelenheils in großem Umfang Schenkungen an die Kirche vorgenommen wurden. Ein Mißverhältnis bestand zwischen dem erhobenen Anspruch und der vorgelebten Wirklichkeit der Vertreter der katholischen Kirche, wobei den Gläubigen das Demuts- und Armutsideal abverlangt wurde und im Gegensatz dazu bei den Mönchen Völlerei, Maßlosigkeit und Sittenlosigkeit an der Tagesordnung waren. Von ihren Feinden, den Katharern, wurde die Kirche deshalb als „eine Rotte von Huren und Fressern, Hunden und Schweinen" bezeichnet, „die ihre Einkünfte mit Ehebruch und Völlerei verpraßten und die Christi Evangelium vom Pferd herab verkündigten."

Diesen Vorwürfen mußte teilweise Recht gegeben werden, und die Kirche versuchte dem entgegenzutreten, indem neue Bettelorden zugelassen wurden, allen voran der Orden der Dominikaner und der Orden der minderen Brüder des Franz von Assisi. Dessen überzeugend vorgelebte Abkehr vom weltlichen Reichtum in völliger Askese und Armut folgte dem Christusgebot an den reichen Jüngling, von dem Jesus verlangte: „Willst Du vollkommen sein, so geh hin, verkaufe alles, was Du hast, und gib es den Armen." Franz von Assisi trieb diese Forderung auf die Spitze und behauptete sogar: „Jeder Reiche ist ein Dieb oder eines Diebes Erbe".

Übersteigerung der Umsetzung des Armutsgelübtes wurde in Persönlichkeiten wie der heiligen Elisabeth oder der heiligen Hedwig offenbar.

Die heilige Elisabeth war eine ungarische Königstochter und lebte als Landgräfin in Thüringen auf der Wartburg. Sie widmete ihr Leben unter der Zucht des Magisters Konrad von Marburg der „allerheiligsten Armut". Es genügte ihr nicht, ihre Reichtümer unter den Armen und Bedürftigen zu verteilen, sondern sie wollte dem Leiden Christi noch näher kommen und vor Gott noch geringer erscheinen, indem sie die Aussätzigen pflegte und die offenen Schwären der Leprösen küßte.

Auch die heilige Hedwig, Herzogin von Schlesien, die nach zwanzigjähriger Ehe ihrem Gemahl das Keuschheitsgelübde vor dem Bischof von Breslau abverlangte, nachdem sie bereits sechs

Kinder geboren hatte, gibt ein beredtes Beispiel aus dieser Zeit für die übersteigerte Umsetzung der geforderten Verhaltensweisen des aktuellen Zeitgeistes. Zu Hedwigs Askese und Selbstkasteiung gehörte es, daß sie unter ihren Prachtgewändern stets ein Büßerhemd mit einem rauhen Roßhaargürtel trug. Die heilige Hedwig betete selbst im Winter stundenlang barfuß im Freien und geißelte sich zur Buße selbst. Sie verzichtete die letzten vierzig Jahre ihres Lebens auf den Genuß von Fleisch und auf in Fett zubereitete Speisen.

Der Bogen spannt sich zu ihrem Zeitgenossen Erzbischof Engelbert, der entgegen den Gewohnheiten seiner Zeit nicht nach Rang, Würde und Stellung in seiner Funktion als Herzog Recht sprach, sondern dem einfachen Volk zu seinem Recht verhalf und regelmäßig Audienzen für die Unterprivilegierten abhielt. Er half den Armen und Schwachen und schützte den Besitz der Bauern und Handwerker vor dem unrechtmäßigen Übergriff der Adligen. Auch Engelbert hielt sich an die Regeln des Fastens. Der heiligen Jungfrau Maria, die in seinen Augen „die Mutter der schönen Liebe“ (gemeint ist Jesus Christus) war, erwies er solche Ehrerbietung, daß er jahrelang jeden Mittwoch zu ihrer Ehre fastete und zweimal, bereits als Bischof, eine Wallfahrt zu der ihr geweihten Kirche nach Roc-Amadour auf sich nahm. (Roc-Amadour war damals ein berühmter Wallfahrtsort im Departement Lot, nördlich von Cahors).

Die Motivation für die Handlungsweisen der genannten Heiligen leitet sich aus dem Versuch ab, sich durch einen gottgefälligen Lebenswandel - oder was sie dafür hielten - einen Platz im Paradies zu verdienen. Sie befolgten das Christuswort: „Was ihr getan habt einem meiner geringsten Brüder, das habt ihr mir getan.“ Als Ausdruck dieser Weltanschauung wurden damals die ersten Hospitäler gegründet, in denen die sieben Werke der Barmherzigkeit umgesetzt wurden. Die Wurzel hierfür findet sich im Christuswort vom Weltgericht: „Denn ich bin hungrig gewesen, und ihr habt mich gespeist. Ich bin ein Fremdling gewesen, und ihr habt mich beherbergt. Ich bin nackt gewesen, und ihr habt mich bekleidet. Ich bin krank gewesen, und ihr habt mich besucht. Ich bin gefangen gewesen, und ihr seid zu mir gekommen.“

Tragisch an Erzbischof Engelberts Biographie ist die Tatsache, daß er durch Mißgunst und Verrat der eigenen Familie einem Attentat zum Opfer fiel. Über die Motivation der Bluttat, die Zorn, Schrecken und Entsetzen im Reich hervorrief, gibt es verschiedene Theorien. Gute Gründe sprechen dafür, daß Erzbischof Engelbert nicht getötet, sondern gefangengenommen werden sollte. Drahtzieher war demnach nicht Graf Friedrich von Isenberg, sondern der mächtige Graf Walram, Herzog von Limburg. Er war der Schwiegervater Graf Friedrichs und gleichzeitig Neffe Erzbischof Engelberts. Inwieweit seine Tochter Sophie, Graf Friedrich von Isenbergs Ehefrau, diesen im Sinne ihres Vaters aufstachelte, läßt sich nur vermuten. Folgt man dieser Theorie, war nicht allein der Streit um die Essener Vogteirechte ausschlaggebend für das Verbrechen, sondern auch das vorenthaltene Erbe Adolfs V. Graf von Berg, der als Kreuzritter vor Damiette fiel. Die innerfamiliären Streitigkeiten finden ihren Ausdruck auch darin, daß bereits zu Adolfs V. Lebzeiten die Brüder Adolf und Engelbert die Scheidung und Enterbung Irmgards, Gräfin von Berg, der Tochter Adolfs V. ins Auge gefaßt hatten. Eine Ursache der innerfamiliären Querelen lag wohl auch darin begründet, daß die angeheiratete Verwandtschaft Irmgards (bergische Linie) eine unrechtmäßige Befestigung auf dem Gebiet des Kölner Erzbischofs errichten ließ, (wahrscheinlich als Adolf und Engelbert beim Kreuzzug gegen die Albigenser in Südfrankreich waren), was zu langjährigen Fehden führte. Hierbei erwies sich Erzbischof Engelbert jedoch als der Stärkere im Kampf gegen seinen Verwandten Walram III., Herzog von Limburg.

Nachdem die Gefangennahme Erzbischof Engelberts am 7.11.1225 scheiterte, wurde die von den Verschwörern verabredete zweite Option des vereinbarten Plans gegen Erzbischof Engelbert in die Tat umgesetzt: Um den angegriffenen Erzbischof auf keinen Fall entkommen zu lassen, war seine Ermordung ins Kalkül gezogen worden, an der sich alle Verschwörer beteiligen mußten. Der Vergleich mit der Ermordung Caesars drängt sich auf. Von den 25 Tätern sollte jeder zweimal auf den verhaßten

Erzbischof einschlagen. Diese Übereinkunft erklärt die hohe Anzahl der schweren Wunden, die Erzbischof Engelbert zugefügt wurden. Keiner der Täter sollte die Alleinschuld auf sich nehmen, alle sollten sich gleich schuldig fühlen. Nach der Tat sollte niemand den Mörder identifizieren können. Ungeachtet dieser Spekulationen um die Urheberschaft des Verbrechens hat die moderne Geschichtsforschung und die gerichtsmedizinische Untersuchung Erzbischof Engelberts durch das Rechtsmedizinische Institut der Universität Düsseldorf im Jahre 1979 alle Angaben des Caesarius von Heisterbach vollkommen bestätigt.

Um den damaligen Zeitgeist möglichst realistisch aufleben zu lassen, habe ich mich in meinem Roman an Caesarius von Heisterbachs Fakten und Angaben gehalten. Alle tragenden Persönlichkeiten des Romans sind authentisch, und die Fakten beruhen im Wesentlichen auf Augenzeugenberichten oder entsprechen den historischen Gegebenheiten. Die einzige Ausnahme bildet die Person Herenbert von Rennekoies, des Knappen Graf Friedrichs. Der Knappe war Adliger. Er war kein Jugendfreund Dietrichs von Sümmern. Aber er war derjenige, der den Erzbischof vor der Tat gewarnt hatte. Er war an dem Überfall beteiligt und versetzte Engelbert den tödlichen Stoß.

In meinen Ausführungen schildere ich die damaligen Ereignisse aus dem subjektiven Blickwinkel des Dietrich von Sümmern, der aus persönlichen Gründen Erzbischof Engelbert zu Dank verpflichtet ist und seine Sympathien eindeutig für Erzbischof Engelbert erkennen läßt. Wie bei jeder historischen Persönlichkeit muß die Beurteilung der Protagonisten des Romans der Einschätzung ihrer Zeit folgen. Deshalb fällt die vorliegende Erzählung parteiisch zu Gunsten Erzbischof Engelberts aus.

An dieser Stelle möchte ich mich für die engagierte und ideenreiche Korrekturarbeit meiner Freunde Andreas, Clemens, Eberhard, Egbert und Hans-Rudolf, sowie die fachliche Beratung meines Bruders Georg bedanken. Ihre Anregungen und Verbesserungsvorschläge haben die Erzählung lebendiger und farbiger gestaltet.

Besonderer Dank gebührt auch Herrn Peter Trotier und Dr. Wilhelm Bleicher, die durch Überlassung von Quellenmaterial und fachkompetente Beratung ebenfalls zum Gelingen des Romans beigetragen haben.

Zeittafel

um 1185	Erzbischof Engelbert wird als Sohn des Grafen Engelbert von Berg und seiner Gemahlin, Gräfin Wichtrud von Geldern, geboren
12. Jh	Windmühlen in Europa
12. Jh	Drehbares hinteres Steuerruder
1200	Magnetnadel als Seeweiser
	Öffnung des St. Gotthardpasses
	Gründung der Stadt Neisse
um 1200	Im Deutschen Reich entsteht das Patriziertum
1201	Innozenz III. bannt Philipp von Schwaben
	Otto IV. als rechtmäßiger Herrscher des Heiligen Römischen Reiches Deutscher Nation anerkannt
1202 - 1204	Vierter Kreuzzug unter Führung des Dogen von Venedig
1202	Einführung der arabischen Ziffern in Italien durch Leonardo Pisano Fibonacci
1204	Belehnung Gerlachs von Sümmern mit dem Sümmerner Fronhof
	Sein Bruder Gottfried erhält den Fronhof in Eisborn
1205	Dichtung des Epos "Parzival" von Wolfram von Eschenbach
um 1206/07	Albertus Magnus geboren
1207	Sängerkrieg auf der Wartburg
1208	Geburt Dietrichs von Sümmern
1208	21.Juni: Otto von Wittelsbach ermordet König Philipp von Schwaben
	26.Dezember: Friedrich II. wird mündig und regierungsfähig
1209 - 1229	Albigenserkriege in Südfrankreich
1209	Oktober: Otto IV. zum Kaiser gekrönt
	Hermann von Salza wird Hochmeister des Deutschen Ordens
	Dominicus gründet eine Bruderschaft, (ab 1216 Bettelorden der Dominikaner)
	Franz von Assisi gründet den späteren Bettelorden der Franziskaner

1210	Papst Innozenz III. bannt Otto IV.
	Gottfried von Straßburg dichtet "Tristan"
1211	Friedrich II .wird in Nürnberg zum König gewählt
	Geburt Heinrichs VII.
1212	Sommer: Kinderkreuzzug
	9. Dezember: Friedrich II. in Mainz zum deutschen König gekrönt
	Bau der Kathedrale in Reims
1213	Verkündigung der Goldenen Bulle von Eger
1214	27. Juli: Schlacht von Bouvines (bei Lille)
	Entscheidender Sieg der Franzosen gegen Otto IV.
	Ende des deutschen Thronstreites
1215	Endgültige Königskrönung in Aachen
	November: Laterankonzil
	König Johann von England erläßt die Magna Charta
1216	Dresden erstmalig als Stadt genannt
	Massentaufe im Baltikum
	16. Juli: Innozenz III. gestorben
	Nachfolger wird Honorius III.
	Dominikanerorden bestätigt
	19. Oktober: Johann Ohneland gestorben
	Nachfolger wird Heinrich III.
1217/1218	Kreuzzug des ungarischen Königs Andreas II . (Vater der hl. Elisabeth)
1217	Friedrichs II. Sohn Heinrich wird zum Herzog von Schwaben ernannt
1218	Rudolf von Habsburg geboren
	Rostock erhält Lübecker Stadtrecht
	19. Mai: Otto IV. stirbt 35-jährig auf der Harzburg
	Kreuzfahrer Adolf von der Mark, älterer Bruder Erzbischof Engelberts, stirbt vor Damiette / Ägypten
	Sturmflut an der Nordsee, der Jadebusen entsteht
um 1220	Wolfram von Eschenbach gestorben
1220	April: Heinrich VII. zum römischen König gewählt
	22. November : Friedrich II. zum Kaiser gekrönt
	Bau der Kathedrale von Chartres abgeschlossen
1221	Wien erhält Stadtrecht
	Dominicus von Caleruega, der Gründer des Dominikanerordens, gestorben

1222	Krönung des elfjährigen König Heinrich VII.
1222	23. Juni : Kaiserin Konstanze in Catania gestorben
1223	14. Juli: der französische König Philipp II. August gestorben Nachfolger wird Ludwig VII. Kaiser Friedrich II. heiratet Isabella von Brienne
1224	Juni: Friedrich gründet die Universität von Neapel Approbationsprüfung für Ärzte wird eingeführt
1224	langer, harter Winter und Hungersnot in Westfalen
1225	Passau wird Stadt 7. November: Ermordung des Erzbischofs von Köln
1.12.1225	König Heinrich ächtet Graf Friedrich von Isenberg Baubeginn des Stephansdoms in Wien
1226	14.November: Vollstreckung des Todesurteils an Graf Friedrich von Isenberg

Glossar

Aberacht	Ober-Acht, nicht durch Unterwerfung unter ein Gerichtsurteil zu lösende Acht
Acht	Ächtung, Bannung, Ausschluß aus der Gemeinschaft in die Rechtlosigkeit
Albigenser	Sekte im Mittelalter, Zweig der Katharer
Allmende	mhd: Was allen gemein ist, Gemeinschaftswiese, Wald, Ödland
Allodien	ahd: ganz eigen, Privatbesitz
Almosen	grch.: milde Gabe
Approbation	staatliche Anerkennung der Berechtigung zur Berufsausübung
Askese	Entsagung, Enthaltsamkeit
Besthaupt	bestes Vieh im Stall, Abgabe vom Nachlaß eines Hörigen an seinen Herrn
Cherubim	die vier Lebewesen, die den Thron Gottes umstellen, sie gleichen Löwen, Stieren, Adlern und Menschen, sie haben viele Augen und sechs Flügel
Dekan	Dechant, Erzpriester, der eine Gruppe von Pfarreien eines Bistums (Dekanaten) beaufsichtigt

Domkapitel	das unabhängige Kollegium der Domherren, Kapitulare und Kanoniker an einer bischöflichen oder erzbischöflichen Kirche. Aufgabe ist die Beratung und Unterstützung des (Erz-) Bischofs, es ist berechtigt, an der Bischofswahl teilzunehmen
Donar	germ. Gottheit, Gott des Donners und der Fruchtbarkeit
Eminenz	lat.: der Herausgehobene, Anrede für eine hochge stellte Persönlichkeit
Evolutionstheorie	stammesgeschichtliche Entwicklung bis zur heutigen Formenvielfalt der Lebewesen (Ch.Darwin)
Flett	das den Herdplatz umschließende Querschiff des Bauernhauses
Freia	germanische Göttin der Liebe und der Fruchtbarkeit
Gademen	Hütten, armselige Behausungen
Häretiker	Glaubensabweichler
Herold	durch Personen- und Wappenkenntnis qualifizierter Diener von Fürsten, der besonders bei Turnieren die Funktionen eines Schiedsrichters oder eines Zeremonienmeisters ausübte
Heuert	Heumonat, Juli
Hobsleute	niederdeutsch für Hofesleute, Bauer eines Unterhofes
Höriger	von einem Herrn wirtschaftlich Abhängiger, der diesem zu Dienst und Gehorsam verpflichtet ist
Hochamt	feierliche Messe
Hübscherin	Hure, war im Mittelalter verpflichtet, sich durch eine Tracht kenntlich zu machen, dufte keinen Gürtel tragen
Inquisition	geistliches Gericht zum Aufsuchen und Bestrafen der Ketzer
Ius primae noctis	Recht der Brautnacht bei einer neuvermählten Hörigen durch den Landesherrn
Kanonikus	Mitglied eines Dom- oder Stiftkapitels
Kapaun	kastrierter Hahn
Katafalk	schwarz verhängtes Gerüst für den Sarg bei Trauerfeierlichkeiten
Katakomben	unterirdische Grabanlage der ersten Christen
Katharer	streng asketische Sekte, breitete sich seit ca. 1200

	in Süd- und Westeuropa aus
Kellerarius	Kellermeister
Knappe	junger Mann edler Geburt, der einem Ritter persönlich dient und von diesem als Schildknappe oder Edelknabe zur Schwertleite geführt wurde
Komplet	letztes Gebet vor der Nachtruhe, Nachtgebet
Kötter	Kleinstbauer
Kotten	Kleingehöft
Landfrieden	seit dem Jahr 1041 vom Kaiser verfügtes Verbot, in der Zeit von Mittwoch abends bis Montags früh kriegerische Handlungen auszuführen
Landwehr	Wegsperre, an Durchgangsstraßen befestigter Erd wall zwischen zwei benachbarten Territorien
Laudes	Morgenlob, Gottesdienst vor dem Morgengrauen, zwischen 5.00 Uhr und 6.00 Uhr
Lehen	geliehenes Gut, das ein gegenseitiges Treueverhältnis zwischen dem Leihenden und dem Beliehenen begründet
Ministerialien	Dienstleute, Dienstmannen, niederer Adel
Minne	idealisierte Liebe, Liebesdienst
Munt	Schutz, Fürsorge und Obergewalt des Mannes über die Frau
Novize	Neuling, Klosteraspirant
Pranger	Schandpfahl, an dem Missetäter zur Schau gestellt wurden
Prima	die erste Stunde, die Zeit bevor es hell wird, ca 7.00 Uhr - 7.30 Uhr
Pykniker	Mensch mit pyknischem (rundwüchsigem, gedrungenem) Körperbau
Rebec	mittelalterliches (Saiten-) Musikinstrument
Reichsinsignie	Reichskleinodien, symbolische Schmuckstücke bei der Krönung der Herrscher, in Deutschland: Reichsapfel, Krone und Zepter
Reichsheiligtümer	10 Reliquien, u.a. Schwert und heilige Lanze
Reichsverweser	Kanzler, Stellvertreter des Kaisers
Reliquie	lat.: Überbleibsel; Asche, Gebeine oder Gegenstände von Heiligen
Rügezeuge	seit den Zeiten Karls des Großen bestellte Vertrauensperson eines Bezirkes, die verpflichtet war, alle ihr bekannt gewordenen Verbrechen anzuzeigen

Sakrileg	Entweihung heiliger Orte oder Sachen durch Schändung oder Raub, Religionsfrevel, Heiligenschändung
Schock	Fünf Dutzend, entsprechend 60 Stück
Schisma	griech.: Spaltung, die nicht dogmatisch begründete Aufhebung der (Kirchen-) Gemeinschaft
Scholast	Lehrer, versuchte im Mittelalter die christl. Theologie mit der zeitgemäßen Philosophie in Einklang zu bringen
Solidus	Goldmünze, entspricht 4,45 g Gold
Sprengel	Amtsbezirk des mit dem Sprengel (Weihwasserwedel) segnenden Geistlichen
Subdekan	Stellvertreter des Dekans
Tand	Waren
Thing	Ding, germanische Gerichts- bzw. Volksversammlung
Tobiasnacht	sexuelle Enthaltsamkeit während der ersten drei Nächte nach der Hochzeit, um (nach einem sporadisch verbreiteten Glauben) Segen für die Ehe zu erlangen
Totenvigilien	abschließende Gebetsversammlung, Totenmesse
Treidelkahn	Schleppkahn, wird am Ufer durch Zugtiere gezogen
Vasall	der in einem persönlichen Treueverhältnis zu seinem Schutzherrn stehende Ritter
Vigilien	lat.: Nachtwache, nächtliche Gebetsversammlung
Viertelmeier	Kleinbauer
Wiedergänger	nach mittelalterlichem Aberglauben, die rastlose Seele eines mit Schuld behafteten Verstorbenen
Würzbüschel	Geflecht aus heilbringenden Kräutern, wobei die Heilkraft durch die Vielfalt gesteigert wird
Wotan	germ. Gott (Odin) der Winde, Herr der Schlacht, Totengott
Zehnter	Zins, Abgabe des zehnten Teils der erwirtschafteten Waren als Steuer
Zinsen	Ausdruck für terminlich festgelegte Abgaben, Pacht